讲好中国故事　传承红色

红色记忆

老战士口述历史选编　第三辑

广州新四军研究会 ★ 编

人民日报出版社
北京

图书在版编目（CIP）数据

红色记忆．第三辑 / 广州新四军研究会编．—北京：
人民日报出版社，2020.2
ISBN 978-7-5115-6295-1

Ⅰ．①红… Ⅱ．①广… Ⅲ．①革命故事－作品集－中
国－当代 Ⅳ．① I247.81

中国版本图书馆 CIP 数据核字（2019）第 277956 号

书　　名：	红色记忆．第三辑	
作　　者：	广州新四军研究会	
出 版 人：	董　伟	
责任编辑：	周海燕	
封面设计：	墨航工作室	
出版发行	人民日报出版社	
社　　址：	北京金台西路 2 号	
邮政编码：	100733	
发行热线：	（010）65369509　65369527　65369846　65363528	
邮购热线：	（010）65369530　65363527	
编辑热线：	（010）65369518	
网　　址：	www.peopledailypress.com	
经　　销：	新华书店	
印　　刷：	天津旭非印刷有限公司	
开　　本：	710mm×1000mm　　1/16	
字　　数：	220 千字	
印　　张：	13.5	
印　　次：	2020 年 2 月第 1 版　　2020 年 2 月第 1 次印刷	
书　　号：	ISBN 978-7-5115-6295-1	
定　　价：	58.00 元	

《红色记忆——老战士口述历史选编》编委会

编委会主任：周玉书　王同琢

编委会副主任：倪善学　蔡家作　陈长寿

编委会成员：郑向明　李新民　赵雪勤
　　　　　　石　琳　陈　颖

主　编：李新民

副主编：石　琳

编　辑：李东辉

序言 ▶▶▶

传承红色基因
努力构建社会主义核心价值观

王同琢

习近平总书记在党的十九大报告中指出，要提高人民思想觉悟、弘扬民族精神和时代精神，加强爱国主义、集体主义、社会主义教育，引导人们树立正确的历史观、民族观、国家观、文化观。这是我们国家、民族发展中更基本、更深沉、更持久的力量，是我们夺取"两个百年"奋斗目标伟大胜利、实现中华民族伟大复兴中国梦的重要条件。培育和践行社会主义核心价值观必须从青少年的教育抓起，从娃娃抓起。这就需要全社会的共同努力，长期坚持，久久为功。

广州新四军研究会以研究和践行我党我军光荣传统和优良作风为宗旨，以传承红色基因、教育下一代、构建社会主义核心价值观为己任。研究会成立近 20 年来，一直秉承这个原则，做了大量工作。研究会的新四军老战士不顾年老体衰，组成宣讲团，认真撰写回忆文章，进校园、下社区、赴企业进行宣讲，以自己的亲身经历教育年青一代，产生了良好的社会效益和积极的社会影响。

不忘历史，不忘初心，不忘我们的先辈们浴血奋战，舍身为国，开创和建设新中国的功绩，是我们这代人的历史责任。然而随着时光的流逝，当年的许多亲历者已经离我们而去，还在世的同志年事已高。为了让历史的参与者和见证人将曾经的经历留给后人，2014 年以来，广州新四军研究会与中组部下属的延安干部学院以及淮海战役纪念馆、四平战役烈士陵园纪念馆等单位合作，先后采访了一百多位老同志（其中 30 余位老同志在接受采访后已相继离世），收集了近 400 小时珍贵的影像资料和 150 余万字的文字资料。这些老同志当年在党的召唤下，投身革命，出生入死、视死如归，铸就了坚贞不渝的理想信念；现在面对镜头，用朴实的语言，回顾自己的革命人生，把亲身经历的场景和事实娓娓道来，点点滴滴都展现出一个老共产党员、老战士如何在党的培养下不断成长和一生对真理的追求，展示了他们对党和人民的绝对忠诚，对中华民族的独立、解放和复兴的无私奉献。他们的话可信、可敬，十分珍贵。

为了有效地利用好这批珍贵的资料，我会决定有选择地把部分老同志的口述历史文字资料编辑出版一套六辑《红色记忆——老战士口述历史选编》丛书，面向广大青少年，以故事的形式，用老战士的战斗青春诠释我党我军的宗旨和优良作风，语言通俗易懂，可以让孩子们在潜移默化中理解和传承红色基因，增强对中国共产党和中国特色社会主义的热爱，更好地树立正确的世界观、人生观、价值观。我们认为，这是我会学习贯彻十九大精神和习近平新时代中国特色社会主义思想的一项具体举措，是一件十分有意义的事情。希望读者提出宝贵意见，以便我们在随后几辑的编选过程中加以改进。

2019 年 12 月 20 日

（王同琢，中将，原广州军区副政委，现为广州新四军研究会执行会长）

目录 Contents ▶ ▶ ▶

革命先烈冯达飞

李德升

口述者简介：李德升，生于1940年，广东省龙川县人，中共党员，退休干部。在广东省地质学校毕业后，先后担任地质工程师、生产科长、铁矿副矿长等职。现为广州新四军研究会一分会副秘书长，系冯达飞将军的女婿。

冯达飞简介：冯达飞（1901 — 1942），字洵，原名冯文孝，又名冯国琛。广东省连州市东陂镇人，1924年考入黄埔军校，同年参加中国共产党，在黄埔军校毕业后，被选送到航空局军事飞机学校学习，后被派遣到苏联空军第二飞行学校深造。1927年10月奉命回国参加广州起义、百色起义。在红七军中，先后担任过连长、营长、团长、纵队司令员等职。红七军到了湘赣革命根据地后，先后担任过河西教导队总队长、中央红军独立师师长、红八军代理军长、红军大学第四分校校长。1934年参加二万五千里长征，到达延安后任中国人民抗日军政大学第二大队大队长。1938年秋调到新四军总部，担任教导总队副大队长兼教育长。1939年12月冯达飞任新四军第2纵队副

司令员，在"皖南事变"中受伤被捕，1942 年 6 月 8 日，在上饶集中营被国民党杀害。

国难当头 弃文习武

　　冯达飞出生在一个小商人家庭，是个遗腹子，在他出生前三个月，父亲就病故了，母亲靠几亩薄田维持生计。他有三个姐姐：大姐叫丹湖，二姐叫水清，三姐叫雪梅。他从小天资聪颖，8 岁入读芝兰小学，后转到连州基督教会办的民望小学继续上学，毕业后以优异成绩考上连州省立中学。连中坐落在名胜古迹集中的燕喜山脚，校园内泉水潺潺，树木郁郁葱葱，盘根错节，树丛石林中建有不少亭台，冯达飞故居岩壁上还保留着当年韩愈、刘禹锡、裴度等历史名人镌刻题词。冯达飞在这优美的环境中，得到秀丽山水的沐浴，历史名人的熏陶，学习成绩年年名列前茅，他多才多艺，琴棋书画无所不晓。中学毕业后若报考大学，其前程无可限量，人生或是另外一种际遇。

　　恰在连中就读期间，北京爆发了"五四"爱国运动，使他看清了帝国主义列强瓜分中国国土、军阀混战、民不聊生，人民群众处于水深火热之中。在祖国陷入危难时刻，他带领同学走向街头，向群众发表演说，为了拯救灾难深重的祖国，他毅然投笔从戎。

　　1919 年，冯达飞坐木船，离开风景如画的连州湟川三峡，来到肇庆、广州，先后考入广东陆军测绘学校和黄埔陆军军官学校。

▶ 黄埔陆军学校

考入黄埔军校　立志为国献身

　　1924 年冯达飞考入黄埔军校第一期。6 月 16 日，400 多名朝气蓬勃的青年，步伐整齐地来到操场主席台前，参加开学典礼，聆听孙中山演说。孙中山教育大家："开办黄埔军校，独一无二的希望就是创造革命家，来拯救中国的危亡。"他特别强调"同学们一生一世，都不要存有升官发财的心理，只知道做救国救民的事业。"

　　黄埔军校是中国现代军事的摇篮。在优秀军事将领的教授下，冯达飞经受了严格的军事训练，他不但学会了先进的军事技能，还得到周恩来、恽代英和叶剑英等共产党人的亲自教导，他研读了马列主义，确立了共产主义理想和信念。1924 年冬他光荣地参加了中国共产党，下定决心要为党的革命事业奋斗终生。

1925年2月，黄埔军校第一期学生毕业后，国共两党选送了刘云、冯达飞等10人到航空局军事飞机学校学习。10位飞行员中，有4位是共产党员。当时教练机有两架，是由我国华侨飞行家杨仙逸组织研制的。第一架是以宋庆龄英文名译音"乐士文"命名的。他们轮流驾驶这两架教练机进行训练。教官是两位德国人，是孙中山聘请来的。当时训练条件非常简陋，飞行训练危险系数大。就在冯达飞紧张训练驾机的时候，他母亲专程从连州来看望他。当老人家在机场上亲眼看到儿子爬进机舱，启动发动机飞上篮天时，真担心儿子会从高空中掉下来。她返回老家对亲友说："文孝飞得那么高，万一掉下来，有皮也不会有骨。"

两位飞行教官曾参加过第一次世界大战，在东征消灭陈炯明叛军战斗中，带领学员们驾机飞往惠州、韶关等地进行侦察，散发传单，投放炸弹，攻击敌军，有力地支援了地面部队，发挥了很大作用。这是我党在空军史上，首批飞上蓝天参战的记录。

有一天，也是冯达飞参加讨伐陈炯明叛军刚回到学校复课时，接到二姐来信，信中说母亲因过度劳累，思儿心切病倒了，要他请假回家看望母亲。他手捧家书，一阵酸楚，心如刀割。他爱母亲，很想立即请假回去探望她老人家，但军务缠身，每天除去4小时上课外，还要飞行八次，实在没时间回去探望母亲。晚上，他躺在床上，想了一夜，怀着对母亲的思念之情，起床提笔给他的挚友陈树勋写了一封信。信中说，自己是革命军人，应以革命事业为重，自古以来，忠孝难以两全，拜托树勋兄和贤妻淑顺代为照料母亲，希望能转危为安。

1925年7月，冯达飞从军事飞机学校毕业后，原计划请假回家探望母亲，就在这个时候他又接到上级通知，派遣他和刘云等10位学友，赴苏联莫斯科空军第二飞行学校深造。

该校是1922年创建的，有三个飞机场供学员学习驾驶训练。学员除了学习飞行理论和驾机原理外，还要学习实践操作。他们从学习驾驶苏联教练机"乌—1"开始，经过几十次严格考核后，才能进入驾驶"p—2"教练飞机和"p型"战斗机，进一步学习飞行。这些都难不倒多才多艺的冯达飞。中共党组织为了进一步培养他，在他从苏联莫斯科航空学校毕业后，又派他到基辅混成学院炮科学习。在几个月假期中，他又到德国陆军大学、意大利炮兵学院去进行考察学习，学习当时世界上最先进的炮兵理论和技术，使他成为一名既懂航空又懂炮兵，既懂测绘又懂陆军作战技术的优秀人才。

1927年11月，冯达飞接到党的通知，秘密回到广州参加广州起义。广州起义失败后，由党安排他回乡隐蔽，保存革命力量，等待东山再起。他回到家乡第一件事，就是去母亲墓前祭拜，寄托对母亲的哀思。他在妻子陈淑顺陪同下，按照当地的习俗，把煮好的鸡、鸡蛋、猪肉、米酒和油炸糍等摆在母亲的墓前。接着点了一炷香和一对蜡烛，烧了纸钱和鞭炮，鞠了躬后，恭恭敬敬地跪在墓前。母亲是他在苏联留学期间病逝的，病逝的时候，他远在万里之外的异国他乡，没能回来给母亲送终，没能见她老人家最后一面。他心里难过极了，含着眼泪说："妈，您不孝的儿子，现在才回来看您，十分对不起您老人家啊！"他说完放声痛哭，哀悼母亲的养育之恩。他爱母亲，更爱祖国。祖国正处在水深火热之中，在民族生死存亡关头，正需要一批甘愿为她献身的优秀儿女，去挽救灾难深重的祖国，洗去民族百年的屈辱。

冯达飞居乡期间，深居简出。除了与党组织保持秘密联系外，一般不与外界接触。他白天躲在家里读书，吹竹箫；晚上找几个同学好友，如谭荣胜、关佑景等打麻将，下象棋。借此机会宣传共产主义是人类最美好的理想等革命道理。

冯达飞在家隐居期间，其生活费用全靠妻子辛勤织布来维持。在此期间，冯达飞患了重病，得到西塘村伍芳安医生精心治疗。在妻子精心照料下，他的病很快康复。病愈后，他亲自镌刻了一块"妙手回春"匾额，送给伍医生以示感谢。

1929年初，冯达飞接到党的通知，要他南下广州，经香港到广西参加邓小平、张云逸领导的百色起义。他妻子陈淑顺为了支持丈夫去广西参加革命工作，把陪嫁的两亩田产卖掉，又从箱底拿出珍藏多年的金银首饰交给他，倾出全部家产来支持他从事的革命事业。

百色起义立头功　神炮手大显神威

冯达飞到了广西南宁后，正处在百色起义前夕，人多武器短缺。虽然张云逸以南宁警备司令的职权，接管了广西桂系军阀军械库，但库里堆满的全是残缺不全的枪炮武器。这些武器经过修复后，能否派上用场，对起义胜败关系重大。在这关键时刻。邓小平把这一修复任务交给了冯达飞。冯达飞接受任务后，带领一支30多人的精干队伍，把铺盖和炊具都搬到军械库，他们食宿和工作在一起，夜以继日，争分夺秒地抢修。冯达飞凭借他在国外深造时学到的修理机枪、飞机和火炮的过硬技术，经过10多个昼夜重新组装，终于在起义的前夜，抢修组装出长短枪1000多支，轻重机枪20余挺，迫击炮5门，山炮5门。冯达飞受到张云逸高度赞赏："冯连长，我代表党感谢你，你为即将开始的百色起义立了头功啊！"

1929年12月11日清晨，在百色城上空，升起了一面镰刀锤头的大红旗，旗帜上写着："中国工农红军第七军"，宣告百色起义和红七军的诞生。

那天，冯达飞身穿军装，扎上武装带，颈系红绸巾，高唱"国际歌"，带领队伍抬着迫击炮、重机枪，肩扛轻机枪、步枪，步伐整齐地经过粤东会馆东门广场，接受邓小平、韦拔群、张云逸、李明瑞等领导检阅，受到成千上万群众热烈欢迎。

百色起义取得胜利后，党组织决定接着在龙州成立红八军，举行武装起义，使左右江地区20多个县连成一片，根据地迅速扩大。红七军为了进一步发展壮大，命令第1和第2纵队挺进桂黔边界。这时候冯达飞已由连长、营长晋升为第2纵队司令员。

1930年6月，红七军主力到外线作战，当冯达飞率领2纵队回师百色城下时，城内碉堡林立，敌人纠集 1000 余人进行抵抗。冯达飞带领部队向敌人发起猛烈进攻时，突然发现城北有一个碉堡还在喷出火焰，一批批战士倒在碉堡前。如果在黄昏前不把这个碉堡拿下，主力到来时就会付出更大代价。在用重机枪和迫击炮久攻不下的情况下，冯达飞命令暂停攻击，并亲临前沿进行侦察，发现这个碉堡是用钢筋水泥构建的，用重机枪和迫击炮强攻不会奏效。他立即回到前线指挥部，找到张云逸和李明瑞研究商量，提出把山炮调上来，实施水平射击。张云逸问："山炮在哪里？"李明瑞说："山炮在山下，我们组织战士把它抬上来，但只剩下三发炮弹了。"张云逸说："必须弹无虚发，发发命中目标，确保把这个碉堡炸掉！"李明瑞说："没问题，冯达飞是留苏高材生，相信他是有把握的。"于是他便下达命令把山炮拉上来。冯达飞和李明瑞指挥着战士们，拉的拉，推的推，把山炮拉到山顶后，亲自架好炮，把炮口对准碉堡。由于器材设备不齐全，他利用在陆军测绘学校学到的目测技术，用手臂和眼睛测定了距离、方位后，扬起手臂叫了一声"准备——放！"转眼间，只见第一发炮弹呼啸着向前飞去。"轰隆"一声，就把敌人碉堡炸开了一个缺口，接着第二发、第三发炮弹又命中了目标，把这个碉堡炸毁了。埋伏在碉堡附近的攻击部队一跃而起，猛烈地向敌人冲去，迅速突入城内，把残敌消灭了。冯达飞用三发炮弹，精准地炸毁了敌人的主碉堡，被战士们誉为"百发百中"的神炮手。

红七军路经连州

1929 年 12 月，邓小平、张云逸等领导的红七军，在广西百色起义取得成功后，于 1930 年 8 月奉令执行李立三路线，离开革命根据地，去攻打南宁等大城市，结果使红七军受到重大损失。通过"全州"会议，大家一致认识到，执行这条路线，是断送红七军前程的极"左"路线。于是，大家决定放弃这条路线，到井冈山去寻找毛泽东领导的中央红军。此时，部队给养奇缺，在前往湖南江华的路上，又遇到一场大雪，天寒地冻，饥寒交迫，使不少战士冻死、饿死、病死在路上。这时候，军委领导决定，派冯达飞先回连州老家筹饷，发动群众先解决部队生存的物质条件。

1932年2月18日，冯达飞带着两个警卫员回到东陂石板街，石板街两边店铺全部关闭，街上行人稀少。他来到位于豆地坪的老家门口，古老的宅门紧闭着，妻子不知去向，心中好生纳闷。住在他家斜对面的谭荣胜闻声从家里出来，惊喜地叫起来："文孝，原来是你！"

冯达飞走上前去，和好友谭荣胜紧紧地拥抱在一起，分外高兴："阿胜，人都到哪里去了？"

谭荣胜回答说："别提啦！都叫那狗保长吓跑了，他们说红军杀人放火！共产共妻。"

冯达飞："你怎么不跑？"

谭荣胜："我才不相信那些鬼话，我老婆快坐月子了，也走不了。"

谭荣胜帮冯达飞把房门锁撬开，冯达飞走进宅门，经天井来到大厅堂。妻子那台用来维持生计的织布机，还原封不动地摆在厅堂中，但是不见妻子的踪影，他问："阿胜，淑顺到哪里去了？"

谭荣胜："阿顺嫂也听信谣言，躲到龙山她亲戚家里去了。"

下午，邓小平、张云逸、李明瑞和龚楚带领着主力部队进驻了东陂。

晚上，冯达飞在大厅堂，以东道主的身份，邀请邓小平等军部领导吃饭。谭荣胜和岩水村本家几个叔侄都来帮厨。他们挑水、劈柴、炒菜、做饭，用不了多大功夫，一桌具有东陂风味的腊鸭、腊肠、腊肉和扣肉等就摆到桌面上。冯达飞首先站起来，高举起盛满当地米酒的瓷碗，指着身旁的谭荣胜对大家介绍说："这是我的好友谭荣胜，是东陂有名的厨师。东陂的腊味有两百年历史，远近驰名，大家先来品尝他做的腊鸭。"

邓小平用筷子夹了一块腊鸭送进嘴里嚼了嚼，真是名不虚传，果然香喷喷的，他风趣地说："来，来，要得，要得，今天打个牙祭，感谢东道主冯团长的热情款待……"

红七军在东陂只住了一宿。次日，部队要出发了，临出发时，冯达飞在桌面上给陈淑顺留下了一封信与妻子告别。

"文孝回来了！""文孝回来了！"冯达飞回家的消息，像春风一样迅速传播开了，逃到附近香花、城村、百家城等地的乡亲都纷纷回来了，他们一早就来送行。谭荣胜跟随部队，缠着冯达飞要求参军："文孝，你就收留我吧！我从小就一直崇拜你，决心跟着你投奔共产党，跟红军走！"

冯达飞一路相劝："阿胜，目前部队是很艰苦的，暂时不要来。"

谭荣胜："死我都不怕，艰苦怕什么？"

冯达飞还是再三劝阻他："阿胜，你还是回去吧！嫂子快要坐月子了，她更需要你留在身边。干革命不分先后，以后有机会了我一定会写信告诉你……"

到了其王岭，冯达飞把身上仅有的 10 块银圆送给了谭荣胜，还送了一支六节电池的手电筒给他。然后跃上战马追赶队伍去了。

这支电筒，谭荣胜作为传家宝一直保存了二十多年直到连州解放。1952 年军区派人来收集烈士遗物，他才把那支电筒上交了。这支电筒现在还在广州起义纪念馆中展出，成为国家珍贵的革命文物。

红七军离开东陂后，经瑶安抵达了星子。星子的村民受到国民党的反动宣传，听说红军要攻打星子，差不多都跑光了。冯达飞带着先遣部队来到洋花街时，冷冷清清没见一个人影，有一间榨油坊竟开着门无人看管。冯达飞一面派战士看管店铺，防止有人趁机偷盗，一面派人找榨油坊老板，半个小时后，老板被找回来了。

"老表，你好！为什么不看好店铺就离开了？"冯达飞走向前，握住对方的手用当地方言亲切地说。

榨油坊老板看了看自己的店铺毫无损失，又看了看和蔼可亲的冯达飞，很受感动："长官，我姓欧阳，星子人。你会讲星子话，也是我们星子老表吧！"

"我是东陂人，都是连州老表，前几年参加红军。我们红军是老百姓的队伍，你们为什么那样害怕红军？店铺都不要了。"

"今天一早，就听区公所的人说，红军要来攻打星子，共产共妻杀人放火，所以我们都躲避去了。"

榨油坊老板看到的红军不但没有杀人放火、没有共产共妻，还派战士把他的店铺保护起来，使他感到红军像亲人一样亲切，是一支好队伍，他十分感动。

冯达飞做通了油榨老板的工作，并通过他联系上星子商会。在他们的帮助下，冯达飞立即发动群众，展开筹饷宣传工作。不到半天时间，就筹得银圆一千多元，大米三百多担，生猪十多头。就在这时冯达飞发现有一头长嘴大黑猪，肚子圆溜溜的好像快要下猪仔了，于是问榨油坊老板："老表，这是一头什么猪？"

老板告诉冯达飞，这是一头瑶土猪，是天光山村唐永康养殖的，因地主多次上门逼债，他只好请人把猪抬到星子出售还债。到了星子，恰巧碰到有人说红军要来攻打星子，赶墟的人都跑散了，便没有交易。红军来到星子后，他听说红军是老百姓自己的队伍，是为老百姓翻身解放，专门为穷人斗地主分田地的。农民分了田地，今后就不用租田交税了，他非常高兴，就把这头猪送给了红军。

"哦，多好的老百姓。"冯达飞动情地说："我看，这头猪不能收，应把它送回给原主，让它繁殖更多的猪仔，把它宰杀了太可惜了。"

"唐永康已经回老家去了。"

"那也不行！"冯达飞说："一定要想办法通知他，把这头猪领回去饲养。"

第二天，冯达飞在离开星子之前，留下三块银圆，并特意写了一张"一定要把瑶土猪归还原主"的字条，交给星子商会会长。

唐永康接到会长的通知，开始不相信，哪有捐赠出去的猪又要回来的道理？经过送信人解释，唐永康才答应把那头母猪抬回来继续饲养。他带着几个人到了星子，看到那头母猪已临产即将下仔了，就到附近找个地方安置下来，待母猪生了猪仔之后，精选了两头猪仔准备带回家去继续繁殖饲养，然后再把那头母猪和剩余的猪仔卖掉。

唐永康把那两头猪仔捎回家后，经过一年多精心饲养，其中有一头长成壮实肥大的母猪。一天，有一只山野猪闻到其发情的信息，就闯进了猪栏，不久，这头母猪就产下了一窝兼有野猪又兼有瑶土猪优点的杂交品种，当地村民称它为瑶星山猪。不到三年，饲养这种猪的人越来越多，范围越来越广，成为星子地区闻名的优良品种。冯达飞归还瑶土猪拥军爱民的故事，在粤北地区至今流传。

红七军离开星子后，于1月21日抵达连州城。部队一到连州城，就迅速占领外埔，并把内城包围起来。部队住在城外的学宫，升俊街、伙铺街和城隍街一带，军部设在城隍街观音堂。红七军军纪严明，一律不许擅入民宅、动用居民任何物品，还把街道打扫得干干净净，宿营在街道两旁的骑楼走廊中。被包围在内城的敌人惊恐万状，关闭了内城三道城门。经军部领导研究分析，认为敌人实力并不强，仅是地方民团在把守。红七军向他们展开宣传攻势，向他们喊话，表明红七军路经连州城不准备攻打他们，只是要求他们协助解决给养问题。顽固的敌人不但不回应，还不断朝外城开枪开炮，打死打伤红军战士和居民多人。为了防止红军登城，竟置老百姓生死于不顾，用煤油淋湿棉胎点燃，掷出城外，引燃板棚和木房，霎时浓烟滚滚，新兴街火光冲天，成了一片火海。

"火！民团放火啦！"

"快！救火去！"

军部领导用望远镜发现，熊熊的大火已经迅速蔓延至外城的店铺房屋。为了民众的利益，他们当机立断，指挥全军战士全力救火。军民齐心协力，终于把这场大火扑灭了，挽救了市民生命财产重大损失，得到广大人民群众交口称赞。经过这场灭火，也使大家认识到共产党比国民党好。

灭火工作结束后，红七军发动群众，筹饷筹粮。冯达飞走家串户，探亲访友，在商会会长莫灿庭和岳父陈明汉协助下，动员广大市民群众踊跃捐款捐物。冯达飞岳父陈明汉是米店老板，这次大火，如果不是红七军带领群众救火，他的米铺早就烧成灰烬了，因此他对红军是很感激的。在他和莫灿庭会长带领下，短短七天时间，就筹得银圆四万元，大米一千担，生猪一百多头，棉衣一百多件（套），他们敲锣打鼓把这些款物送到军部。军部用筹得的银圆购买了布匹，找来十几个裁缝，赶制了三个昼夜，使大部分战士都穿上了新棉衣。

红七军救火那一幕，也令双喜山惠爱医院的院长白可慕十分感动。惠爱医院是基督教会办的，他甘冒"通匪"的罪名，组织一支救护队，打着红十字旗，背着药箱出现在街头上，进行救死扶伤的工作。他在一个红军战士引领下，来到学宫灭火现场。

"Hello Officer laborious."

"Hello, Gentleman." 冯达飞微笑着伸出手，用英语回答白可慕的问候。

"咦，你会讲英语。"白可慕惊奇地说。

邓小平："他不但会讲英语、俄语，还会讲德语，他曾留学过苏联，会开飞机、坦克。"

李明瑞："他也会打大炮。"

白可慕："真不简单，想不到红军也有这样的人才。"又说："我好像在什么地方见过你？"

冯达飞："我在你们基督教会办的名望小学读过书。"

白可慕："哦！怪不得那么眼熟。"他握着冯达飞的手，好像老朋友似的，彼此感到非常亲切，他诚恳地说："据我了解，你们部队医疗条件太差，请你们把伤员留下来，让我们来医治，我们保证不让当局来伤害他们。"

邓小平握着白可慕的手，感激地说："对于你们的友善和真诚，我代表红七军向你们表示万分的感谢。"

冯达飞利用这层关系，把二百多名伤病员，分期分批送到该医院。经过他们几个月精心治疗，痊愈后大部分通过教会的关系，经香港和上海送到江西中央苏区。

1月28日，冯达飞的妻子回到家里，看到桌面上丈夫留给她的信，立即动身赶去连州想见丈夫一面，结果却错失了见面的机会，成为终生憾事！红七军到了连州后，闻知国民党有四个团，分别从韶关和湖南扑过来，冯达飞圆满完成了筹响任务并安置好伤病员之后，带领部队撤离了连州，向湘赣革命根据地进发了。

我军最早的飞行员

红七军从连州城撤退后，国民党四个团跟踪追击，在乳源梅花镇进行了一场激烈的战斗，从坪石渡过乐昌河，才摆脱敌人追击，进入湘赣中央苏区，和毛泽东、朱德领导的第一方面军汇合后，成为中央主力红军的一部分。这一时期，冯达飞先后担任红军独立师师长，湘赣军区第八军代军长，湘赣军区红军大学第四分校校长。

红军在反"围剿"战斗中先后缴获了国民党三架飞机，一架是在鄂豫皖苏区罗山缴获的，是美制"柯塞"式侦察机（命名为"列宁"号），其余两架是在漳州战役中缴获的，是英制"飞鸟"式飞机。

1932年4月，红军第一军团在漳州战役中缴获的两架飞机，第一架弹痕累累，机身遭到严重破坏，根本就不能开动驾驶；第二架虽然也是弹痕累累，但若能修复或许还可以利用。要想修复飞机，前线部队苦于没有这方面的技术人才，只好电告苏区。中央接电后，立即派冯达飞赶到现场，经过冯达飞认真检查后，认为这架飞机的发动机等主要部件基本完好无损，可以修复。在能工巧匠的协助下，他带领大家，就地生炉修理。经过日夜敲敲打打，终于把这架飞机修好了。并用红漆在两侧机翼画了一对鲜红的五角星，使飞机焕然一新，命名为"马克思"号。经过试飞，性能良好。聂荣臻和林彪还在这架飞机前拍照留念。

　　不久，冯达飞奉命将这架飞机开回瑞金去。机上没有航空炸弹，他把迫击炮弹绑起来挂在炸弹架上，还装上几捆传单。在没有导航，没有飞行图，没有地面引导的情况下，冯达飞将个人生死置之度外，凭着对党的赤胆忠诚和熟练的驾驶技术，以非凡的勇敢精神，向瑞金飞去。当飞机飞越国民党地区时，敌人以为是自己的飞机，伫立在街头，有的抬头观望，有的打旗联系。他们做梦也没想到红军也会有飞机。冯达飞利用敌人的错觉，扔下迫击炮弹。尽管这些炮弹威力不大，但那嗡嗡的轰鸣声和隆隆的爆炸声，还是把敌人吓得心惊胆战，争相逃命，惊呼红军也有飞机，要严加防范……冯达飞驾机飞回中央革命根据地，完成任务后受到军团首长热情赞扬。后来这架飞机在会昌，因汽油耗尽坠毁在大树上，冯达飞幸免于难。飞机的残骸由群众送到瑞金红军学校展览，轰动了整个中央苏区、冯达飞成为传奇英雄，事迹在各地流传。他创造的这个奇迹，在我军航空史上，留下了光辉的一页，对当时的反"围剿"起到了极大的鼓舞作用。

　　冯达飞和当时国民党起义过来的飞行员不一样，他在黄埔军校毕业后，被选送到军事飞机学校学习，后又到苏联航空学校深造过。冯达飞参加过东征、广州起义、百色起义、井冈山反"围剿"，经过各种艰难困苦的磨炼，可以说是真正意义上的根红苗正，是党培养出来的首批红军飞行员。他既懂陆军又懂空军，既能文又能武，是我党我军难得的军事人才。

　　2017 年 11 月 3 日，北京中国航空博物馆，把他的英名镌刻在人民空军英烈墙上。11 月 12 日，北京和广州新四军研究会、东北老航校研究会、连州市人大、市委宣传部门的领导，以及烈士的亲属在北京航空博物馆空军英烈墙前举行了《不忘初心、牢记使命——纪念冯达飞烈士》敬献花圈仪式。

2017年11月12日，冯达飞烈士家乡代表和亲属在北京
中国航空博物馆人民空军英烈墙前敬献花圈

红色军事教官

由于王明"左"倾路线的干扰和影响，以及第三国际派来的"洋顾问"的错误领导，致使中央苏区第五次反"围剿"失败，被迫实行战略大转移——二万五千里长征。

1934年10月14日，冯达飞跟随中央红军第一方面军从中央苏区出发，突破敌人三道封锁线，开始长征。冯达飞长征途中被编在干部团上干队，他任该队地方科长。该队有100多个老干部，如徐特立、林伯渠、谢觉哉等，他的任务是确保这些老同志的安全。

红一方面军经过湘江战役，智取遵义城后，党中央召开了遵义会议，纠正了"左"倾路线错误，恢复了毛泽东同志的领导。部队在毛泽东同志的正确指挥下，四渡赤水，突破乌江，通过大凉山，强渡大渡河，飞夺泸定桥后，摆脱了敌军数十万人的围追堵截。

1935年6月，中央红军到达茂功和红四方面军会合，确定北上抗日，共建川陕革命根据地。但红四方面军的领导人张国焘，依仗人多枪多，向党闹独立，妄图分裂红军，篡夺中央领导权，另立中央，千方百计阻挠红军北上。在这关键时刻，冯达飞率领干部团上干队，紧跟毛泽东为首的党中央，坚定不移地北上抗日。1936 年 10 月，与三个方面军会合后，终于到达陕甘宁边区。

1936 年 10 月，红军三大主力在甘肃会宁会师，宣告长征胜利结束，并在陕北建立了巩固的根据地。党中央在这里成立了红军大学，后改为抗日军政大学，为我党我军培养和准备了一大批治党治军的抗战骨干和英才。冯达飞在该校先后担任第二大队和第四大队大队长。

冯达飞在抗日军政大学与高级干部的合影
（左起：刘忠、扬志成、杨兰名、冯达飞、胡耀邦、
罗瑞卿、莫文骅、刘亚楼、王平）

1937 年，依照国共两党达成的协议，中共中央将八省十四个地区的红军游击队，统一整编为新四军。为了整合力量，提高素质，适应形势，这支队伍急需一批优秀教官，培训各级领导干部，中央决定在新四军成立一个教导总队，经过认真筛选，最后选定了周子昆、冯达飞、余立金等同志，组建了教导总队领导班子，周子昆任总队长，冯达飞任副队长兼教育长，余立金任政治处主任。

教导总队对学员政治军事生活要求是很严格的，从日常军事生活开始，一开学就给每个学员发一套灰色军装，一副绑腿，一条薄棉被，一支步枪，若干发子弹，一双草鞋。不管白天黑夜，每个学员都要持枪轮流站岗放哨，过军事化、战斗化的生活。

学员们在军训期间，敌机经常在云岭上空空袭、骚扰。他们除了在驻地挖防空洞外，白天的条件非常简陋，经常到附近山上，树林里上课，既无教室，也无课桌，每个学员都用稻草编织一只圆形草垫，席地而坐。夏天在树荫下上课，寒冬集结在阳光照耀的山岗上。学员们没有纸和笔，就用竹竿和树枝当笔，大地泥沙当纸，教材基本上是用抗大的，也有叶挺、项英等自己编写的。

冯达飞主要教授军事课程，每天晚上都点着马灯，认真备课。教授的内容，是以早年在黄埔军校和苏联留学的课程为主，特别是以毛泽东军事思想为重点，总结我军多年的作战经验，针对新四军所在的江南地区平原、丘陵、水网等特点，编写新的教材。他的课深入浅出，结合战例，讲得生动易懂，深受学员欢迎。

从1938年秋至1941年1月，教导总队共举办了五期培训班，先后培训了各级干部总共有5000多人。此时，新四军也由建立初期的1万余人发展到10万多人，冯达飞对新四军素质的提高，对新四军的建设和发展做出了突出贡献。

皖南事变

1939年下半年开始，国民党掀起第二次反共高潮，先后制造了针对八路军、新四军的多起惨案。对新四军的迅猛发展和壮大，蒋介石更是不能容忍，于是便制造种种借口，污蔑新四军"破坏团结""破坏抗日"，并以何应钦、白崇禧之名义，给朱德、叶挺等发了《皓电》，下令停发军饷，并强令江南的新四军，在一个月之内，全部撤至黄河以北。中共中央通电全国，据理驳斥了《皓电》的指责，并揭露了蒋介石反共投降的阴谋。同时，为了顾全大局，表示愿意将皖南新四军军部及所属部队共9000余人，按照国民党规定的时间开赴长江以北，要求他们保证北移通道安全。

对于蒋介石的阴谋，党中央早就看清其真面目，曾三令五申，要求新四军军部在敌人包围圈还没有完成之前，尽快突围北上，并命令江北的新四军派出部队接应。由于副军长项英不愿意离开好不容易打下来的云岭根据地，对蒋介石还抱有幻想，延误了北撤最佳时机，致使部队北撤到皖南茂林地区时遭到上官云相的围歼，造成了震惊中外的"皖南事变"，9000多人的队伍，只有2000余人突围，使新四军遭受了巨大的损失。

1941年1月4日晚，部队在项英、叶挺率领下，怀着依依不舍的心情，告别了云岭的父老乡亲，踏上征途。

新四军皖南部队，分三路北撤。1纵为左路，3000余人；2纵为中路，2000余人；3纵为右路，2000余人。军部要求各纵队于1月7日前到达茂林地区预定集结位置。

国民党第32集团总司令上官云相，根据顾祝同的指示，集中优势兵力，预先在茂林地区设下埋伏，以5个师5万多人对新四军形成包围。

1月7日，新四军各个纵队通过山岭进行集结时，均遭到国军的阻击，一场恶战就此展开。

冯达飞所在的中路纵队经过丕岭时，受到国军40师120团的阻击。丕岭像一座山坝，两旁高山对峙，敌军居高临下，死死封锁着坝口，部队在往上冲杀时，不少战士倒在半山腰中。冯达飞领导战士组成一个尖刀排，端起冲锋枪猛烈扫射山顶上的敌人，后续部队迅速跟上，经过四个多小时的激战，拿下了丕岭。

叶挺带着周子昆亲自到星潭前线去侦察，他站在高高的山岭上，用望远镜观察了丕岭和星潭敌我双方阵地态势、地形以及星潭敌军各个火力点，然后对周子昆说："现在我们完全落入敌人包围之中，打下星潭，冲出包围圈，才是出路。丕岭是星潭的咽喉，现在拿下来了，应该集中兵力一举攻下星潭，杀出一条血路，冲出包围圈，就可以摆脱困境。"

"军长，我们是不是回去与项政委研究一下，再做决定。"周子昆提醒叶挺说。

"好吧！我们马上下山，照你说的办。"叶挺明白，毕竟项英是军委会书记，有最后决定权，所以无奈地说。

下午，他们回到丕岭与星潭之间的百户坑，和项英一起围坐在一块大石头旁边，对着一张军用地图，为要不要攻占星潭问题展开一场争议。叶挺主张从星潭方向突围，项英主张回撤云岭，

项英："同志们，我们现在的处境十分危险，用强攻硬拼的打法，必然会给部队带来巨大的伤亡，我们必须立即改变计划！"

叶挺："这个时候，无论如何不能改变决心，那样会造成不可收拾的局面。"

项英："那你说怎么办？"

叶挺："我认为，现在情况很紧急，四周敌军已向我们包围，只能前进不能后退，后退就是灭亡。星潭是通向旌德的必经之路，只有集中主力打出星潭去才有出路。"

项英急了，气冲冲地说："与敌军硬拼牺牲太大，伤员多难以处理，如果付出了重大代价，星潭又打不下来，那就更困难了……"

叶挺坚决主张不惜任何代价，要攻下星潭。项英仍然迟疑不决，举棋不定。

就这样，军部为拿不拿下星潭这个问题进行了七个小时的争论，迟迟达不成决定，贻误了战机，给上官云相赢得了时间，使他顺利地不断缩紧包围圈，把新四军的部队紧紧围住。

在军部争论不休的七个小时的时间里，冯达飞没有执行项英的命令。他不能再失去战机了，在这关键时刻，他必须用实际行动来支持叶挺的正确意见，他对连以上的干部说："守备在星潭的40师有较强的战斗力，但现在只有两个营的兵力。旁边的制高点东流山还由我们控制着，只要正面加强攻击，再派部队迂回包抄，完全可以拿下星潭。如今晚我们打不下星潭，渡过微水突围出去，全军就有覆灭的危险。因此，我们要不怕牺牲，

拿下星潭！"冯达飞斩钉截铁地说完后，就下达了攻击星潭的命令，接着举起手枪高呼："老三团的勇士们！跟我来！"他身先士卒，带领战士们向星潭发起了冲锋，冯达飞激昂的声音，震撼着每个战士的心弦，他们冒着滚滚的烟尘，冲锋陷阵，一举突破了敌人的前沿阵地。新三团在周桂生带领下，从右翼包抄过去，于当晚9时攻占了星潭。

2纵队拿下星潭的消息传到军部，争论戛然而止。由于项英坚持要把部队原路撤回云岭，使这个唯一有可能突围的机会丧失了，失败的命运不可避免地落在了被困部队的头上。

事实上，回撤的道路也已经被敌军堵死了。此时，项英带十几个身边人员私自离队，突围去了。叶挺和饶漱石商量了一下，决定立即把剩下的5000多名将士转移到石井坑挖掘工事，准备与敌军决一死战，并向中央发电，报告情况，表示要坚持与敌军战斗5天时间，希望能给周恩来在重庆与蒋介石交涉赢得时间，看蒋介石能不能停止进攻。党中央回电说，要蒋介石撤围不太可能，一切要靠自己，要抓紧时间突围，并指示要尽一切力量，保护好新四军这批骨干。叶挺深知这批骨干是中华精英，是党的宝贵财富。为了不辜负党中央的重托，保护好这批革命种子，1月14日，他向三个纵队下达了突围的命令。

冯达飞接到突围命令后，心情非常沉重，他望着满面烟灰尘土、眼睛被烟熏得红肿、伤口还在流血、疲惫不堪的战士说："同志们，叶军长命令我们突围，这是为了尽可能地保存革命力量，留得青山在不怕没柴烧，我们要不怕困难和牺牲，冲出包围圈就是胜利。"冯达飞说完，就立即布置突围计划。晚上，他率领剩余的800多名官兵，以9挺机枪开路开始突围。他们的机枪、步枪一齐射向敌人，号声、枪声、手榴弹的爆炸声以及"冲啊""杀呀"的呼喊声响成一片，一下子把敌人打得手忙脚乱。乘敌人慌乱之际，冯达飞率领部队，冒着敌人猛烈的炮火，在硝烟浓雾里，忍饥受冻，你掩护我，我掩护你，肩并肩，不顾一切向前拼杀。他们杀出石井坑，来到微水章家渡以南的舒溪，又遇到敌军多次阻击，纵队司令周桂生中弹牺牲。冯达飞命令新三团团长熊梦辉带领 300 人强渡微水。自己则在南岸掩护，正当战友们冲到江心的沙洲时，他的大腿被敌人子弹打伤，鲜血直流，几个战士扶着他冲出包围圈，在繁昌县南陵村一位叫张品三的农民家中隐蔽下来养伤。在养伤的一个多月时间里，冯达飞时刻想的是战友的安危，他多次派人出去打听他们的下落，依靠当地群众组织收容分散突围出来的战士。当得知章家渡丕岭一带有部分人员还在活动时，他立即派人前往联系。他托农民王忠春带信给黄火青，要求部队派些便衣来繁昌活动，收容失散的战士和枪支。王忠春在送信中被四处搜捕新四军的县自卫队抓获，在严刑拷打之下供出了冯达飞的隐蔽地，冯达飞就这样被俘了。

铁窗烈火

　　冯达飞在"皖南事变"中，带领部队在突围中腿部负伤，被国民党逮捕。最初被关押在西山监狱，在监狱中他公开举办马克思主义讲座，听他讲课的人越来越多，国民党特务怕他组织"囚犯"集体越狱暴动，给他戴了两副脚镣，并立即把他转送到七峰岩监狱。当蒋介石得知冯达飞被关押在七峰岩这一消息时喜形于色："总算抓住了一个重要角色！"他连夜从重庆打电话给顾祝同："你一定要他悔过自新。他会的，他是我的学生，只要他承认错误，其他事可以不追究了，还可以让他带兵。"顾祝同迟疑地说："冯达飞很不好对付啊！"蒋介石说："我知道，好对付的人不会去投靠共产党。你要设法好好安抚他，争取他，只要他肯过来，我可以让他当个军长。你派邓文仪去做他的转化工作，他们是同班同学。"

　　邓文仪在七峰岩设宴招待冯达飞，在宴席上邓文仪说："老同学，你受苦了，请原谅，我对你的关照不够。来，先干上一杯，为你压压惊。"

　　冯达飞："好！先为我的同窗好友飞黄腾达干一杯。"

　　邓文仪："谢谢！老同学，你是我国第一批飞行员，和蒋公子（经国）一道去过苏联留过学，是难得的军事人才，我为有你这样的老同学感到骄傲。你知道，校长爱才如命，只要你今后跟着他，效忠于党国，你也可以像我一样，升官发财，光宗耀祖。"

冯达飞："人各有志。如果我想升官发财，早就跟老蒋了。"

邓文仪："现在回心转意也不晚，只要你听他的话。校长说了，至少可以让你当个军长。"

冯达飞："你早该明白，我们彼此信念不同，志不同道不合，奋斗的目标不一样，我们永远也走不到一块。"

邓文仪："老同学，你信仰的所谓共产主义，在中国是行不通的，回头是岸，不要一条路走到黑。"

冯达飞义正词严地说："你不必枉费口舌了，你知道我是黄埔军校一期毕业生，可见我反对蒋介石并不是盲目的！我到过苏联，可见我晓得共产主义是怎么回事。"

邓文仪见无法劝他回心转意，只好悻悻而去。顾祝同利用邓文仪和冯达飞同学的关系，进行"政治感化"工作失效后，接着进行诱骗。国民特务先印好所谓的"悔过书"，上面预先写好了悔过人的姓名、年龄、籍贯、职别，以及一小段声明："我等受共产党欺骗，误入歧途，现表示悔过，从今以后与共产党脱离一切关系"等等。一个特务把一张"悔过书"送到冯达飞手里："冯将军，只要你在上面签个名，就可以马上放你出去，还可以到国民党军队中去当官。"

冯达飞把那张"悔过书"扫了一眼，气愤地说："这是什么悔过书？分明是投降书！我们新四军打日本鬼子，有什么可悔过的？"说完一把将那张"悔过书"撕得粉碎。风一吹，纸片飞扬，满地皆白，气得那个特务七窍生烟。对冯达飞的转化工作，无法达到国民党预期的目的，国民党三战区情报专员张超，秉承蒋介石的旨意，只好亲自登场做工作了。

在一片"立正""敬礼"的高喊声中，牢门打开，张超满脸堆笑走了进来。他身穿笔挺的国民党少将军服，脚穿马靴，身后有几个特务簇拥着。其中一个特务走到冯达飞面前说："冯将军，张专员大驾光临，专程来看望你了。"

张超："冯将军，你在这里很好吧！"他走向冯达飞，伪善地打着招呼，并把手伸向冯达飞。

冯达飞岿然不动。

"冯将军，你是新四军的军事教官，又是纵队的副司令员，新四军违反军纪军令，你也应该负有一部分责任吧！"张超见冯达飞不理睬他，干脆开门见山地说。冯达飞扫了张超一眼，然后挺胸坐直身子，用炯炯的目光盯着张超，看他还有什么屁要放。张超掏出一支香烟，给冯达飞递过去。张超见冯达飞没接，讨了个没趣，就把那支香烟塞进自己嘴中。一个特务立即过来用打火机给他点燃，他吸了两口，然后装模作样地继续说："委座和顾司令长官宽大为怀，十分赏识冯将军的才干，特地把你送到这里来静思反省。校长对他犯了错的学生是很宽容的。只要你能悔过自新，发表个声明，宣布脱离共产党，他将推荐你到三战区当政治部少将主任。"

冯达飞："哼！你们口口声声诬蔑新四军违反军纪，我们是根据'国民政府'的要求，按照你们指定的路线渡江北上抗日的。你们竟然做出亲者痛仇者快的事，用重兵包围我们，对我军突然袭击，造成了重大伤亡。违反军纪军令的是你们，不是我们。"

张超："住口，还不悔过！"

冯达飞："新四军一心抗日救国，一不投降，二不卖国，有什么错可悔？要悔过的是你们！"

"顽固不化，不识好歹！"张超手一挥，扬长而去。走出门口，他气急败坏地对特务说，要把冯达飞送去茅家岭监狱动"硬工"。所谓"硬工"，就是去受酷刑。茅家岭监狱除了设有铁刺笼刑具外，还设有棍打、刀砍、针刺、绳绞、火烙、放毒、坐老虎凳、灌辣椒水等五花八门的刑罚。

特务头子王锡恩站在刑讯室中，满头乱发，紧绷着脸，杀气腾腾，那只魔爪似的手，抓着武装带上别的手枪柄，随时随地都准备杀人。他对冯达飞声嘶力竭地喊道："你考虑好没有？只要你发表声明，宣布脱离共产党，你马上就可以自由。"

冯达飞："我渴望的自由，是无条件地释放所有被扣押的新四军战士，回到共产党的怀抱，让他们到前线去抗击日本侵略者。你要我出卖灵魂，出卖同志，出卖组织，成为可耻的叛徒，来换取高官厚禄，你们做梦去吧！"

王锡恩："你就是铁，我也要把你熔掉！我再给你五分钟考虑，现在还来得及。"

"我早就考虑好了。"冯达飞气宇轩昂慷慨陈词，正气凛然地跨入刑讯室。

特务把冯达飞吊起来，先是一顿皮鞭木棍拷打，接着坐老虎凳、灌辣椒水……冯达飞经受种种酷刑，始终坚贞不屈，视死如归，拒不向敌人屈膝投降。

1942年6月8日，国民党反动派在茅家岭雷公山麓，秘密把他杀害了，与他一起遇害的，还有22名革命战友。

忠烈英魂　流芳千古

冯达飞自从1931年1月带领红七军转战千里回了一趟家，以后再也没有回来过，这一别就是二十年。他的结发妻子陈淑顺，忠贞守节，执着痴情，一直苦苦盼着丈夫归来。直到1950年全国大陆都解放了，还打听不到丈夫的音讯。她急切找到当年担任东陂区区长、她的外甥黄雄，叫他以陈淑顺和二姐冯水清的名义，行文去函华东军区征询冯达飞的情况。不久，华东军区政治部复了函，阐述了冯达飞在"皖南事变"中，负伤被捕，在上饶集中营坚贞不屈殉职的经过，并送连县人民政府备案。

陈淑顺听到丈夫牺牲的消息，没有说一句话，也没有哭，她把悲痛深深埋在心里，没有向任何人表露出来。这噩耗对她刺激实在太大了，几天时间她那秀丽的黑发变成了灰白色，她一连几天不吃不喝，像得了一场大病似的消瘦了。区政府的干部、亲友、邻居知道了都去探望她、安慰她，和她同一间纺织厂的谭荣胜妻子对她说："顺嫂，你有什么心事就讲出来，我们一起来为你分担，不要一个人闷在心里。这样会把身体闷坏的。"陈淑顺听了谭荣胜妻子的话才放声痛哭，倾诉了心里的悲哀。

对于烈士的家属，党和政府是不会忘记的。1950年10月20日，东华军区司令员陈毅给陈淑顺寄来了烈士家属证书和抚恤金；韶关地区人民政府和连县人民政府，敲锣打鼓，舞着狮子给故居送了两块"光荣之家"的匾额；故居所在地的豆地坪巷改为达飞巷；陈淑顺被群众选为连县政协委员。为了缅怀革命先烈，更好地保护和利用冯达飞遗留下来的精神财富，对年轻一代进行爱国主义和革命传统教育，连州市人民政府在故居旁兴建了一座冯达飞将军纪念馆。后来对故居又进行了维修。纪念馆和故居现在成为清远地区爱国主义教育基地。

烈士家属证明书

连州市冯达飞将军纪念馆

在烈士们长眠的地方——上饶革命烈士陵园，还专门为冯达飞修筑了一座纪念亭。每年都有成千上万的群众，把一束束鲜花、一只只花篮献在公墓、纪念碑和纪念亭前，以寄托对烈士的哀思。

上饶市冯达飞纪念亭

　　为缅怀铭记革命先烈的丰功伟绩和崇高品质，2017年5月9日，中共连州市委宣传部、连州人民武装部、广州新四军研究会，在东陂镇和连州市举办了两场文艺汇演，有大合唱、歌舞、独唱，特别是歌颂冯达飞烈士英雄事迹的广播剧《铁窗烈火》，引发观众热烈反响，让人震撼。为了传承红色基因，省市共建"新时代红色文化讲习所"，2018年7月份，在冯达飞将军纪念馆挂牌揭幕。

　　2019年6月21日，"壮丽70年 奋斗新时代，记者再走长征路"节目组抵达连州，由人民日报、新华社、中央广播电视总台、光明日报、经济日报、中青报、解放军新闻传播中心等7家中央媒体及10余家省市媒体组成的采访团来到冯达飞故居，了解并深入挖掘他的英雄事迹。6月24日，中央广播电视总台《长征路万里行》移动直播报道团队也来到故居探访，对冯达飞一生的光辉事迹进行直播报道。英魂不灭，冯达飞的故事将在这一片热土上永世流传！冯达飞的精神将激励一代又一代人。

整理：李东辉

编辑：李新民

回忆在 359 旅战斗的日子

陈海林

口述者简介：陈海林，1922 年出生于河北省新乐县。1938 年 5 月加入八路军，同年 8 月加入中国共产党。历任120 师 359 旅学兵营 4 连班长，719 团、4 支队、718 团宣传员、分队长、副指导员、连长、营教导员、营长，718 团政治处副主任、主任，八路军南下支队第二大队教导员、营长，参加了南下北返、中原突围、保卫延安等战役。任西北野战军二纵教导团干训队队长、一野 1 兵团 2 军 5 师 15 团副团长等职。1949 年 10 月任空军老航校第一大队副大队长、一航校学生大队大队长。1950 年 7 月后，历任空 10 师 28 团、30 团团长、空 10 师副师长。1954 年 8 月赴苏联红旗空军学院学习五年，回国后任空 20 师师长，空 1 军副军长、空 2 军军长、原兰州军区空军副司令员。1955 年 9 月授中校军衔。1960 年晋升上校军衔。荣获三级独立自由勋章、三级解放勋章。1988 年 7 月荣获独立功勋荣誉章。

16 岁的八路军新战士

1938 年春，我就读的"定六师范学校"（河北定州六县联合师范学校）遭日军飞机轰炸而停办，我回到了家乡新乐县北垒头村。此时，抗日战争全面爆发已经半年余，适逢共产党、八路军在敌后广大地区开展游击战，粉碎日军对晋察冀边区的大规模围攻，巩固和扩大了晋察冀边区抗日根据地。贺龙率领的120师及其辖下的359旅，名震四方。他们在我的家乡一带建立抗日民主新政权及地方抗日自卫武装，大力发动群众，宣传抗日，补充新兵，扩大八路军队伍。

随着日军全面占领平津地区，并将战火引向青岛、上海等地，我愈来愈痛恨日本侵略者，痛恨当亡国奴。我当时十分关注时局，成天琢磨着自己该做些什么、该怎样做。但苦于乡下没有报纸，没有广播，得到的消息有限，便只身赶到定州，以看望在那里当中医的姑夫为名，实际上是打探出路。我知道姑夫有文化，有人脉，接触面也广，或许能给自己点拨点拨。

经多次交谈，姑夫明白了我的心思，知道此时此刻的我既关心国家民族命运，又忧虑个人前途；既追求进步，又陷入迷惘，不知道路在哪里。这是当时许多青年学生的共同状态。于是姑夫就对我说，我介绍你去当八路吧。就这样，姑父带着我到当地抗日名声很响的平山县政府（离我家乡几十里地），在县政府接受了几天训导，粗通了一些基本的革命道理。

恰在此时，碰上359旅在当地设了招兵点，姑夫便带我报了名。我当时算是县政府介绍来当兵的。

我报名当兵的这个团叫平山团，1937年组建。后改为津南自卫军，再后补充到主力部队编入359旅718团，团长是陈宗尧。1938年5月，我16岁，就成为平山团的一员。

为壮大抗日队伍，359旅多次进行扩充和改编。与平山团同期编入主力部队的还有侯马团、忻崞团，这几个团很快就列入359旅建制，编制番号为717团、718团，719团。

我先到359旅学兵营4连当战士，学兵营实际就是新兵营。参军后即随部队行军，准备过平汉铁路，到晋察冀打日本侵略者。我们的队伍出城不久，恰好路过我家北垒头村，我得以回家向家人道别。父亲深情地凝望着我说："你自己知道该怎么办，你去吧！"二哥说："你把头发剃光，就和农民一样了。"家乡的习俗是农民都剃光头，只有学生留头发。三哥说："让他去吧，这时候不去抗战还能干什么！"母亲早已泪流满面，不停地哽咽，体贴地问："你要不要带几个钱去？"我想也没想就说"不要！"然后猛地转身跑出家门，实际我是怕自己的眼泪流出来。

这次路过家门，总共停留不过 10 分钟，就站在院子里说了那几句话。与亲人道别的情景真的刻骨铭心。当时我和家人谁也想不到参加八路军离开故乡，这一别就是 16 年！直到新中国成立后的 1953 年，我才第一次回家探亲。

连队很快抵达部队驻地——河北安国县伍仁桥镇。通过这段短短的行军，4 连连长、指导员和排长都和我熟悉了，大家都觉得我有文化，人很机灵，也很能干，于是就让我当了班长，这时我刚入伍没几天。

当兵之后，经过连首长的教育我才知道，八路军是真正抗日的队伍，是由不愿当亡国奴的人组成的，这令我受到巨大鼓舞。这支军队不打人、不骂人，讲道理，官兵平等。我在的 4 连，连长、指导员都是红军干部。我在连队受到教育和熏陶，慢慢懂得了不少革命道理，知道共产党八路军是解放天下受苦人的，是为老百姓打天下的，是人民的子弟兵。我从中看到了光明，看到了希望，感觉自己浑身都有使不完的劲儿，工作都抢着干，成为连队的积极分子。

359 旅是一支具有光荣革命传统的老部队，是抗日战争时期八路军最早的 6 个主力作战旅之一，我们这批新兵补入之后，很快补满了 3 个团，紧接着在战斗中又扩大到 5 个团。我从 1938 年 5 月参加八路军，直到解放大西北，一直在 359 旅。

我们刚当兵时，武器奇缺，学兵营没有枪，只给每人发了一枚手榴弹。我和学兵营战友每天在操场上训练队列，练习"立正""齐步走"等。我们这些学生从来没有见过枪，没有摸过枪，更不知枪怎样使用，于是天天盼着快点发枪，快点上战场打"鬼子"。

后来，营里终于有了学习射击用的枪，我们都很兴奋。教官手把手地教我们射击基本动作原理，我心想，这不正是数学上的点、线、角原理吗？心里豁然亮堂，于是就按着要领去射击，很快学会了打枪。

因为我认识简谱，在连队就教大家唱歌。我当年教唱的抗日歌曲主要有《大刀向鬼子们的头上砍去》《九一八》等。还有当地的民谣小调等，其中有首《八路军拉大拴》的歌是平日唱得最多的，我至今都记得那些歌词：

> 1937 年日本鬼子进了中原，
> 先打开卢沟桥后进了山海关，
> 奸淫又烧杀简直是翻了天，
> 无数中国人死在那个刀下面。
> 中国共产党领导咱们全面抗战，
> 全国上下齐上阵把鬼子赶出家园。
>
> 1937 年日本鬼子进了中原，
> 先打开卢沟桥后进了山海关，
> 那火车道就修到了济南哎呀嘿哟！
> 鬼子就放大炮啊，八路军就拉大铨，
> 瞄一瞄准叭勾，打死个小日本，
> 他两眼一瞪就上了西天哎呀嘿哟……

部队集体活动时，学兵营与教练营老大哥经常展开"拉歌大赛"，我作为学兵营的非正式"指挥"，激情满怀地对大家说：唱革命歌曲是激励斗志、振奋精神的，不要小声哼而要大声吼。因此，学兵营的新兵们每次"飙歌"都扯着嗓子一吼一吼的，声音比教练营响亮，可谓声震云霄。

从那时起，我就成为小有名气的军歌指挥员、军歌教歌员、拉歌大赛的拉歌队长。加上我比较爱学习，领悟革命道理很快，常能联系实际举一反三，同时积极向党组织靠拢，在学兵营结束的时候，由 4 连连长王明德

（红军干部）、排长刘玉林介绍，光荣地加入了中国共产党，候补期 3 个月，于 1938 年 8 月成为中共正式党员。

1938 年 9 月至 11 月，359 旅在配合晋察冀边区粉碎日军多路围攻中，取得邵家庄伏击战的胜利。中秋节前后，部队由冀中开往雁北，这是一次从平原到山区的机动任务。一路急行军，通过敌人的多个封锁线，冒着敌机的轰炸和扫射，在生死考验和严酷锻炼中迅速成长，成为连队的党支部委员。

1938 年 11 月，组织上认为我表现好并具有一定文化，就将我调到 359 旅 719 团政治处当宣传员。自此接触到的领导多了，见识也广了，每天跟团政治处的干部们一起工作，经常白天写标语、上街刷标语，晚上利用各种机会接触群众，做宣传工作。

1939 年 4 月，我被任命为 719 团政治处宣传队分队长。

第一次战斗——上下细腰涧大捷

1939 年 5 月，日军华北方面军第 1 军制定了从 5 月上旬至 6 月下旬对山西省五台地区八路军所部扫荡的计划，决定从 5 月 8 日开始，先用一周时间围歼台怀地区的八路军第 120 师 359 旅 717 团，尔后再扫荡晋察冀军区领导机关所在地。按照该计划，8 日至 9 日，日军第 109 师团和独立混成第 3 旅团各一部，由五台、豆村大营分路进犯。为应对敌人的扫荡，359 旅决定利用山西五台地区连绵山地的有利地形，在上下细腰涧地区集中优势兵力，打击这股敌人。

参加上下细腰涧战斗的部队以 359 旅 717 团、718 团为主，719 团作为后备部队，部署在外围待命。5 月 9 日，由大营镇出动的日军独立混成第 3 旅团加纳部队 800 余人，沿大寨口、神堂堡向台怀镇前进，到达台怀镇以北的土川里、盘道村，因山路积雪通行困难，又企图沿原路经神堂堡撤回大营。718 团和教导营、骑兵大队预伏在口泉村、青羊口以南，717 团由峨口进抵文溪里一带，719团负责牵制繁峙和砂河一带的日军，晋察冀军区第2军分区部队负责牵制五台、豆村方向的日军。

5月10日，717团在铜钱沟附近受到日军猛烈攻击，双方激战一整天，至黄昏时，717团摆脱日军，于11日拂晓通过台怀镇，登上五台山北峰。

由五台、豆村合击第717团的日军，于翌日中午到达台怀镇，欲继续与717团激战，孰料扑了个空，日军惧怕我军有诈，计划原路折返，撤回原据点。

359旅决心叫敌人有来无回。718团出其不意地向日军展开进攻，指战员们越战越勇，渐渐逼近敌人，717团也乘敌人慌乱之际奋勇冲下山去，两支部队前后夹击，把日军打得人仰马翻，七零八落。被打得走投无路的敌人，做垂死挣扎，疯狂反扑，企图突围逃跑，但经359旅连日来拦头截尾的不断打击，战斗力严重削弱，狼狈不堪，剩下的日军最后被我军包围，大部就歼。

经过5个昼夜激战，359旅获得上下细腰涧战斗的胜利，粉碎了日军的扫荡。上下细腰涧大捷取得了歼灭日军一个精锐大队的战果，共毙伤日军700多人（含铜钱沟歼敌200余人），俘虏日军11人，缴获山炮和92步兵炮5门，轻重机枪22挺，步枪300多支，战马200余匹。天亮时分，王震旅长在一条山梁上看见战士们正兴高采烈地抬着缴获的火炮，往骡子上绑，兴奋地指着说："敌人给咱们359旅装备了第一个炮兵营。"

当日军指挥部派出大量部队赶到上下细腰涧增援时，八路军早已迎着晨曦，唱着胜利的战歌，隐没在茂密的松林里。

我当时任719团政治处宣传队分队长。虽不在战斗连队，没有直接冲锋陷阵，却参与团里所有的作战准备工作。战斗打响后，阵地及周边枪炮声大作，气氛顿时紧张起来，远近山谷中不断回荡着激战之声，我参加挖战壕、筑阵地、抬担架救护伤员等工作。亲眼看到负伤和牺牲的战友们一个个被抬了下来。

这是我第一次参加战斗，这次战斗令我牢牢地记住了上下细腰涧这个与"日本鬼子"拼命的地方。从此明白了，胜利是用流血和牺牲换来的。

在 359 旅随后召开的祝捷大会上，我们都激动地聆听了王震旅长发表的鼓舞人心的讲话。王震说："我们可以骄傲地说，我们是英勇顽强的第八路军，是忠诚无比的民族解放战士。我们继承了红军的艰苦奋斗作风，日夜爬山越岭，行军作战，粉碎了敌人合围我们的企图，消灭了敌人的有生力量。"

上下细腰涧战斗的胜利，粉碎了日军向五台山地区八路军大规模进行的 4 路围攻。晋察冀军区司令员兼政治委员聂荣臻，在战斗结束后向 717 团发来贺电说，表扬该团在这次战斗中机动灵活，英勇顽强，为 359 旅的整个作战行动争取了时间，为保卫边区做出了贡献。晋察冀军区通令嘉奖了 359 旅全体官兵。晋察冀边区行政委员会发来了电报，对 359 旅取得上下细腰涧大捷表示热烈的祝贺。同时，还奖给全旅 2000 大洋。

1939 年 8 月，部队整编，我被任命为 359 旅 719 团 3 营 10 连副指导员 (1939 年 7 月 7 日，津南自卫军与 719 团合编，合编后对外仍沿用津南自卫军的番号)。

阻敌打援，血火陈庄

1938 年至 1939 年间，抗日战争进入最艰苦的相持阶段。

当时形势是，日寇于 1938 年 10 月相继攻陷武汉、广州后，改变了侵华策略，开始对国、共两党区别对待。对国民党以政治诱降为主、军事打击为辅，停止向国民党战场的战略进攻，转移其主力对付共产党，将军事进攻重点转向中国共产党领导下的八路军、新四军和其开创的敌后抗日根据地。

冀中地区位于平汉、津浦、北宁铁路及沧 (县) 石 (家庄) 公路之间，辖 40 余县，人口稠密，地势平坦，交通发达。冀中抗日根据地成立后，侵犯华北的日军深感威胁，频繁进行扫荡。因此，该地区的扫荡和反扫荡斗争异常激烈。

1939 年秋，晋察冀边区各地大雨连绵，引发山洪暴发、河水泛滥，抗日根据地房屋倒塌、田园淹没，许多人畜被冲走，造成多年来未有的大水灾，人民生活困苦。

侵华日军以为天时可用，借机对晋察冀边区抗日根据地和北岳山区连续发动疯狂大扫荡，攻击目标首先指向陈庄。

陈庄位于鲁柏山区的西侧，慈河北岸，距灵寿县城100多公里，为一个800多户人家的大镇，是边区商业、交通重地之一，也是晋察冀军区的一个后方基地，第120师后方机关和抗日军政大学第二分校均驻在附近。陈庄距我的家乡不到100里地。

在此之前，敌人早已将陈庄视作眼中钉，曾一度进扰陈庄，连续4次派飞机对陈庄实施狂轰滥炸。此时，边区军民一边进行抗灾抢险，一边组织反扫荡。

日军与共产党领导的八路军交手两年，吃了不少苦头。1939年9月，日军旅团长水原义重抛出所谓"山地讨伐进步战术"，日本华北方面军决定实施这个战术。敌华北方面军司令部指示敌军："对付八路军必须采用一套新的战术，找准敌人的弱点，出其不意，以大胆勇敢精神和动作，进行包围、迂回、欺骗、急袭，再近距离进行很快的奇巧袭击。"

八路军120师奉中央军委命令，自1939年8月起，分前后两批向晋察冀边区转移，参加巩固北岳山区作战。张宗逊率358旅、独立第1旅、独立第1支队等部组成第一梯队，于9月1日到达行唐西北的口头镇地区。贺龙率师部及第716团作为第2梯队，于9月24日到达南北城寨附近的刘家沟一带，与第一梯队会合。至此，八路军第120师主力大部在贺龙等率领下向晋察冀边区腹地转移，先后于河北行唐、山西灵丘一带集结完毕。贺龙命第715团开抵雁北上寨地区，接替359旅防务，师属其他所有部队立即开始应急式整编训练。

高度集结的八路军120师，与日军推行的"山地讨伐进步战术"可谓不期而遇。为打击日军嚣张气焰，贺龙、聂荣臻决定将计就计，调兵遣将，制定了周密的反扫荡作战计划。随后，指挥120师主力和晋察冀军区参战部队，集中 6 个团、3 倍于敌的优势兵力，巧设伏阵，张网以待。

我当时是 719 团 3 营 4 连副指导员，参加了陈庄歼灭战。719 团奉命从原驻地南北谭庄地区，运动至白头山一带，主要任务是打敌增援部队，不让"日本鬼子"的援军接近陈庄，同时不失时机地歼灭敌人。

为实施"新战术"指导下的"秋季大讨伐"作战计划，日军第 3 大队田中省三大佐充当急先锋，率 1500 余人，采取声东击西、避实就虚的轻装奔袭战术，侵占陈庄，妄图一举深入晋察冀边区腹地，消灭我根据地领导机关和后方设施，在日寇"秋季大讨伐"中建立"奇功"。

9 月 25 日，敌人由灵寿向慈峪进犯，尽管我军只有边区四分区独 5 团一部在那里警戒，对敌尚不构成太大阻力，但日军使用所有火（武）器正面进攻，欲占慈峪。紧接其后，该敌继续往南向伍河、西伍河和南北霍营地区做试探性进攻，遭 359 旅 719 团阻击。

同日，日军由灵寿向晋察冀边区腹地发起进攻，占领慈峪镇。27 日上午，日军直奔陈庄，袭击晋察冀边区后方领导机关。第 120 师在陈庄东南设伏，并以 719 团坚守白头山阵地，以另一部警戒灵寿、行唐增援之敌。

28 日拂晓，敌人烧毁了陈庄的房屋后，沿磁河南岸向东撤退。8 时，敌先头部队进入预伏区，第 120 师发起攻击，将日军全部包围在高家庄、破门口，冯沟里 3 个村庄。下午 7 时，第 120 师发起第一次总攻，将敌分割围歼，日军死伤众多。

同一天，灵寿、慈峪之敌 1000 余人沿磁河来援，被预伏在这里的 719 团阻击于白头山下，激战竟日，敌仍不得前进。

当时我们埋伏在白头山阵地，专门打敌增援部队，不让"鬼子"由此前进一步。陈庄歼灭战的特点是昼夜打、连续打，不让敌人消停，硬把敌人打得晕头转向。有天晚上，已进入后半夜，敌人利用夜色掩护，企图探路突围。我看得很清楚，几个人从山上偷偷摸摸跑了下来，我就照准敌人奋力投出一枚手榴弹，战士们的枪声也随即响起，敌人立刻呈散兵游勇状，向不同方向四散逃开，我拼命投弹，那手榴弹像长了眼睛，追着敌人炸。

敌人不甘心，开始向我阵地施放毒气。我们在上下细腰涧曾遭遇过一次日本人施放的毒气，大家都有经验，知道毒气来了，一面用布类（衣裤帽子毛巾等）的东西浸湿了掩住口鼻，一面坚持战斗。

29日晨，被围于破门口、冯沟里的敌人已伤亡过半，遂向南突围，又被包围于鲁柏山高地。第120师以炮轰和步兵冲锋轮番向敌攻击。敌困守山头，陷入绝境。当夜，第120师再次发起全线总攻，突破敌军阵地，将敌大部歼灭。

经6天5夜激战，我歼灭进犯日军1280余人，俘敌16人，击毙了水原义重旅团长，缴获山炮3门、轻重机枪23挺、步枪600余支、战马50余匹，使以"牛刀子战术"闯入我根据地的狂妄敌人遭到惨败。

历史上著名的陈庄歼灭战，是贺龙师长指挥八路军120师与日军"斗法"的结果，我军大胜。这是抗日战争相持阶段敌后抗战的一次模范歼灭战，也是贺龙师长用兵布阵的杰作。

回师陕北，守备河防

黄河是陕甘宁边区东面的重要屏障，亦称边区东大门。

河防线长达500多公里，北起府谷县的马镇，南至宜川县的汾川河。为加强河防守备，早在1937年11月17日，中央军委即将整个河防划分为三段，各段专设河防司令部负责指挥。在兵力部署上，由警备第八团、第三团、第四团、第五团分段执行河防任务。

抗日战争进入相持阶段后，蒋介石消极抗日，积极反共的嘴脸越来越暴露了。1939年1月，国民党五届五中全会制定了溶共、防共、限共的反动方针。6月，国民党秘密颁布《限制异党活动办法》。10月，国民党顽固派不断增兵包围陕甘宁边区，制造军事摩擦。11月，国民党在五届六中全会上制定了以军事反共为主，政治反共为辅的策略。随后，国民党更是积极挑起摩擦，制造平江惨案，揭开反共序幕。1939年冬，蒋介石在全国掀起第一次反共高潮。

中共中央早已识破国民党的企图，并保持高度警觉。一方面在政治上与其进行有理有利有节的斗争，对其倒行逆施行为及时予以揭露，明确提出三大口号，"坚持抗战，反对投降；坚持团结，反对分裂；坚持进步，反对倒退"，促其放弃反共政策，重新回到国共合作、共同抗日的轨道上来。另一方面在军事上也做了自卫反击的必要准备。

1939 年 8 月 7 日，中央军委电令八路军总部和第 120 师："为粉碎国民党的反共阴谋，保卫陕甘宁边区和加强河防，准备应付突然事变，我之戒备兵力应有必要的调动。除命 359 旅开赴绥德、米脂、佳县、吴堡、清涧地区，巩固绥德警备区外，第 120 师在冀中各部队移至恒山 359 旅的位置，并视情况再移至晋西北地区，以利指挥。"

接到中央军委命令后，翌日即 8 月 8 日，正在冀中的 120 师师长贺龙急令 359 旅旅长王震，率旅主力迅速开赴陕北绥德地区。

绥德地区辖绥德、米脂、葭县、吴堡、清涧五县，位于陕甘宁边区的东部，濒临黄河，与晋绥边区隔河相望。它是边区东部的门户，是中共中央、中央军委指挥与联络华北各抗日根据地的重要通道，战略地位十分重要。

这时，359 旅各团高度分散，正在恒山地区和冀中各地开展游击战，接到回师陕甘宁边区的命令后，决定分五批向陕甘宁边区收拢。第一批是王震率领的旅部、717 团、718 团 3 营及教导营、骑兵大队等；第二批是郭鹏、袁任远率领的旅直机关、718 团 1 营 2 营及一个新兵营；第三批是苏鳌、朱继先率领的独立第 4 支队；第四批是雁北支队；第五批是津南自卫军。

1939 年 12 月，我被调到 359 旅独立第 4 支队 (该支队自 1939 年 3 月成立起即划归 359 旅建制)1 营任教育干事。在此期间部队接到新的任务：回师陕甘宁边区，保卫党中央。我随部队于 1940 年 3 月初出发，经一个月艰苦行军，于 4 月 1 日抵达目的地，进驻延川县延水关。当时，359 旅各部队都在黄河沿线加修河防工事，抓紧进行河川攻防战斗的演练，部队驻地较分散。为了宣传保卫延安、保卫党中央这一主要任务，更广泛地做好思想教育工作，我跑遍了陕甘宁边区 23 个县。从那个时候起，就对当地的地形地貌，民俗风情了如指掌，也深深地爱上了这片土地。时隔近 80 年后的今天，仍然能够唱当地民谣和当年唱过无数遍的多首革命歌曲。

新中国成立后，有人对我打趣说："陈司令，您是河北人，怎么把陕北民谣唱得这么动听啊？"我心里明白，这是因为我对陕北有感情啊。

党中央把 359 旅从晋察冀边区调回陕甘宁边区，我们的头一个任务是"河防"（防止日寇过黄河），第二个任务是"三反"（反摩擦、反内战、反顽固）。

本来按理说，外辱当前，我们的敌人只有一个，即日本侵略者，但国民党反共，老想吃掉我们，这就逼得我们增加了一个敌人，即国民党。对国民党的斗争相对复杂，因为当时国民党碍于国共合作的幌子，脸皮并没有完全撕破，反共是骨子里的，又是秘密的，我党的政策始终是坚持抗战反对分裂。

在陕北北部的反摩擦主要是针对何绍南展开的。原来，早在 1937 年 9 月，国共两党即达成协议，绥德五县划归陕甘宁边区政府管辖。但国民党言而无信，不但不遵守协议，还任命何绍南为绥德地区专署专员兼绥德县县长。何绍南上任后，肆无忌惮地进行了大量反共反人民、危害抗日的罪恶活动。他令保安队阻挠八路军进城，唆使一小撮地痞流氓化装成八路军，胡作非为，大肆抢劫，以此卑劣手段败坏八路军声誉；在供粮问题上故意刁难，令八路军部队经常断炊；秘密策动 13 个保安队，企图偷袭 359 旅旅部等等，罪行累累。边区人民恨透了何绍南及其爪牙，提及"何绍南"三字无不咬牙切齿。

1940 年 2 月、3 月间，何绍南唆使绥德地区各县保安队哗变为匪，抢劫财物、焚毁二郎山弹药库、受到 359 旅清剿部队的坚决打击，哗变匪徒土崩瓦解。经过数次交手，何绍南的部队惧怕王胡子，一听说王胡子领着 359 旅来了，每每望风而逃。359 旅有了"河防勇士"之称，闹摩擦的不敢轻举妄动了。

不久，陕甘宁边区老百姓有个口口相传的"说法"流传甚远，绥德一带原是国民党何绍南部的老巢，王专员 (王震) 一来，就把他赶跑了。这个祸害一跑，老百姓就安宁了。

陕甘宁边区政府委任王震为司令员兼专员后，当地老百姓非常拥护王专员，编了歌到处传唱。他们是这样唱的：

> 八路军打跑何绍南，
> 来了一个王专员，
> 王专员他领导得好，
> 保佑百姓都平安。
> 自从打跑了何绍南，
> 来了一个王专员，
> 搞生产呀有吃穿
> 咱老百姓都喜欢。

1940 年 10 月，我由 359 旅 4 支队 1 营调到支队 (团) 政治处宣教股，任宣传干事。

"三边"打盐戍边

1941 年是个血腥的年头，国民党在这年 1 月制造了震惊中外的"皖南事变"，掀起第二次反共高潮。同年 4 月，包围陕甘宁边区的国民党胡宗南部与之相呼应，继续向陕西关中集结重兵，不断进行挑衅和侵扰活动，并密令所部囤积粮弹，随时准备由南线大举进犯陕甘宁边区。

在这样严峻的形势下，为了克服当时严重的经济困难，反击蒋介石停发军费和经济封锁，驻在陕甘宁边区西北角的部队 (359 旅第 4 支队是其中一部分）率先投入生产自救活动，其中最主要的生产就是利用当地丰富的食盐资源打盐、贩盐。

陕西是我国盐渍土分布面积最大最多的六大区域之一，主要分布在榆林、渭南地区。当地老百姓再贫穷、再困难的人家，也从来不缺盐。这里还有许多草甸子，家家户户几乎都饲养有羊只，条件稍微好点儿的则饲养着羊群。

1941 年 6 月，359 旅独立第 4 支队奉命开赴陕北"三边"地区，既打盐，又戍边，战斗生产两不误。

所谓"三边"是指陕甘宁边区的定边、安边、靖边这三个县城，它们统称为"三边"。其中，县城规模最大的是靖边。这一带是浩瀚的沙漠和草地，气候寒冷，产粮少，物产不丰富，老百姓非常贫穷。然而，该地域内的盐池县食盐资源却十分丰富。同时，在奇寒的塞北定边和盐池一带，还盛产甘草和裘皮，驰名海内外，市场十分广阔。食盐、裘皮和甘草这三样东西简称"三件宝"，主要用作出口。所谓"出口"就是贩运出"三边"，卖给国民党军、其他大小市场及各界买主，以物易物，换回各类生活必需品。

相对于广阔的市场需求，三件宝中的咸盐显得生产量小，不够出口，远远满足不了市场需求。用今天的话说，食盐是"刚需"，不仅事关民生，而且事关部队战斗力。没有食盐就没有战斗力，出动部队参与打盐生产，正是基于这种认识和实战需求。

"三边"地区的"三件宝"远近闻名，该地亦因拥有这三件宝而堪称宝地，老百姓编有顺口溜，并以陕北小调广为传唱：

> 一道道山一道道川，
>
> 赶着毛驴上"三边"，
>
> "三边"地上三件宝，
>
> 咸盐裘皮甜甘草。

每当我回顾起"三边"打盐这段经历，总会把这段陕北小调唱上一两遍。不管在什么场合，只要有人问起陕北"三边"，问起我们当年参加的打盐生产，我都会张口就唱，因为一唱，就让我回到了战火纷飞年代中的那一小段劳动生产经历，沉浸在收获食盐的喜悦之中。

1941 年 11 月，我被提拔为 359 旅 4 支队政治处宣教股股长。

国民党在绥德一带设置了重重障碍，目的是不让八路军在当地立足，他们自认为那是他们的地盘。此时，眼睁睁地看着八路军在"三边"地区搞生产，当然不甘心。1941 年 10 月 28 日，驻绥远伊克昭盟的国民党新编第 26 师何文鼎部突然南下陕北，向"三边"地区进犯。

"三边"地区是延安的西北大门，又是边区的生产基地。为了确保"三边"的安全，中共中央除了向国民党众多要员连续发电，呼吁制止何文鼎的进犯行动外，还决定组成野战兵团，出兵"三边"，制止何文鼎部的进犯。任命王震为司令员，贺晋年为副司令员，由 359 旅、358 旅及警备二团和骑兵团等部队共组野战兵团，开赴"三边"地区。1941 年 11 月 6 日，野战兵团在靖边县张家畔镇召开参战部队动员大会。

王震亲自率野战兵团镇守"三边"，形成巨大的威慑力量。国民党何文鼎部真的被王震和 359 旅的威名所"震"，听说王胡子"杀"来了，吓得屁滚尿流，跑得远远的，不敢再来了。

1942 年 1 月 14 日，在"三边"地区彻底解除了何文鼎部的骚扰，到处呈现出祥和之际，王震令各参战部队撤回原防。1 月 16 日，野战兵团领导率部返回延安等地，仅留下第 4 支队继续在"三边"从事打盐生产，我随部队留在了"三边"。

1942 年 1 月 22 日，王震率野战兵团返回延安受到热烈欢迎，大街小巷到处张贴着欢迎标语。翌日，留守兵团在八路军礼堂召开欢迎大会，朱德总司令和毛泽东主席先后与会，朱德在会上说："战争是长期的、艰苦的，没有充分的物质保障，就不能取得反法西斯战争的最后胜利。你们回去还要继续开荒种地，养猪、养羊、养牛。"毛泽东在会上说："你们这次在'三边'完成了一个重要任务，边区是个好地方，顽固分子可不喜欢这个地方，所以才把你们从前方调回来,有事就打仗,没事就生产和学习。"

第4支队领导及时向大家传达了朱总司令和毛主席的指示,官兵们受到极大鼓舞,打盐生产的劲头更足了。

打盐有两大特点,一是季节性强,每年只有夏季几个月可以打,其他季节阳光少,天寒地冻到处结冰,就打不了盐;二是所需工具多,如各种牲口,各种车辆及其他打盐工具等。为不误"农时"(盐季),部队为开展打盐生产做了充分准备。

第4支队数百官兵(不足1千人)在"三边"安顿下来,团部先是驻在靖边县,后迁入宁夏盐池县(宁夏仅此一县属于陕甘宁边区)。除了团部住在两户老百姓家里以外,部队全部住在窑洞里。其中一部分老窑洞是此前打盐人挖的,另一部分是由部队自己挖的。在当地人指导下,部队官兵挖窑洞非常熟练,将山的阳面从顶到根齐齐切掉一块,然后在切面挖洞,再将洞前的地填平,将土压结实,就成了院子。随后,轰轰烈烈的打盐生产开始了。

我作为团宣教股股长,住在团部,但那时干部和战士一个样,天天下盐池参加打盐,武器随身带。我是头一回见识打盐,就边干边学,边学边干。当地的打盐方式其实简单,主要分两种,一种是打井式,即从地下打出咸水,晾干后成为咸盐,这种水含盐量最高;另一种是圈围式,即将地表水用土围子围起来,待强烈的阳光把围子里的水完全蒸发之后取盐。

"三边"这个地方到处是水泡子,水泡子里是现成的咸水。没有水泡子的地方往往覆盖着一层很硬的土,这层硬土不厚,只要把它掀开,下面的咸盐水就汩汩往上冒。这时只要把地弄平,然后用土围子把水围成一格一格的,等着太阳晒干就行。那一个个盐水池看上去像一畦畦稻田一样。不消一个星期,水就晾晒干了,地上白花花的全是盐,就可以收获了。

当时生活艰苦,许多官兵没有鞋子穿,每天光着脚踩在盐水池里打盐,被咸水刺激得裂出口子,那口子一沾盐水,痛得钻心,但没有一个人叫苦叫累叫疼,每天牙一咬就下了盐水池。我的两只脚也裂了大口子,但还是和大家一样忍痛坚持打盐生产，每天头顶酷暑，脚在盐水池里泡着。

太阳越大，天气越热，对打盐生产来说越是好季节。为了抢季节、多生产，官兵们个个都光着膀子在盐田劳作，人人被晒得褪皮，经常是旧皮未褪完，新皮又被晒得爆裂开来，又痒又刺痛，还不敢抓，因为一抓就会大面积脱落，弄得"体无完肤"。

因为我是宣教股股长，除了白天参加打盐生产，晚上还要负责编辑生产简报，表扬好人好事，鼓励先进，有时还牵头组织生产进度比赛，推动打盐生产不断掀起高潮。生产简报的大多数稿子都是我自己写的，部队官兵操枪不怕死、舞锹不怕苦的精神时时激励着我，再加上每天都看得到劳动成果，白花花的盐堆成小山丘，煞是可爱，这一切都令我文思泉涌，下笔如行云流水。加上那时年轻，脑子灵活，手也快，一袋烟的工夫就能写出一篇稿子来。

咸盐生产的旺季很短暂，必须分秒必争、日夜连轴转。每天不停地收获，不停地外运。官兵们手持铁锹，肩挑扁担、筐子，干得热火朝天，还经常赶着马车、牛车、骡子车及毛驴车上阵，将整车整车的成盐贩运出口。经过整整一个夏季紧张的生产，我们 4 支队打盐取得丰硕成果。

除了打盐外，我们还组织人挖甘草、弹羊皮，将晒干的甘草和处理好的羊皮拿去卖。总之，充分利用当地资源，用辛勤和卓有成效的劳动创造财富。

陕甘宁边区多次派干部前来"三边"慰问 4 支队官兵。

这天，八路军后勤部长叶季壮来到"三边"，看望和慰问 4 支队全体官兵。他在慰问大会上说：人是铁，饭是钢，一顿不吃饭就叮当。4 支队全体官兵在"三边"大搞咸盐生产，创造了财富，"出口"换回陕甘宁边区急需的各种生活物资和战备物资，像粮食、棉花等日用品以及药品，解决了吃饭穿衣疗伤等大问题。同志们有功啊！同志们辛苦了！

4 支队驻扎"三边"，起到威慑作用，国民党军不敢来了，圆满完成了既打盐又戍边的双重任务。与此同时，359 旅部队一面在绥德地区守备河防，与国民党顽固派进行坚决斗争，一面发动全体官兵种菜开荒，播种粮食作物，发扬自力更生精神，改善生活，完成军事、政治任务。

南泥湾里创奇迹

南泥湾位于延安城东南的黄龙山地区，离延安约50公里，是延安县金盆区一个乡，与金盆湾、九龙泉、临真镇、马坊等地接壤，纵横100余公里。中心地区由三道河川构成，南盘龙川，自西面东，九龙川自南而北，汇合后称南阳府川。东北至金盆湾，流入临销川。河川两岸有肥沃的川地约1.5万亩，全区可耕地面积达100余万亩，其余为森林地带。用今天的眼光看，这明明是一块水量丰沛、物产多样的宜居宝地，怎么会变成荒山野岭呢？

原来，100多年前，这里曾是人口稠密的地区，由于清政府制造汉回民族互相残杀的悲剧，再加上民国初年军阀横行，土匪抢劫，人民无法生活，相继逃亡，这里才变成荒野。

自己动手，丰衣足食

由于国民党对边区实行经济封锁，再加上陕甘宁边区地处高原山区，土地贫瘠，经济落后，老百姓生活贫困，长年缺衣少食，以糠秕野菜充饥。边区人民为坚持抗战，支援子弟兵，在极端困难的情况下仍千方百计节省出粮食，自愿缴纳公粮。然而，八路军的生活仍得不到最低限度的保障，经常断炊。没有粮食，部队常以黑豆、野菜充饥，只有伤员才能每日供应4两小米。因为营养不良，很多战士都患了夜盲症。为克服严重的经济困难，减轻边区政府和人民的负担，坚持抗战，党中央下决心在陕甘宁边区实施精兵简政，生产自救。

因绥德地区土地有限，359旅无法开展大规模生产和实现粮食自给，遂奉命以南泥湾为生产基地。我所在的独立第 4 支队在完成了"三边"打盐任务后，奉命随全旅各部队分批开赴南泥湾。

359 旅在进驻南泥湾之前，早已扩大为 5 个团，其中第 4 支队改为 359 旅补充团，雁北支队改为 359 旅特务团。在精简整编中，第 4 队支队由原辖三个营的齐装满员的大团，改变为直辖 6 个连的小团，营级建制撤销，包括各营营部机关股一级全部取消。营级干部全部降级使用，即全部下放到连，加强连队建设。当时我也由 359 旅 4 支队政治处宣教股股长改任 359 旅 719 团 2 连连长（正连职）。

精兵简政工作完成后，轰轰烈烈的南泥湾大生产运动开始了。

部队刚到南泥湾时，满目荒凉，几十里内渺无人烟，到处荆棘横生，野草比人还高。成群结队的野兽在深山老林里窜来窜去，俨然将这里当成了它们自己的家园。部队成千上万名官兵来到这里，首先面对的是没有房子住，其次是没有粮食和蔬菜吃，再次是没有生产工具，没有耕畜的状况，遇到许多难以想象的实际困难。那时的南泥湾虽有山川河流，有绿色植被，不能称作不毛之地，但确实连最基本的生活条件和生产条件都不具备，部队官兵面临着刀耕火种般接近原始的生活。

我所在连队和其他部队一样，在河边选点露营，图个用水方便。我们砍树枝搭成简易窝棚，官兵们挤在里面栖身。到了夜里，虎啸狼嚎彻夜不息，寒风嗖嗖刺骨让人直打寒战。为了御寒和防野兽袭扰，大家捡树枝、砍柴草，点起堆堆篝火，官兵们围着篝火睡觉。随后开始挖窑洞，解决住的问题。

连队以班为单位挖窑洞，每个班挖一孔窑洞，由官兵们自己"设计"、自己挖。大家情绪高涨，好像给自己建房子一样，干得很欢快。各班还暗中较劲，看谁的窑洞挖得好、造型漂亮美观、居住安全舒适。

部队吃粮要到 50 至 100 公里外的地方步行背运，背一趟来回要走两三天，冬天背粮更加艰苦。我和战士们一起去背粮，没有口袋，就拿出自己平时舍不得穿的裤子当口袋，两头用绳子扎上。在那个特殊的情况下，部队允许战士们在限制范围内搞"就地取材"，即利用闲暇打点野鸡和野猪，改善伙食。

下地劳动时，我们为了减少衣服的磨损，经常不穿上衣。除了寒冬腊月必须穿厚一点以外，天气稍暖和一点就不穿外套，再暖和一点就光着膀子，一年中大多数时间都是着单衣单裤或光着膀子干活。尽管如此，体力劳动汗多、消耗大，衣裤磨损也快。我会做一手好针线活，就是那个时候学的，经常在晚上战士们入睡后，就着煤油灯给战士缝补衣裤，以便第二天下地干活有衣裤蔽体。

开荒种地没有工具不行啊！部队集思广益，想办法解决工具问题。首先是请边区政府代购了一部分，接着是大家自制工具。有的连队组织战士到河防两岸搜集敌人轰炸边区时留下的炮弹片，回来自己动手打铁造工具。我当时就说，嘿，活人还能被尿憋死！咱们搞靠山吃山。于是领着2连官兵上山伐木，运下山加工成木材，再运到几十里外的村庄或集镇上去，搞以物换物，木材换工具。虽说加工粗糙一点，但木材都是上好的木材，换回来的工具自然都是上好的工具，这下可把大家高兴坏啦。这个办法十分见效，各连队争先恐后地上山伐木。

在很短的时间内，359旅官兵就配齐了干农活的基本"装备"，做到人手一把锄头和一把镰刀。除了"武装"到单兵，每个连队还平均拥有4张犁。可以说万事俱备了。为了给官兵们传授耕作经验，部队请来了边区有经验的老农，手把手地教大家撒种、施肥、锄草、留苗等耕作技术，还教大家利用当地气候和土壤条件从事耕作，减少盲目性。

一支驰骋晋察冀和陕甘宁战场、威名令敌人胆寒的雄师劲旅在南泥湾安营扎寨，拿起锄头镰刀，摆开了农业生产的大阵势。

我在家没有种过地，但从开荒种地最原始的活儿——砍草砍树开始，领着大家拼命干。有人不解，为什么要"砍草砍树"呢？因为在南泥湾的荒山野岭中，生长最为茂盛的就是野草和野刺，它们往往"占据"土质肥沃的地方，长得比人还高，一蓬一蓬的，密度又大，遮天蔽日。其中的蒿子草、羊胡子草、蝎子草、山桃树、黑葛兰及狼牙刺等，根系发达，说它是草，其实已经长成了树的模样儿，还会"咬人"，冷不防就会被刺出血，一开始几乎人人都被它"刺中"过。我们在劳动中开动脑筋，总结出一套砍草砍树的有效办法：先搞"敌情侦察"，即先找准主根，将其扒出地面，再搞"扫清外围"，即砍断支根，最后"发动总攻"刨出主根，裸露出大片黑油油的、发亮的土地。

从犁田、播种、锄草到收割，样样我都走前面，各样农活很快就上手了，熟悉和掌握了粮食生产的各个环节。为调动大家积极性，提高劳动效率，完成开荒指标，我们在大半年的时间里连续组织劳动竞赛，以班排为单位，这个山头喊口号，那个山头呼应，双方打擂台，看谁开荒纪录高。事后连里讲评，以表扬和鼓励为主。战士们每天从天蒙蒙亮开始干活，一直干到天黑才收工，虽然很艰苦、很疲劳，但受到领导和战友的肯定，心情特别爽。那时候年轻，睡一觉起来，又变得无比生猛，个个精神抖擞，嗷嗷叫着、比着赛着，一头扎到地里干活去了。我还组织连队官兵到兄弟连队学习，借鉴人家的经验。如某连班长李位，日均开荒 3.67 亩，首创个人开荒最高纪录，被誉为"气死牛"，因为一头牛拉一天犁也开不了这么多荒地。

现在回想，在南泥湾搞农业生产真是锻炼人啊！当年，我和连队战士都是清一色的壮小伙，血气方刚，浑身有使不完的力气，干起活来像小老虎一样。战士们唱道：开荒好比上前线，没有后退永向前；困难纵有千百万，它怕咱干劲冲上天；要与那深山老林决一战，更使陕北出江南。为什么 359 旅官兵干劲这样足呢？正是"自己动手，丰衣足食"的信念，成为大家力量的源泉。

我们 2 连当时还被评为全团的模范连，连长黄华清和我还双双被评为生产模范。

从 1942 年到 1943 年间，毛泽东主席、朱德总司令、周恩来副主席等许多中央首长先后视察了南泥湾，给予了很高的评价。

南泥湾声名远播，但国民党的中央日报却污蔑我们说八路军在南泥湾种烟土。为了驳斥他们的污蔑，1944年6月6日至9日，由美国、英国以及国民党中央社记者等组成的中外记者西北参观团，到南泥湾参观访问了4天。参观团大多数成员都为眼前欣欣向荣的景象所振奋，唯有国民党代表最尴尬，他们也许只有眼红的份儿了。

359旅在王震旅长率领下，奉命进入南泥湾开展大生产运动，就靠一把镢头、一支枪，将昔日荒无人烟的南泥湾变成了"陕北好江南"，创造了战争环境下的农业奇迹，为粉碎日寇扫荡和国民党对陕甘宁边区的军事包围及经济封锁做出了巨大贡献。

南泥湾大生产独树一帜，在我军历史上、在世界军队历史上都是绝无仅有的。

大练兵中荣膺"贺龙投弹手"称号

在那个特殊时期，部队并不只是埋头生产的，因为环境不允许，部队还有战斗任务，简称"劳武结合"。359旅还担负着保卫陕甘宁边区的任务，官兵每天下地劳动，总是一边肩膀扛着武器，另一边肩膀扛着锄头、耙、锨和铲。此等"装备"，让人一望而知，这是一支从事农业劳动的战斗队伍，要么田头挥汗，要么战场洒血，很好地诠释了我军"战斗队、生产队、工作队"的三大任务。

当时我们的任务是一边打国民党，一边开荒种地，实际上就是利用打仗的间隙搞生产，搞经营。部队每天上山开荒都带着武器，背着枪。队伍雄赳赳地来到地里，武器架在田间地头，人则向山野田间撒开去。一有情况我们就扔下锄头拿起枪，哪里紧张冲向哪里。国民党部队与南泥湾相距几十里，经常过来袭扰。生产劳动任务再繁重，作战任务仍是第一位的。1943年10月，毛泽东、朱德等中央领导到陕甘宁晋绥联防军召开的高级干部会议上讲话，号召驻陕甘宁边区的部队利用冬季开展大练兵运动，目的是："提高战斗力，准备大反攻"。

　　359 旅积极响应毛泽东主席的号召，遵照陕甘宁晋绥联防军司令部制定的训练方针，结合部队实际，利用各种间隙开展了大规模的练兵运动。在那个小米加步枪的年代，主要练射击、投弹、刺杀这三大基本技术。359旅提出"练习武艺，投弹第一；人人必到，一到必投；风雨无阻，假日不休"的口号，要求消灭练兵死角，不让一个人站在训练圈之外。在各团组织排以上干部进行短期集训后，轰轰烈烈的大练兵于 11 月正式展开。

　　为鼓励练兵，359 旅严格执行陕甘宁晋绥联防军司令部制定的奖罚条例，定期评选训练中涌现出的各项能手并授予称号。如，100 米射击 3 发命中 24 环者为"朱德射击手"，投弹 45 米以上者为"贺龙投弹手"等。

　　我们连队的政治思想教育、生产劳动、大练兵等各项工作都开展得有声有色，完成任务突出，连党支部成为一个名副其实的坚强堡垒。我们全连将劳动生产与练兵相结合，从最初人人争当劳动模范，到后来既争当劳动模范，又争当练兵英雄。

　　我从小体质好，一是腿能跑，二是臂力足，这与我幼年求学长期步行有关。小时候在乡下，无论刮风下雨，天天在家和学校间两头跑，走的都是高高低低的山道，时间长了，穿梭山道如履平地。可是，我很快发现，再好的体质也代替不了训练。

　　刚开始练投弹时，我以为自己力大无比，抓起手榴弹奋力投了出去，一看傻眼了，还不到 40 米！我不信，抓起手榴弹再投还是 40 米。这个成绩当时在连队已经算好的，许多人刚练投弹时投还不到 30 米。可是，我想自己是指导员啊，投弹哪能落在后面！便发奋苦练，为此放弃了许多休息时间。每天除了生产劳动，一有空就拎着手榴弹到简易操场上去练，直练得胳膊肿了疼得钻心，依然咬着牙坚持练，直练得"走火入魔"。

　　功夫不负有心人。我投弹终于达到 62 米，并且稳定在这个成绩上，平时随便一出手就是 60 米左右，战士们都啧啧称奇。我被授予"贺龙投弹手"称号。当时我们 2 连的整体练兵成绩非常突出，令人瞩目，这年秋收之后，2 连代表全团接受了陕甘宁边区政府林伯渠主席的检阅。

挥师南下

1944年7月，全面抗战进入第七个年头，国内外形势发生重大变化，德日法西斯的失败已成定局。党中央在着重分析当时国际国内形势的基础上，决定在巩固和发展华北、华中等抗日根据地的同时，抽调部分主力部队深入敌后，发动群众建立湘鄂赣抗日根据地。以此为依托，继续向南发展，打通南北通路，北与鄂豫皖边区李先念的新四军五师，南与曾生率领的东江纵队连成一片，开辟五岭（位于广东、广西、河南、江西之间的越城岭、都庞岭、萌渚岭、骑田岭、大庚岭）抗日根据地。

359旅接受了这项新形势下的新任务，抽调人员组成南下支队。

南下支队主要由三部分人员组成：359旅抽调的主力部队3800人；被护送的南方干部900余人；中央组织部从延安选调输送到新四军5师及鄂豫皖边区工作的干部等共5000人。南下支队编成了7个大队，我们359旅的717团2个营为一大队，718团3个营为二大队，719团1个营和补充团为三大队，特务团教导营及旅直参谋训练队为四大队，其他被护送的南方干部和调往鄂豫皖边区工作的干部组成五、六、七大队。我们4支队2连被挑选上，并编入南下支队第三大队，我任第三大队4连指导员。

护送南下干部是359旅肩负的重任之一，这些干部大都是延安的老同志，他们都是革命的种子，是党和军队的宝贵财富。当时连队的口号是：宁愿牺牲我们自己，也要保护好南下干部。

1944年11月1日，南下支队在延安东关机场举行誓师阅兵仪式，毛泽东、朱德、刘少奇、周恩来、任弼时等中共中央和中央军委领导同志检阅部队并讲话。王震司令员和王首道政委带领全体南征官兵庄严宣誓：我们要克服困难，英勇作战，把我们的血和肉，献给中国人民的解放事业！为中国人民的解放事业奋斗到底！

1944年11月9日，我们告别延安，在延安人民的热情期待和夹道欢送中，齐装满员，雄姿勃发，踏上了艰苦卓绝的南下征途。

突破封锁线

部队始终以强行军的速度赶路，多数时间是走夜路、走山路。经数天行军，抵达陕甘宁边区重镇绥德，支队在此召开了连以上干部会议。王震在会上再次向大家阐明南征的任务、意义，强调整肃部队作风并布置了东渡黄河的准备工作。

为隐蔽意图，11 月 20 日，南下支队从绥德启程继续东进，翌日到达黄河西岸的螅蜊峪一带，准备用两天时间从这里渡过黄河。南下支队准备通过山西省离（石）临（县）公路，进入晋绥抗日根据地的吕梁山区，而后向南开进，通过陇海铁路转而南进。

正在这时，南下支队遭遇国民党军队拦截，他们不知道眼前这支部队（南下支队）到哪里去，干什么去，因而拦住不让过。在千秋镇，国民党顽固派驻军不顾民族大义，不听我军耐心劝说，反而蛮横无理地向我军开枪。在反复交涉无效的情况下，南下支队忍无可忍，奋起反击。经一个多小时的战斗，迅速将顽军击退，歼灭敌人 300 余人，缴获各种枪支 100 多支。其实，国民党顽军是狐假虎威，一见我军真打，立刻吓得缩回了脖子。

11 月 30 日拂晓，南下支队从刘家会出发，连续进行雪夜行军，很快逼近同蒲铁路。情报显示，日军在同蒲铁路沿线及附近地区布下重兵，死死地把守着这条交通线，还有装甲车日夜巡逻。南下支队要从同蒲铁路西边走到东边去，中间有 100 多里路。该地域属于汾河平原，是典型的平原地带，视野开阔，没有障碍物，且四周盘踞着日伪军，筑有大量碉堡和岗楼。日伪军利用同蒲铁路西侧的汾河作为天然屏障，构筑了严密的封锁线。

根据中央军委的电报指示精神，南下支队决定绕开国民党阎锡山防区，设法在夜色掩护下，从日军控制的汾阳、平遥地区越过同蒲线。换言之，不是硬过，而是巧过；不是白天明着过，而是夜晚悄悄过。总之是趁虚而过、闪电而过，不"惊扰"敌人"好梦"。

为突破同蒲封锁线，南下支队对可能出现的种种困难做了充分估计，并着手进行相应的准备工作。因部队行动必须高度机动、隐蔽，支队军政委员会决定实行轻装。仅供给部的骡马就由27头减至5头，全支队的骡马则减少了一半。王震、王恩茂把延安带来的被子毛毯都精简了。下属官兵纷纷效仿，我们4连官兵与全旅官兵一样，把随身携带的许多物品送给了当地群众。

12月4日拂晓，主力部队从离石县鸦儿崖出发，翻过吕梁山主峰，顶着凛冽寒风和漫天大雪向汾河平原疾进。12月6日晨，部队途经吴城镇以东阎家庄时，召开了一次支队动员大会，大家聆听了王震生动而又风趣的讲话。

王震在会上说，同志们，我们经过几天雪地行军，现在就要过关了。我们过的不是关云长过五关斩六将的关，而是同蒲铁路这一关。今天晚上，我们要走90公里，要准备通过五道封锁线：第一道是太原至汾阳公路；第二道是汾河；第三道是同蒲铁路；第四道是和铁路平行的另一条公路；第五道是日伪军专门对付我太岳军区的一条封锁线。我们这次的任务是只过关，不斩将。我们要从敌人的那些像狗牙一样的据点当中，神不知鬼不觉地插过去。

我们4连奉命打前卫，开辟道路，尔后警戒，掩护大部队过同蒲铁路，最后压轴收尾。当时我走在最前面，带领全连一溜烟地小跑前进，很快抵近并摸黑越过了同蒲铁路。

过了铁路本应一路往东，谁知队伍突突疾进，竟走到平遥县城边上了。我一看情形不对头，紧急刹住脚步询问向导怎么回事，向导支支吾吾地说："你们……不是进城吗？"我一听，心想坏了！这与事先对向导交待的任务大相径庭，没有任何人对向导说过"进城"两个字！于是怒不可遏，回头就给了向导两个耳光，压低嗓门怒骂道：混蛋东西！你安的什么心？

黑暗中，弄不清这个临时找来的向导是真的没听清楚，还是居心不良、另有企图，其行为对我军造成威胁，险些误了大事。我手下的人忍不住将向导痛揍了一顿，并警告他不许泄露我方行踪。

我们前卫连在向导的误导下，搞了一次危险的"兵临城下"，我站在暗处，可以清晰地看到平遥县城墙上的日本人（哨兵），想起旅首长再三强调，部队过封锁线全靠速度，稍慢一点就会有麻烦，恨不能立即把丢失的时间抢回来。说时迟那时快，随着我的一个手势，前卫连"出溜"一下原路退了回去，眨眼间无影无踪了。

就这样，在日本人的眼皮底下，我们这支规模不大的队伍从平遥县城墙下通过。这件事使我意识到，此地已远离陕甘宁，远离延安，没有边区那样的群众基础，情况极为复杂，不能盲目听信向导的，自己要多个心眼，加强辨别能力。

后来，我们 4 连摸准前进方向，掩护部队主力顺利越过同蒲铁路。

完成了前卫、殿后的任务后，我连以强行军速度往前猛追，许多地段都是跑，不是走。这一夜，主力部队飞奔 90 公里，我们 4 连因执行任务，至少跑了 100 公里，迅速赶上部队，与主力会合。

巧渡黄河

过了汾河以后，就是黄河了。此前，王震最担心的就是部队过黄河，因为既没有桥，也没有船。且日伪军已发觉南下第一支队南进行动，沿途阻挠袭击并置重兵于黄河沿线，控制所有渡口和船只，在黄河西岸亦严密布置兵力封锁阻击。这是摆在南下支队面前的一个严重困难。

支队首长经认真研究、周密计划后，决定从敌薄弱之处实施强渡。一面派出先遣侦察队在北岸渡口了解地形、敌情、水流和征集船只，一面令供给部赶制木排、羊浮筒等简易渡河器材。部署完毕，部队于 12 月 24 日出发，日夜兼程，向黄河边开进。

12 月 26 日凌晨，部队正在中条山的峡谷间行进，突遇 8 架敌机飞近，在该地域上空盘旋近 1 个小时。幸而部队及时隐蔽，敌未发现我渡河意图。部队当晚抵黄河北岸。

正当支队首长研究部队如何展开强渡时，接到前哨侦察员报告：发现黄河上游有一个地段已结冻成冰，而且冰层很厚，形成一道天然的"冰桥"。这真是天大的喜讯，先遣部队悄无声息地率先通过"冰桥"，迅速消灭了盘踞在黄河对岸毫无准备的敌人。

12 月 26 日晚至 27 日晨，支队人马全部南下，浩浩荡荡地从"冰桥"上顺利渡过黄河，进入南岸的河南省渑池县境内。

毛主席、中央军委获悉南下支队顺利渡过黄河，十分欣慰，回电祝贺。王震亲自给全体官兵宣读贺电，大家备受鼓舞，精神振奋，雄赳赳地踏上了继续南进的艰苦征程。

部队到达河南，就进入了日伪军、顽军控制的纵深区域，经常受到日伪军的袭击和骚扰，我们南下支队任务非常明确：一心南下，决不恋战，尤其避免大的战斗。本来是打算只过关不斩将，埋头赶路，然而日伪顽硬是不让过，以各种手段拦截、纠缠。南下支队别无选择，只好边走边打，与敌多次进行激战。最后于 1945 年 1 月下旬，在湖北礼山县（今湖北大悟县）与新四军五师的接应部队胜利会合。

其中还有段插曲，1 月 25 日，南下支队徒涉信阳浉河，向豫鄂边境急行。在部队翻过鸡公山东麓，接近湖北礼山县三里城时，新四军第 5 师派 37 团团长夏世厚带着 5 个连前来迎接。南下支队官兵兴奋不已，真是战友相见分外亲啊。可是，双方还没来得及说上几句话，侦察员就报告说前方发现日伪军一个中队 100 余人。敌人嗅觉灵敏，像尾巴一样纠缠，这回可算是送上门来了！王震当即下令：把这股敌人全歼在鄂豫边区的大门口！南下支队与新四军第 5 师部队协同作战，一举歼灭了妄图阻挡我军会合的日伪军一个中队，缴获不少武器装备。这场战斗的胜利，就像是为南下支队与夏团长带领的新四军 5 师迎接部队在战场上胜利会师献了礼。

1945 年 2 月 14 日，我们经过半个多月休整补充，精神饱满，粮弹充足，告别了新四军 5 师和边区人民，继续南下。

1945 年 3 月，为了适应斗争形势的发展和扩大八路军的政治影响，更广泛地动员组织湖南人民的抗日活动，经报请中央、毛主席批准，南下支队改称为"国民革命军湖南人民抗日救国军"，领导不变，下属各大队全部改为支队。

三眼桥战斗

1945 年 4 月，我由第三支队 4 连指导员改任连长。这时部队已经进入湖南省平江县（今属岳阳），因条件所限，驻地较分散，我们一个连住一个村子。

一天晚上，我和 4 连战士都已经休息了，忽然有老百姓跑来报告说：国民党来了！伪军来了！我腾地一下翻身站起，伸手抓起枪，询问：有多少人？老百姓说大约百十来人，好像是国民党的一个县中队。我又问，他们现在什么位置？老百姓指着村子西头说，他们刚从村边走过去，往西去了。当时我脑子里涌现出一个念头，人数与我相当，可以打！

自从第三支队到达平江浏阳一线，就不断遇敌骚扰，白天刚刚打退平江警察大队一个排，战斗仅十分钟便结束了，我军得以顺利进驻三眼桥，并打算在三眼桥休整几天。想不到晚上敌人又来了。虽然不像是冲 4 连来的（因为其已走过村子，没有进村），但从 4 连眼皮子底下走过，岂能容忍！只有打掉小股敌人歼灭敌人有生力量，才能少受敌人骚扰。

请示上级已经来不及了，怎么办？我犹豫了几秒钟，但实际决心已下，毅然决然地命令全连紧急集合，准备战斗，同时请老乡带路走捷径。

当晚无星无月，四周一片漆黑。我简单向全连交待了任务，提出的要求是隐蔽接敌，突然袭击，全歼敌人。随后，我们一溜儿小跑出了村向西边追去，没跑多远就看见国民党兵。在老乡带领下，我指挥部队抄小路跑到敌人队伍前面去了，找了个有利地形，开始排兵布阵，把几个排撒开，分头爬上周边几个山坡。这一带山坡都不太高，但足以将敌人暴露在我们的视线下。不一会儿，就见一群黑影从远处走过来了，我们个个屏住呼吸，一声不响。待国民党队伍进入伏击圈，我一声令下，部署在几个制高点的火力同时向山下猛烈开火。敌人突遭打击，一下子就蒙了，他们本来就惧怕黑灯瞎火的夜战，此刻所能做出的唯一反应就是发现自己被包围了，于是还没打就乖乖缴械投降。我们4连官兵个个像小老虎，迅猛冲下山头，抓了一百多个俘虏。我认为，当指挥员就要有这种本事，看准就打！

这一仗，我方以一个连的兵力，吃掉国民党一个县中队（相当于一个连），缴获大量武器弹药。4连则是零伤亡。更重要的是，4连借机"鸟枪换炮"，好好地武装了一下。从那以后，我们连的武器比哪个连队都好，弹药比哪个连队都充足。一些俘虏愿意加入我军，经教育后补充到连队。

打了胜仗，我才向上级报告，得到上级肯定。因这一仗是在三眼桥附近打的，所以称之为三眼桥战斗。三眼桥战斗令我很自豪，这是打了一个没有命令的胜仗。

在湖南境内，我们的境况非常艰难，部队不断地受到当地驻守的日军和顽军的袭击和"围剿"，他们企图歼灭我们湖南人民抗日救国军。而我们则集中主力部队，一次次地粉碎了敌人的"围剿"。在大云山战斗中，歼灭了顽军大部，战斗异常激烈，南泥湾大生产时毛主席亲笔题字的"模范团长"我们的第二支队队长陈宗尧身负重伤，不治身亡。在山口铺战斗时，第五支队参谋长刘仁牺牲，我也在这场战斗中"挂彩"，大腿负伤。

我们在湘鄂赣边经过2个多月的艰苦转战，站稳了脚跟，扩大了共产党、八路军的政治影响，发动群众壮大了地方抗日武装。

完成留守任务

1945年7月，为贯彻党中央精神，王震带领主力部队继续向华南挺进，实施与广东东江纵队汇合的行动计划，副旅长郭鹏及几十个团级干部加上我们 4 连留下，配合张体学部巩固和发展湘鄂赣根据地。

当时我们驻扎在平江一带，这里是敌占区，为了保护好随队来的干部，我们每天布置警戒，不站岗的战士也枪不离手，随时准备战斗。

在湖北嘉渔车辅与拒不向我军投降的日军作战时，我被日军的乱枪击中肩胛骨，当时副旅长郭鹏对我大声喊，"陈海林，你负伤了。"我忍着伤痛，带领部队继续冲锋，直到日军被迫向我军缴械投降，这才顾上让医护人员包扎伤口。医护人员剪开衣服一看，肩胛骨被子弹打穿了，为防止伤口感染引发截肢，必须进行清创消毒。当时缺医少药，卫生员只能用土办法，即用夹子捏着蘸了酒精的消毒棉纱从伤口处穿进去，从这头穿到那头，从胸前穿到后背，在子弹穿过的地方再用消毒棉纱来回穿几下。就是说，在没有麻药的情况下，用蘸满酒精的消毒棉纱捅进伤口，在骨肉里面摩擦。我被几个人拽着、摁着，还是痛得大声嚎叫，双臂乃至浑身肌肉剧烈抖动，两腿不可抑制地踢蹬着，像抽筋似的。现在想起当时疗伤的情景，好像还能感受到锥心刺骨之痛。

郭鹏副旅长特意来到连队，仔细察看了我的伤势，庆幸地说：陈海林，伤不是很重！不过，没医没药，怎么办？

我嘿嘿笑着说，过几天也许能抗过去。

郭鹏说，我听医生说你失血过多，需要补血。哦，我这儿倒是有个土办法……我迫不及待地问："啥办法呀？"心想只要有办法就行，办法土不土也无所谓。郭鹏故意眨眨眼说，吃鸡！喝鸡汤！于是，他亲自批准，由后勤处拨给我 20 块大洋，让我沿路买鸡煮鸡汤。连部通信员背着这特批的 20 块大洋，一路上逮着机会就买鸡。而我的胳膊用绷带绑住，吊在胸前，这样一路跟着走。

那时战斗频繁，几个月里我两次负伤，当时年轻，伤口很快愈合。

就这样在鄂南湘北地区坚持了 2 个多月，直到抗战胜利，王震率部奉命北返，我们才重回到主力部队。

回师中原

抗战胜利后，1945年9月26日，部队奉命经华容在刘家集、张渡湖地段北渡长江。由于第3支队预先准备了渡船，渡口选择得十分巧妙，加上我军昼夜急行军，甩掉了国民党追兵，因而北渡长江较为顺利。

我们连打头阵，第一个渡过长江，是谓"北渡长江第1连"。当时我的肩伤尚未痊愈，是用绷带吊着胳膊、将胳膊挎在胸前，仅用一条臂膀指挥连队渡过长江。在随部队继续北进中，一天也没离开过连队，一天也没离开过战斗一线。我甚至都不知道自己的肩伤是什么时候好的，是怎么好的。

9月27日上午，部队渡江完毕。翌日即向中共中央、毛泽东主席致电报喜。中央军委于29日复电，指示湖南人民抗日救国军在鄂豫皖中央局和军区领导下执行新的战斗任务。

10月3日，主力部队在湖北黄安县庙基湾与先行北撤的湘北支队会合后，继续北进。随后进入湖北礼山县孙家畈地区，第2次与鄂豫皖边区人民和新四军第5师胜利会师。

鄂北山区的10月已相当寒冷。李先念等5师的领导同志早已估计到湖南人民抗日救国军长途跋涉，连续征战，急需补充被装，于是命令5师所有部队一律停发棉衣，把新棉衣和被子先发给兄弟部队。我们基层官兵领到御寒的棉衣，非常兴奋，打心眼儿里感谢5师领导和官兵们兄弟般的情谊。

南下的战略意义

南下支队（期间改称湖南人民抗日救国军)1944年11月9日从延安出发，挺进湘粤边，开辟抗日根据地，到1945年10月挥师北返，与李先念领导的中原军区部队会师。在将近一年的时间里，足迹遍及大江南北，铁拳横扫日伪老巢，粉碎了日伪军的封锁围堵与合击，抢渡黄河、汾河、洛河、淮河、长江、湘江等河流，越过吕梁、中条、伏牛、大别、罗霄、五岭诸山脉，跨过同蒲、陇海、平汉、粤汉铁路，转战于陕、晋、豫、鄂、湘、皖、赣、粤等 8 个省共 78 个县，跋涉 7920 公里，浴血奋战 100 余次。

这次披荆斩棘、历尽艰辛的南征，是具有重大战略意义的光荣而艰巨的军事行动和政治行动，实现了中共中央、中央军委毛泽东主席的战略意图，为我党我军实施下一步战略布局、战略行动奠定了坚实基础。实践证明，创造性地组织八路军部队南下，会合中原新四军部队，共同创建和巩固南方抗日根据地的决策是英明正确的，是极富前瞻眼光的，其战略意义大于战术意义，局部的艰苦换取了全局的主动，既有利于全局，又有利于长远。

具体而言，取得如下几项成果：一是直接支援了中原的新四军，沟通了八路军与新四军两大抗日主力之间的联系，声援了华南抗日游击队，壮大了共产党八路军的声势。二是建立了湘鄂赣边区根据地，鼓舞了这个地区和南征沿途所经地区广大群众的抗战热情，增强了必胜信心。三是直捣日伪老巢，搅乱了日伪的如意算盘，取得了对日伪军和顽军作战的一系列胜利，打击了敌人的嚣张气焰，同时，令国民党顽固派破坏团结抗战的企图昭然若揭。四是向大江南北广大群众宣传了共产党八路军的革命主张，扩大了共产党八路军的政治影响，为抗日战争取得最后胜利做出了不可磨灭的贡献。

坚持中原，实施战略牵制

1945 年 10 月，按照中央部署，王震、王首道率领的八路军 359 旅北返；王树声率领的河南军区部队、王定烈率领的冀鲁豫军区水东部队南下，与新四军 5 师会合共同组建中原局和中原军区。

中原军区成立后，下辖江汉、鄂东、河南 3 个军区和第一、第二两个野战纵队，号称 10 万人。

我们湖南人民抗日救国军番号至此也奉命撤销，恢复第 359 旅番号，加入中原军区野战军第 2 纵队战斗序列。以原湖南人民抗日救国军第一、二、三支队为基础，改为第 717 团、718 团、719 团。将原第四、五、六支队撤销，分别编入各团和旅直属部队，同时补齐缺编的连队建制。王震任中原军区副司令员兼参谋长，王首道任中原军区副政委兼政治部主任。副旅长郭鹏升任旅长，政委是王恩茂，副旅长是陈外欧，副政委是李铨。

整编后，我由连长升任 359 旅 718 团 1 营教导员。

中原局和中原军区的成立，令蒋介石如鲠在喉，视其为心腹大患。先后调集了 17 个军 27 个师 9 个游击纵队，总兵力达 30.9 万人，从四面八方扑向中原解放区。在第五战区司令长官刘峙统一指挥下，向中原军区发动了声势浩大的围攻，扬言于 11 月全部消灭中原军区部队。

中原解放区自 1945 年秋到 1946 年 5 月中原突围前，根据中央的战略部署，坚决执行战略牵制任务，克服极端困难，顽强地坚持，牢牢地守住中原解放区这块阵地，并拖住了国民党几十万军队，使其难以东调北上，从战略全局上为我军巩固华北、华东和争取东北的战略部署赢得了极其宝贵的时间。

三打枣阳，主攻破城

359 旅加入中原军区野战军第 2 纵队战斗序列后，参与了一系列自卫战。桐柏山战役，即是其中一个较大的战役。

自 1945 年 10 月上旬起，国民党军第 59 军、55 军、69 军及第 1、3、6 游击纵队，第 34 军、84 军及第 13、14、15、20 游击纵队，摆成了铁桶阵，把中原军区包围起来，节节逼进。

中原军区自 10 月中旬开始奋起自卫，首先向桐柏山区国民党军进行反击，决心粉碎敌人的围歼阴谋，巩固豫西根据地，牵制敌人大量机动力量，配合华北部队作战。10 月下旬，我第 2 纵队主力相继攻克了桐柏、枣阳、双沟、新野等城镇，歼敌 2000 人，进而控制了新野和枣阳以东、平汉路以西的广大地区。

这是我军第一次攻占枣阳。枣阳这个地方，背倚桐柏山区和大洪山区，面对鄂北、南阳平原，直接威胁襄樊、南阳和老河口。境内物产丰富，粮食充足，是争夺鄂北、豫南的战略要地。

11 月 8 日，359 旅奉命从枣阳出发，进抵湖阳镇待命。不料，国民党军游击第 3 纵队曾宪成部 2000 余人，于第 2 天趁虚侵占了枣阳城。359 旅获悉枣阳城被敌占领，主动要求前往收复。9 日，部队从湖阳镇附近出发，以奔袭姿态向枣阳急进。

旅部决定：718 团从北门主攻，717 团为右翼侧击西门，并准备堵击援敌；719 团为左翼，控制东门，并以 1 个营侧击南门，717 团和 719 团分别负责截断东、南、西方向敌之退路，在敌未发觉前，以神速动作袭占枣阳。

我们团趁敌不备，勇猛展开攻击。当时 1 营是主攻团中的主攻营，我们迅速进入攻击位置，架起了机关枪。我一声令下，1 营官兵集中全部火力向枣阳城北门猛烈扫射。那时缺乏炸药，无法炸开城门，只能靠抵近射击的办法攻击城门。我们的火力压得敌人不敢冒头，然而城门依然紧闭。

由于没有打过攻坚战，缺乏经验和必要的武器装备，尽管那时国民党军队的战斗力也不强，但我们还是有不少战士在攻城的梯子上牺牲了。我当时两眼圆睁，趁敌人来不及还手的瞬间，下令冲锋。"冲啊！" 1 营官兵声势浩荡地向城门冲去。看似 "固若金汤" 的枣阳城北门轰然倒塌，这个门纯粹是几百个官兵用身体挤开的。1 营率先攻破城门，718 团其他部队一鼓作气攻进枣阳城内，占领北关，抢占多个制高点。717 团、719 团也从东、西门发起攻击。10 日凌晨 3 时，枣阳再次解放。

二打枣阳，以 359 旅完胜收官。国民党军除游击第 3 纵队司令曾宪成带少数人狼狈逃窜外（他们事先留有后路），其余 2000 余人全部被歼，其中俘虏 300 多人，包括大队长 2 名，缴获重机枪 4 挺，轻机枪 9 挺，迫击炮 4 门，电台 1 部，步枪若干。

国民党军见中原军区部队在鄂北、豫南取得胜利，急红了眼，立即将进攻路西的兵力由 6 个军增加至 8 个军，其主要攻击矛头指向桐柏、枣阳，企图在此围歼中原军区部队。

中原军区部队为坚持在桐柏、枣阳地区继续牵制敌军，决定集中两个野战纵队于枣阳以东及桐柏以北寻找战机，首先歼敌一路或两路，迫其撤退。

11 月 17 日，国民党第 47 军 127 师进抵枣阳地区的黑龙镇。翌日，该师 380 团、381 团分两路进攻湖阳镇。

第 2 纵队首长指示 359 旅迎击，首先歼灭 381 团。我 1 营在 718 团编成内连夜进抵湖阳镇东北、尖山以南地区，至 18 日拂晓前，359 旅各团全部隐蔽集结完毕。上午 8 时许，当国民党军 381 团从黑龙镇沿着左侧山地孤军深入至钉钯山时，718 团已迅速抢占蓼山、尖山东北一线有利地形，阻击敌人。717 团从右侧攻击，与敌人展开争夺战。战至黄昏，旅预备队 719 团也投入战斗。敌人被四面包围，被迫投降。

三打枣阳，我军共歼敌 1000 余人，其中击毙营长 2 人，俘虏团长双宗海以下 600 余人。11 月 25 日，前线指挥部为了表明共产党、八路军的和平诚意，决定送所有战俘返回原部。

359 旅"三打枣阳"策略灵活，战机捕捉准确，部队英勇善战伤亡小，战绩突出，为中原军区部队自卫反击战留下一段佳话。

攻克枣阳后，中原军区为开辟鄂北根据地，组建了鄂北军分区（后因部队东移，该军分区撤销）。12 月底，中原军区领导机关率主力部队在广水一线，分南北两路转移至平汉铁路以东、以宣化店为中心的罗（山）礼（山）泾（扶）光（山）大别山地区。粉碎了蒋介石集中主力在鄂北围歼中原军区部队的阴谋。

1946 年 2 月，因 1 营营长缺编，我由教导员改任营长，当时是 718 团乃至 359 旅最年轻的营长。

固守宣化店

1946 年 1 月，中原军区恪守国共双方签订的停战协议，停止了一切军事行动。国民党却背信弃义，破坏停战令，不断调兵遣将向我进攻。先后从我们手里夺取了鄂中、鄂东、鄂南、豫中、豫西等广大地区，此时，中原解放区的面积已经缩小到抗战胜利时的十分之一，仅剩下以宣化店为中心方圆不足百里的狭小地区。

当时，宣化店是中原军区司令部所在地，国民党企图在这里制造第二次"皖南事变"。中原军区为了我党我军的战略全局，坚定不移地率领部队进行顽强的战略坚持。

1946 年 5 月，各种情况表明中原地区已无和平可能，中原部队武装突围不可避免。此时，我们开始转移 800 多名伤病员到晋冀鲁豫解放区，就地复员近万名年老体弱的干部战士。还通过社会关系和人民群众的帮助，化装转移了上千名干部到其他解放区。我们在顽强坚持的同时，加紧了对付突然袭击与实施武装突围的战略准备。为了迷惑和牵制敌人，我们在宣化店的行动一切照常。

1946 年 6 月中旬，国民党完成了大部署。蒋介石认为中原解放军已在他几十万大军的严密围困下，秘密制定了"48 小时内全歼"的计划。中原军区向党中央请示迅速突围，得到同意后即秘密地准备突围行动。

当时宣化店还驻有军调处 32 执行小组，美蒋代表千方百计刺探我军情报，所以我军不能让敌人觉察我们的意图。

突围前的篮球赛

国民党军包围我们，我们也迷惑他们。部队照常进行军事训练，还经常进行演习，有时晚上还派篮球队到宣化店比赛篮球。

中原军区不断施放烟幕弹，做出对国共和谈深信不疑的样子，似乎对国民党的包围浑然不觉，即便有所察觉也不以为意，不当回事，在宣化店营造出一派和平景象，没有任何异常动作。其实，部队内紧外松，早已有序实施秘密转移。

在临别前的最后时刻，中原军区大张旗鼓地精心组织了一场篮球赛，目的是活跃部队气氛，显示官兵良好的精神状态。这场篮球赛打得非常精彩，比赛气氛极为热烈。

359旅派出十来个人，号称"359旅篮球队"，雄赳赳地开赴球场，我当时也在其中。因为我个头较高，又善跑，在学校时就爱打篮球，所以是当然的球队主力。美中不足的是大家都没有"球衣球鞋"，每个人穿的衣服鞋子都不一样，裤子有长有短，甚至有人没穿鞋，光着脚丫子满场跑，这支球队的"行头"可谓五花八门。对手是中原军区司令部组织的十来个人，号称"司令部篮球队"。两支篮球队都没有正规"行头"，在场上很难区分谁是谁。

别看"装备"不咋样，球技却算得上精湛。双方为"夺冠"在球场激战，不断打出好球。"啦啦队"在场边大声叫好、鼓掌和呼口号，队员之间也互相喝彩加油，场上场下掀起的声浪此起彼伏，热闹非凡。

此时，国民党军已"大兵压境"，形势非常危急，中原军区部队的突围任务已秘密下达，我们1营已悄然做好一切突围准备。此夕何夕？临战前夕！

我满场奔跑，挥汗如雨，和篮球队的官兵一样，神态轻松，全心全意打球，绝无它顾，每球必争，每分必夺，打得不遗余力。用今天的话说，好像赢了这场球有巨额奖金一样！

大家都努力地把这场"戏"演得逼真，一定做好这场"秀"。

我至今仍对这场篮球赛印象深刻，当时双方队员都是奉命打球，奉命参赛的。实际上大家是在执行任务，所以大家比平常打得拼命，争夺也比平常激烈，好像对每个球、每一分都很较真儿，志在必得的样子。有时借口裁判吹哨不公还争吵几句，其实，那都不过是存心的"小题大作"而已。

大家心里都明白那是一场篮球告别赛，下了球场，就要上战场了。

篮球赛之后仅一天多，我们全营官兵全副武装，背上背包，在夜色掩护下随大部队分 3 路迅猛突围，其动作神不知鬼不觉，疾若闪电，令国民党事后大为惊诧。

1946 年 6 月 29 日，国民党当局背信弃义，悍然撕毁国共双方于当年 1 月间达成的《停战协定》和《政协协议》，此刻的蒋介石像饿狼一样，露出"真容"和"獠牙"，急不可耐地下令对中原解放区发动全面进攻。所有的"军调处"和"执行小组"都不见了踪影。由郑州"绥靖"公署主任刘峙指挥 10 个整编师，约 30 余万人的兵力，大举进攻中原解放区，致全面内战爆发。

然而，宣化店已人去楼空，一片空旷。

中原突围，生死 63 天

1946 年 6 月 26 日，中原军区部队奉中央的命令开始突围。尽管蒋介石急令其几十万人马对中原军区部队穷追不舍，各种堵截合击手段无所不用其极，但他苦心孤诣近一年之久的围歼中原军区部队的计划最终破产。

我就是这场艰苦卓绝、九死一生的"中原突围"成员之一。

我没有经历过中国工农红军的长征，可这次突围经历，可谓之第 2 次"长征"。我们这次中原突围，"突"的是很大一个"围"，这个"围"范围广，经历时间长，敌人兵力多，前堵后追，战火蔓延至好几个省。当时敌 30 余万人对付我们 6 万人，双方兵力悬殊，实力不对称。

根据中央军委指示并针对当时实际，中原军区首长经过周密的思考，决定主力部队从敌人戒备比较薄弱的西线突破。

当时部署：张体学率领鄂东独立第 2 旅留在中原地区坚持斗争，并在突围前夕接防宣化店，以便使军区直属机关和部队乘换防之机秘密转移；皮定均、许志荣（"皮许旅"，又称"皮旅"）这一路则先期向北线和东线移动，佯作我军主力向北、向东突围的态势，迷惑敌人，待主力突围后再相机向苏皖解放区靠拢；军区直属机关和全部主力部队则兵分三路，于6月26日夜分别由礼山和黄安各驻地秘密转移，然后于29日夜晚由信阳至广水之间全部通过平汉铁路向西突围。这三路部队的具体划分是：左路以第1纵队为主，由军区副司令员兼第1纵队司令员王树声率领；右路以359旅和干部旅为主，由军区副司令员兼参谋长王震率领；中路以第2纵队为主，由纵队司令员文建武率领；李先念率领军区直属机关和部队与中路部队同行，统一指挥三路大军的行动。

从战略上看，向西是无奈的选择，也是对全局比较有利的选择。否则很难想象，几万人的部队出大别山后，能够跨越皖中平原，突出津浦路。后来事实证明，向西是最正确的选择。

当时突围部队只想快突、快走，尽量避免交战，更无攻城计划。但敌人主力天天咬着我方后面追着打，还调集当地保安团等地方武装堵着打。我们一路打了不少恶仗。

突破敌人层层合围

按照部署，359旅和干部旅组成北路军形成突围部队的右翼，由光山向西隐蔽突围，在河南信阳李家寨车站通过平汉铁路。这是中原突围的第一道封锁线。

我们营奉命打前站，为加强我营领导，副团长胡政、副政委刘发秀随一营一起行动。

部队以强行军速度率先抵达车站附近，我们向部队做了2分钟的简短动员后，即向鸡公山方向移动，准备占领制高点，利于居高临下消灭车站守敌。但侦察发现，此山太高，且与铁路有一段距离，根本看不见车站，于是放弃鸡公山。

再经缜密侦察，发现李家寨车站竟然没有国民党军把守。这个重要发现令我脑子里立刻闪过两个念头：一是天赐良机！二是莫非有诈？我思考片刻，决定立即带领 1 营直扑李家寨车站，占据有利地形。

此时天还没黑透，我们 1 营已经到达指定位置。正在这时，老远就看见两列火车轰鸣着，先后驶过车站。经过仔细观察，确信敌人此时尚未发现我军行动。为避免打草惊蛇，我立即指挥部队隐蔽，把这两列火车放过去了。

火车一过，我立即指挥全营摆开战斗架势。按照事先部署，在铁路两端各放一个连，等于掐住了李家寨车站这一段，控制了几公里。我命令部队：从现在开始，任何车辆、任何人都不许在此通过，火车也不许过，再来火车就打。并安排好火力、兵力部署等，各连均放出警戒哨，严守车站，在铁路两边把守。另外两个连作为后备队，跟在我身后，埋伏在附近一个小山坡上。因为摸不清敌情，必须随时准备处置意外情况。胡副团长和刘副政委也同时埋伏在小山坡后。

6 月 29 日夜，王震率部进抵信阳武胜关以北，在李家寨车站及其附近安全地越过平汉线。

夜色中，我紧张地注视着李家寨车站及周边地域，直到右路突围部队主力全部顺利地通过了平汉铁路，才感觉松了一口大气。胡副团长和刘副政委随大部队往前突围而去，留下我带领一营殿后，继续坚守在李家寨车站。

数小时后，确认大部队已经突出去很远，后面亦没有国民党追兵，可见其仍蒙在鼓里。我这才一声令下，迅速收拢部队，为追赶大部队而撒腿猛跑。孰料，短短几个小时竟拉开了相当大的距离！

1 营往前追赶大部队，这一追就是 2 天。终于追上了部队，立即到旅部报到归建。

就这样，中原军区突围部队右、中两路于 29 日深夜，分左右两翼从柳林、李家寨越过平汉铁路，突破了国民党军第一道封锁线后，合并成一路，称为北路军，片刻不停地向西急速前进。随后又于 7 月 1 日进至浆溪店、朱家唐一线，跳出了敌人的第一道封锁线，使敌人妄图 3 天内"围剿"消灭我中原军区各部的计划成为泡影。

7 月 4 日，部队经湖北随县到达枣阳地区，在桐柏山区连日与堵截之敌激战数次。敌人想在桐柏山区将我拖住，等待已调集部署完毕的多路部队实施合围。但我们突破堵截后未在桐柏山区有片刻停留，而是疾速西进，抢在敌军到达指定位置之前进至枣阳以北地区，令气势汹汹合围而来的国民党军扑了个空。

宣化店围攻失利，刘峙估计中原突围部队可能在桐柏山区立足，立即制定了桐柏山区围歼计划，调集多个师旅全程机械化开进。然而，中原突围部队就像脚底抹了油一般，傍晚还枪声不断，凌晨就踪影全无，令刘峙的千军万马徒劳无功。蒋介石获悉后，大骂刘峙无能，严令其全力追击。

蒋介石这时不再单靠刘峙一部了，而是急令胡宗南派兵，火速赶到鄂豫陕交界的荆紫关一带，实施堵截，严防中原突围部队进入陕西境内。

刘峙这次不惜代价，一次性调集第 10、第 66 等 7 个军，向天河口方向机械化开进。国民党军 7 万余兵力像蝗虫一样集结于天河口狭小地带。中原突围部队北路军在李先念、郑位三、王震的率领下，面对兵力数倍于我、装备精良、机械化程度高的强敌，无畏无惧、机智灵活、神机妙算，再次从容地跳出包围圈。而后日夜兼程，长驱直入，大踏步西进，抢在国民党军到达指定地点形成合围之前越过天河口，进至鄂陕交界地区。

国民党军企图"歼灭"北路军于天河口地区的追堵计划就这样破产了。刘峙继桐柏山区之后，再次于天河口地区扑了空，令他一口又一口窝囊气憋在心里。但仍贼心不死，他于 7 月 7 日再次调整堵截部署，令第 15 军、41 军"跟踪追击"，并出动 12 架飞机侦察、扫射，封锁渡口，图谋协同第 10 军，凭借强大兵力和空中优势，利用汉水流域的唐、白两河天然阻隔（已预先拆毁唐、白两河上的民用便桥），迫使北路军在唐河岸边背水一战，妄图在白河东岸即鄂北、豫南之间的苍苔地区"聚歼"北路军。

中原突围部队主力进至鄂豫交界地区。该地区是广阔平原夹在湖北襄樊和河南南阳之间，两条水深不能徒涉的河流从中穿过，这就是唐河与白河。北路军在击破国民党第 10 军的伏击、阻截后，强忍饥饿和劳累，再次与车运的国民党军展开速度比拼，以日行一百几十里的急行军速度，赶在敌人前面通过苍苔。

359 旅 717 团 1 营于 7 月 6 日抢占了唐河渡口程家河，718 团在旅参谋长贺盛桂带领下于 7 月 7 日抢占了白河渡口朱家集，先后找到渡船 39 只。359 旅和干部旅 7 日渡过唐河，8 日晨渡过白河，到达南阳以南地区。

北路军派出的先头部队 13 旅 38 团昼夜冒雨强行军，抢在国民党军到达之前赶到吴山镇、新集一线，紧接着抢占了唐河的郭滩渡口和白河的樊集渡口。随后沿河发动群众，收集木船、木梯门板和桌椅，并在群众帮助下于唐、白两河上架起浮桥。当中原局、中原军区首脑机关和大部队渡河时，国民党军 12 架飞机齐刷刷飞临，耀武扬威，轮番俯冲扫射和轰炸。北路军一面组织机枪火力对空射击，迫使飞机不敢低飞扫射，一面强行渡河。

当北路军顺利地将唐、白两河甩在身后，跨过豫西南平原，插入伏牛山南麓时，刘峙的大批追击部队像蝗虫一样成群结队扑来，可是，我们早已远走高飞啦，真是徒唤奈何呀！

国民党军企图在唐河、白河地区"聚歼"中原突围部队的计划又宣告破产。蒋介石气急败坏，命令刘峙、胡宗南对中原军区北路军实行更加激烈的追堵，限令于 7 月 20 日前全歼中原突围部队。

强渡丹江，进入陕南

7 月 11 日，中原突围部队的南路军（左翼）在王树声副司令的率领下，此时已进抵郧阳以南的川陕鄂交界的神农架以北山区，北路军也胜利进抵内乡师岗、淅川、荆紫关等预定地区。北路军遵照中共中央电令一路向西，继续向秦岭挺进，准备在鄂陕边境的淅川、商南一带秦岭山区建立根据地。

部队刚进入淅川县城附近，突然遭遇胡宗南的堵截部队，李先念和王震当即决定首先打退堵截的敌军，然后抢占淅川西北之险要山隘荆紫关，伺机夺取豫陕边界重镇——河南省淅川县域，打开一条通道，为后续部队进入陕南扫清道路，尽快进入陕南的秦岭山区，为整个突围部队争取主动。

为缩小北路军的目标，分散国民党军的追堵兵力，中原军区领导反复研判形势后做出决定：为达成突围的机动灵活，中原突围部队北路军在内乡以南师岗地区分兵两路（简称左右两翼）展开行动，李先念、郑位三率领中原局、军区直属队及 13 旅、15 旅 45 团为左翼，取道南化塘、漫川关进入宁陕；王震率领 359 旅、干部旅为右翼，取道荆紫关、山阳，进入柞水。

当天，为亲自指挥前卫部队的行动，此前一直在中原军区机关协助李先念指挥全军行动的王震，离开军区机关，带了 20 余人的警卫部队，突破敌人的封锁，在淅川城南的马蹬附近，突然出现在 359 旅的前沿阵地上。官兵们认出王震，立刻把他团团围了起来，高兴得不知说什么好。王震说："我受先念同志委托，回来和同志们共同战斗，不再离开了。"官兵们立刻欢呼雀跃起来。

王震回到 359 旅和大家一起战斗的消息很快传遍了全旅，给大家带来了必胜的信心。王震是 359 旅的老旅长，官兵们凭着长期的亲身体验，对他特别信赖。那时候我们有个口头语："只要王胡子在，我们什么都不怕。"这句口头语正是大家的心声。

王震与郭旅长和王恩茂政委研究后，迅速做出部署：副旅长徐国贤率领 717 团夺取淅川县城，旅参谋长贺盛桂率领 718 团取捷径抢占荆紫关，719 团留作预备队并负责掩护旅直、干部旅和接应军区领导机关的到来。

7 月 12 日下午，我们 718 团接到抢占荆紫关命令后，立即在旅参谋长贺盛桂带领下向荆紫关疾进。攻打荆紫关，全是上山的路，多个路段地势险要，根本没有路。但我们拼命往前冲，目标直指荆紫关，因为这是到达陕南最便捷的通道。能否夺下荆紫关，对我军下一步行动非常重要。

此时，蒋介石已 3 次电令胡宗南"务于荆紫关以南将李部包围歼灭"。因此，胡宗南部沿线布下重兵，第 90 军一个团已乘汽车于前一日占领荆紫关，将整个关隘及周边各个山口要道堵得死死的。敌兵太多，一路太过拥挤，他们的先头部队便沿丹江向淅川推进。

数倍于我之敌居高临下，占据有利地形，我们团前进受阻。北路军右翼部队因敌阻击而无法进入荆紫关。如我们强行闯关，就等于钻进敌人布好的口袋阵。

7月13日，359旅在淅川城、马蹬一线与敌展开激战。在王震指挥下，359旅顺利攻占马蹬。然而，以717团为前卫的淅川县城攻击战发起之后，发现守军远非情报所显示的数百人，而是数千人，且城防工事坚固，兼有6米多深的外壕，因连日暴雨水深没顶，淅川城难以突破，攻守双方一直呈胶着状。

根据实际敌情，旅首长研究决定，改变原来部署，放弃荆紫关和淅川县城，抢在国民党军合围之前，强渡丹江，改道向南绕，沿丹江西岸的鄂西北郧县鲍峪岭、南化塘一带，进入陕南，以免背水迎敌，再次陷入重围。

7月14日夜间，北路军右翼全体官兵冒着大雨集结，进行渡江动员。大家心里都非常清楚，此刻形势万分紧迫，敌人主力紧紧地咬在后面，已经快追上来了，丹江过不去，部队会立陷险境。王震率359旅、干部旅，决定从淅川县大石桥与娘娘庙之间抢渡丹江。

丹江水宽50米，时值盛夏，又逢连日暴雨，山洪暴发，水势猛涨，水深流急，江上既无桥梁，又无渡船，涉水泅渡条件相当险恶。但再险也要渡，还要抓紧抢渡，舍此没有第二条路。能否抢在翌日凌晨之前渡过丹江，对部队是个生死关口。

部队开始强渡丹江。官兵们将收缴的敌军电话线扭结成绳索，还有的解下裤腿绑带一条条衔接，再像扭麻花一样拧成布绳索，将绳索两头固定在丹江两岸的石头上。部队分批分组，以强带弱结成人链，抓住绳索涉过丹江。

当时，我亲眼看见，王震为激励士气，脱下衣服，在漆黑的雨夜高呼："同志们，跟我来！"他毅然跳入激流，率先涉水渡江。随后王恩茂等不及脱衣，也纵身跳进水中，官兵们一个个争先恐后，奋不顾身跃入江中。

漆黑的夜晚，连绵的大雨，翻滚的江水，无畏的战士，形成了壮观的涉渡场景。当后卫第719团过江时，水势更猛，布索一度被拽断，不幸冲走了一部分同志，300余人落水失踪。

拂晓时分，北路军右翼渡过丹江，进入郧县以北的梅家铺。至此，中原突围部队北路军左右两翼人马于13日、14日分别在不同地点，强渡丹江，全部进入郧县和商县境内，国民党反动派妄想在丹江以东全歼中原军区的美梦又告破灭。

7月15日，毛泽东同志以中央军委名义致电中原局，指出，整个突围战役是胜利的，敌人毫无所得。你们这一行动已调动程潜刘峙胡宗南三部力量，给反动派以极大震动与困难，故你们的行动关系全局甚大。电报要求我中原部队为避免更大伤亡，停止北进，应在敌后创立根据地，并在鄂豫皖川陕五省机动灵活作战以牵制国民党大批军队，配合我华北、华中主力之作战。

柞水两河口战斗，第三次负伤

中原突围真的是非常艰苦。多年后，王震回顾说，中原突围比红军长征还要苦。部队不断地遭到国民党军围堵，不停突围，经历了血战鲍峪岭、狗头坪，719团团长吴刚、政委蒋洪钧、参谋长朱佐夫、代理团长颜龙斌等都牺牲了。

7月27日，中央军委电示王震："你部或北渡丹江，在商县洛南、卢氏地区分散打游击，该地区有地方党配合，最为有利；或经山阳北部向西在柞水、镇安、宁陕等县分散游击，亦可存身。"

同一天，正当王震率部经山阳县附近向商县方向前进时，李先念电告王震：国民党军正向山阳县、商县地区调集兵力，企图在该地区对359旅重构合围，急令359旅、干部旅向西发展，以求得短暂休息和供应。

同样是在 7 月 27 日这天，鉴于敌情严重，同时根据上级电报指示精神，359 旅决定改变行动计划，将部队分成两路行动。一路由副旅长徐国贤率 717 团，仍在秦岭山区活动，争取立足，开展游击战争，吸引、牵制敌军。另一路由副司令员王震和旅长郭鹏、政委王恩茂率 718、719 团，向西南出关口，争取进至佛坪地区，以摆脱四面云集的敌军，而后乘机向西发展，与北路军左翼部队会合。3000 多人的干部旅被分作三部分，一部化装转移，一部留在原地坚持斗争，另一部随 359 旅行动，继续西进。

7 月 28 日，王震率部向西进至商县黑山街、安伍村地区，部队暂停前进，旅部召开团以上干部会议，研究如何落实军委电报指示精神，就地分散，展开游击战争。正开会时，国民党军 2 个团突然逼近，会议被迫中止，部队立即向西转移。

就在这次转移途中，718 团进至柞水两河口（今方青）时遭遇国民党军第 1 师伏击，1 营副营长张友清和 2 营副营长徐宜生英勇牺牲，我在战斗中左臂负伤。

两河口战斗实际上是遭遇了敌人伏击，这次伏击本可避免而未能避免，损失很大，教训很深刻。我自己负伤事小，最让我惋惜和痛心的是我营副营长张友清的牺牲。几十年来，他始终活在我心里，我对他从来不曾忘怀。

至今回忆当时的战斗经过，每个细节都历历在目。突围以来，部队不分白天昼夜地行军打仗，高度疲劳，急需补充。718 团途经柞水县两河口镇，走到一个山凹处停下来，准备稍事休息，就地吃饭。1 营副营长张友清按照常规，亲自安排 1 排副排长带 1 个班，到山头最高的地方放警戒。

本来，全体官兵都知道部队目前的处境，国民党军前堵后追，在任何时候任何地方都有可能与敌遭遇，大家的警惕性都很高，头脑中的"敌情"这根弦绷得很紧。可是，这个副排长偏偏在这天有所松懈，一方面因连日行军打仗疲劳不堪，另一方面他存在一丝侥幸心理，觉得我们途经此地，仅仅停下吃个饭而已，饭后立刻就走，而且这个山凹四处十分隐蔽，怎么可能遭遇敌人？

副排长带着1个班的兵爬到半山腰便停下来，没有按张友清副营长的交待和部队警戒常规把哨放到山顶。

国民党第1师恰恰在此设伏。他们隐蔽在山顶的瞭望哨把我军行动看得一清二楚。趁我方官兵正在吃饭时，敌人从山的另一面爬上山顶，密密麻麻一字排开，突然向我方开火，从上往下打，火力密集，令我措手不及。张友清副营长不顾个人安危，立刻组织部队转移，不幸中弹牺牲。

我在率部突围中左臂负伤，子弹把胳膊打穿了，鲜血染红了衣襟。我咬牙硬挺着没有倒地，迅速从地上捡起枪挥舞右臂指挥部队突围。我让战士们把未煮熟的饭带上，边打边撤，紧急转移，尽最大可能减少伤亡。至今，我的左臂仍然留下前后两个弹洞，那是子弹进和出的地方。

副营长张友清牺牲后，营里立即派人冲上去把他抢回来，因为全营的"家当"都在他身上带着，包括全营的伙食费(白洋)以及武器及重要文件等，都必须带走，为此又伤了几位同志。敌人的火力越来越猛，部队完全来不及掩埋张友清副营长的遗体。

战斗结束后，我盛怒难消，下令枪毙那个副排长。在战场上不执行命令是绝对不行的！是要吃大亏、付大代价的！就因为放警戒的副排长麻痹大意，存有侥幸心理，让部队官兵付出生命代价。虽说快到山顶了，但毕竟没到嘛！为什么不往前多爬几步？派一两个兵爬到山顶也好，敌情即一目了然。不枪毙他不足以吸取血的教训！

这时，营教导员在一旁对我说，算了，连队天天减员，还是留着他吧，不让他干副排长了，让他到机炮连扛炮弹去吧。我一听，考虑眼下确实缺人，也就默许了。

多少年过去了，我一想起副营长张永清和其他牺牲的战友，心情仍然非常沉重。张友清是湖南攸县人，红军干部，比我大几岁。这是个非常好的同志，工作样样能干，战斗勇敢，带兵打仗更是一把好手。他资格比我老，服从组织安排，给我当副手，对我的工作非常支持。打这一仗把张友清丢了，我痛惜不已，想起他心里就难过。常常禁不住追思和缅怀他，总想为他做点什么。新中国成立后，我专程到柞水两河口张友清牺牲的地方，为他建了烈士墓碑。

当天夜里，旅部和 717 团在在商县西南的红岩寺宿营时又遭敌军袭击，激战中，359 旅毙伤敌 200 余人，旅副政委李铨右胳膊负伤。在继续分路西进途中，李铨见到和自己一样用绷带吊起一只胳膊的我，只不过一个是左臂，一个是右臂，不由打趣道，咱俩这不是搞左右开弓嘛！

中原突围期间，我第三次负伤，仍每天跟着部队行军打仗，天天突围，一步也不曾落下。山里气候变化无穷，经常连日下雨，伤口不断地浸水，导致化脓，经常疼得钻心。卫生员后来想了个办法，用刺刀将伤口割开，将仅有的一点药塞进伤口深处，阻止继续化脓。在没有麻药的情况下，我忍着剧痛，接受了这一"战地手术"。直到 20 多天后回到延安，我一路都是用右手抱着左臂。幸运的是，经过卫生员这样处理，我的左臂保住了。

此后，由于行动不便，我暂时卸任了营长职务，跟随部队行动。1 营营长由一位副营长接任。我的伤口因总是浸水，经久不愈，但用绷带紧紧缠住，始终跟随部队行军，昼夜兼程，一步也不敢落下。

重返陕甘宁

部队 8 月间仍在不断作战，不断突围。党中央预见国民党将调集兵力，以严密封锁线构成最后合围，沿西兰公路（西安至兰州）、泾河对 359 旅实施围歼。同时考虑 359 旅经过两个多月的连续行军作战，消耗很大，决定派部队接应。

8 月 27 日中央派出的警备 3 旅突破国民党军的北部防线，攻占了镇原县的太平镇。359 旅士气大振，以日行 150 里的速度向北急进。然而尾随的敌人和 719 团交火，其他各路的国民党军也纷纷向我围拢过来。359 旅再次陷入重围。

突破西兰公路，是我们中原突围的最后一仗。我记得，当时王震伫立路边，命令 719 团分作两部，一部阻击尾追之敌，另一部夺路下沟，冲上对面的公路；同时命令 718 团集中全部轻重机枪，收集所有的弹药，向正面敌人猛烈扫射。

正当 3 营迅速冲到公路边的沟坎，从沟底往塬上爬时，突被公路上卡车运来的国民党军发现。敌人急忙下车，依托村庄展开，以火力封锁公路。3 营经过连续征战已大量减员，实际只有一个连的兵力，他们人数虽少，却勇猛地与敌人展开激战。

这时，旅直人员陆续进入塬边狭窄地段，挤在一起。

我亲眼看到王震从后面疾步上来，问道：怎么回事？

有人报告说，前面有国民党军封锁公路。

王震只往前方扫了一眼，立刻看清并判明了敌人在公路上的整体态势。远处隐隐可见载着敌人后续部队的汽车排成长龙，正陆续往这里赶，也许要不了十几二十分钟，数倍于我的敌人就可将围攻布置就绪，里三层外三层的包围圈就可合拢，正面阻击之敌更可将轻重火力沿路一字摆开，占尽地利。

在此千钧一发之际，王震以惊人胆略，挺身而出，振臂高呼："同志们！这是最后一关了，接应我们的部队已经为我们扫清了道路，冲出去就是胜利！跟我来！跟我冲啊……"喊声未落，王震已率先向前冲去。站在王震身后的我也跟着嘶声大吼，冲啊！率领 1 营紧随王震冲杀而去。

说实话，大家哪敢让王震冲到前面呀！哪舍得让旅长一马当先啊！"哗"地一下全部往前冲去。

霎时，我军几十路纵队铺天盖地向公路对面冲去，势若排山倒海。敌人也许吓蒙了，条件反射般抱头鼠窜，唯恐躲避不及。待后续赶到的大批敌人做出正常反应时，359 旅早已冲过公路，进入绿海般的高粱地中，无影无踪了。

王震乘敌人立足未稳、来不及联络部署之际，率部强行全面突破，再次把胡宗南严密设防、紧急调动的军队抛到身后，在万分危急关头把部队带出重围。

突破西兰公路，王震冲在最前面，带领 359 旅险中获胜。我们如果稍迟一步，也许就过不了西兰公路。王震是大智大勇！

中原突围，我两次亲眼看见王震高喊，"跟我来！"一面喊着一面就带头冲出去了。一次是强渡丹江，一次是强闯西兰公路。其中，强闯西兰公路是最惊险、最精彩的一幕！这场战斗印证了一句老话："狭路相逢勇者胜。"当时就看谁脑子反应快、看谁勇敢！如果国民党军有一个团甚至一个连反应稍快一点，那么，对 359 旅而言后果将不堪设想。

28 日冲过西兰公路后，又急行军一夜，王震率部于 8 月 29 日上午在宁县屯子镇与黄罗斌旅长率领的警 3 旅胜利会师。

中原突围历时 63 天，浴血奋战 90 余次，日夜兼程 5000 余里，359 旅终于胜利地回到陕甘宁边区。

中原突围官兵个个蓬头垢面，衣衫褴褛，头发胡子长乱如草，面容枯槁，瘦骨嶙峋，疲惫至极。其中不少官兵脚上用破布缠着，腰上用草绳绑着，手上拄着棍子，看上去非常羸弱，似乎不借助棍子就不能站立。但人人都睁着一双双黑亮黑亮的眼睛，那是被无数战场血腥擦亮了的眼睛！是经历和见证了无数场生死之战的眼睛！那眼神是天天打仗磨砺出来的无敌勇气，是压倒一切的英雄气概。

我当时是抱着胳膊回延安的，和战友们一样灰头土脸，只是头上多了一顶博士盔帽子，那是在战场上缴获的。衣服日夜穿在身上，已两个月没有脱过，更没洗没换，风吹日晒雨淋，此刻都不成形，不成色了。尤其是臂膀负伤之处，血把衣服染透之后，雨水又把血迹冲掉了，皮肤上多次结痂，那痂又在行军打仗中多次被磨掉，新长出来的皮肉与衣服紧紧粘连在一起，疤痕不断扩大。

当时王震、王恩茂下令：把手中的棍子统统扔掉！弄水洗把脸，整好军容回家见战友、见亲人！结果被丢弃的各式各样的棍子堆在那里像个小山包一样。

一路浴血奋战、历经千辛万苦地回来了！可回到家了！可见到自己人了！站在队伍中的我禁不住泪水横流。359 旅官兵个个激动万分，没有一个不掉泪的。大家像受了委屈的孩子回到母亲身边一样，不少人呜呜地放声大哭，稍后又挂着满脸的鼻涕眼泪咧着嘴笑。还有人是无声地笑、无声地哭，哭了笑、笑了哭。

王震率领 359 旅南下北返和中原突围，自 1944 年 11 月 10 日从延安出发，至 1946 年 8 月 29 日胜利回到陕甘宁边区，历时 658 天。期间在日伪顽军的封锁、围堵与合击中，抢渡无数河川巨流，越过不尽地高山峻岭，往返穿行同蒲、陇海、平汉、粤汉 4 条铁路，转战于南北 8 省广大地域，浴血苦战 100 余次。

南下支队 5060 人马孤军深入敌后，跃进万里之外，本为兵家所忌，但我们面对强大的敌人，身临枪林弹雨，却能锐不可当，进得去，出得来。虽然几度遭遇全军覆没的危险，但终能化险为夷，立于不败之地。出色地完成了党中央、毛主席赋予的战略坚持和战略牵制任务。

359 旅离开延安时有 5000 余人，中原突围出来后只剩 1900 余人。有的连队只剩下 10 来个人。我先后担任教导员和营长的 718 团 1 营，中原突围时是 450 人，回到延安时只剩下 170 余人。南下北返、中原突围，359 旅牺牲了 7 个团级干部。但是，这支英雄的部队没有被打垮，依然保持着建制，旅部及 3 个主力团完整地回来了。

359 旅进入陕甘宁边区后，受到党政军民的高度赞扬和热烈欢迎。在甘肃庆阳部队休整了十多天，经 8 天行军，359 旅于 9 月 27 日从甘肃庆阳抵达延安。中共中央、边区政府组织 5 万余人夹道欢迎，30 多里长的路两旁都是欢迎的队伍。人们高扬着手臂，笑容灿烂，欢迎 359 旅凯旋。延安人民打着"威震华夏"四个大字的巨型横幅，敲锣打鼓，载歌载舞，还手提酒壶敬酒，把鸡蛋、花生、红枣等往官兵们口袋里塞。359 旅官兵都感动得热泪盈眶。

9 月 29 日，中共中央在杨家岭中央大礼堂隆重召开了规模盛大的欢迎南征同志大会。毛泽东亲临大会并讲话说，南下支队的同志们！你们辛苦了，你们胜利了！你们不怕困难，不怕牺牲，深入敌人的心脏，敢于和敌人做斗争，打破了国民党反动派数十万大军的"围剿"，胜利地返回延安。你们是党的宝贵财富。虽然牺牲了不少同志，但是，你们光荣地完成了党交给的任务。你们勇敢顽强，不怕敌人围追堵截，经历了第二次长征。将来，你们要把359旅的旗帜插到北平的城头上。

是啊，在解放军所有部队中，359旅用两条腿走得最远、最长，堪称"最能走的部队"。

1946年10月，359旅被编入中国人民解放军西北野战军晋绥军区第2纵队序列。王震任第2纵队司令员兼政委。

11月11日，359旅遵照毛泽东主席"重整旗鼓，再上前线"的指示，迅速东渡黄河，进入山西境内，直奔时任晋绥军区司令的贺龙处，进行休整补兵。在极短时间内，359旅补充了5000多人扩编为一个军，武器弹药等也都得到充实。比之中原突围时期，这时可谓粮弹充足，兵强马壮。

同年同月，我由718团1营营长调任该团政治处副主任，半年后，提拔为该团政治处主任。

此时，内战已全面爆发，中国共产党领导全国军民开始了伟大的解放战争。我旅除部分部队抽调赴东北外，大部分跟着纵队司令王震，参加了保卫延安、保卫陕甘宁边区、解放大西北等多次重大战役、战斗，在解放战争中再建功勋。

撰稿：赵　江

编辑：石　琳

铭刻在心中的记忆

赵霞

口述者简介：赵霞，1929 年出生，河南省
西平县人。1945 年 3 月参加新四军，在中原
军区军政干校学习，1946 年在鄂豫皖军区豫
西军分区政治部宣传科任干事，参加了中原突
围；1948 年 8 月入党，任中原军区六分区军
政干校指导员，同年南下武汉任中南军政委员
会运输公司人事科长。1950 年赴广州参加组
建广东省商业厅，1952 年任广东省油脂公司
人事科长兼副经理，1953 年任广东省商业厅
干审办公室主审办公室主任，1954 年任广东省油脂公司经理，1956 年任
广东省粮食厅油脂公司经理，1958 年任广东省粮食厅人事处处长兼粮食
供应处处长，1964 年任广东省轻工设计院院长，1971 年任广东省日用
工业品公司党委书记兼总经理，1973 年任广东省百货公司经理，1979 年
任广东省商业厅副厅长和党组成员，1990 年离休。

一

我叫赵霞，1929 年出生在河南省驻马店市西平县的一户贫苦农家。我
的父亲赵圣欢（字乐孔）在我少年时，就已经是中共河南信阳特委负责人，

在许昌师范以教书为掩护，从事地下工作。我在家里排行老大，虽然是女孩子，但父亲是把我当男孩儿培养，鼓励我上学。当时，父亲的工资大多用于工作的活动经费，家里生活很拮据。为了弥补家用和为自己筹集学费，我就利用假期和放学以后到地里捡拾落下的麦穗或捡些掉下的棉桃拿去卖，就这样我读完了高小课程。

当时，父亲看我胆子大，也机灵，就经常叫我帮助他们干些工作，如让我送信到地下党的联络站，充当地下小交通员。有时，父亲在家里开秘密会议，也让我帮助望风。父亲虽然没有正式对我讲很多大道理，但对他的行为耳濡目染，我心里明白，父亲干的是大事、正事！

1938年，国民党军队炸开了花园口黄河大堤，暂时挡住了日军西进，但到1944年，日军发动打通大陆交通线和扫除中南地区盟军机场的一号作战后，河南逐步沦陷。1945年初，日本人打到西平县，我的家乡也沦陷了。父亲看见这种情况，就决定让我去参军，抗击日军侵略。

那时我刚满16岁，父亲告诉我，在豫西有个共产党部队办的军政干校，让我去那学习。当时父亲给豫西军分区首长（黄霖司令员、栗再山政委、政治部冷新华主任）写了一封信，他让我母亲将信藏在特意缝制的有夹层底的鞋里，并告诉我，平时穿旧鞋，遇到情况就将装有信件的鞋换上。如遇到敌人盘查，就说去桥上村的姑妈家读书。就这样，我步行了80多里路，找到了豫西军分区。当时分区黄霖司令员和栗再山政委开会去了，只剩下政治部主任冷新华在，我就将父亲的信交给他，看了信后，冷主任就安排勤务员带我办理入伍手续，领取服装等等。就这样，我成为新四军队伍中的一名新兵，从此，开始了我的革命生涯。

部队首长先安排我到豫西军分区的军政干校学习。经过6个月的学习，毕业后将我分配到军分区政治部宣传科工作。当时我们的主要工作就是用张贴标语、唱歌、演话剧等形式宣传和发动人民群众支援我们的部队，抗击日伪军。因为我们的工作卓有成效，使得当地的群众都积极参加新四军，我们的抗日队伍很快扩大了。

二

中原突围是我一生中最刻骨铭心的大事。我今年已是 90 岁的老人了，每当回忆起当年中原突围的艰苦岁月，总是心潮澎湃，难以自已。这场在解放军战史上具有重要地位的中原突围，虽艰苦卓绝，筚路蓝缕，却让我们这些亲历者生生不忘，也更加坚定了跟党走的决心！我正是在这场艰苦战斗的淬炼中，从一个由抗日战争中走出来的小女兵，成长为一名坚强的革命战士。

抗日战争的硝烟还未散尽，蒋介石便迫不及待地挑起内战。1946 年5 月 10 日，国共双方代表虽然就中原地区停止武装冲突签订了停战协定，但国民党军的蚕食进攻并未停止。至 6 月，国民党军已将中原军区部队 6 万余人包围在以宣化店为中心、方圆不足百里的罗山、光山、商城、经扶、礼山之间的狭长地带，中原解放区的面积只及原来的十分之一。为了避免内战，中共中央多次与国民党谈判，表示愿意让出中原解放区，将部队转移至其他解放区去。但蒋介石却一意孤行，不断加紧调动部队，至 6 月下旬，蒋介石用于包围中原军区的兵力已增至 10 个整编师（相当于军）约 30 万人。企图一口吃掉中原军区的 5 万余人，妄想让"皖南事变"消灭共产党领导武装的阴谋再次上演。从解放全中国大局出发，中原军区按照中共中央的整体部署，决定与之周旋并伺机突围，千方百计拖住 30 万之众的国民党正规部队，用自己的牺牲支援我军在全国战场的战略展开。

6 月下旬，鉴于局势日趋危急，中央军委命令中原军区突围。中原突围标志着由国民党挑起的全面内战正式爆发。

当时中原军区下属部队包括第一纵队（辖第 1、2、3 旅），第二纵队（辖 13、15、359 旅），江汉军区（辖独 1 旅），鄂东军区（辖独 2 旅），河南军区（辖独 3 旅）。我所在的豫西军分区隶属于河南军区。

按照中原军区部署：一纵队第一旅（旅长皮定均）担负向东行动、迷惑敌人、掩护主力向西突围的任务；主力则分为南北两路向西突围。其中：李先念、郑位三、王震等率中原局、中原军区机关、直属部队和二纵队主力为北路，从河南信阳的柳林车站突破平汉路；王树声率一纵队（欠第一旅）为南路，从花园（现湖北孝昌县）地区突破平汉路；张体学率鄂东军区部队挺进大别山腹地，牵制敌人兵力。当时我所在的部队属于地方武装，是活动在桐柏地区的部队，上级要求我们在平汉路西侧接应北路主力突围，并保障部队进抵路西后的安全。完成接应与掩护任务后，在桐柏地区坚持斗争。

6月26日晚，月朗星稀。中原军区机关和主力部队趁着夜色悄无声息地从湖北大悟的宣化店地区开始战略突围。经过一路激战，突破敌人层层围堵，在付出巨大代价后挺进至陕南地区。

7月初，中原军区主力突出了敌人的重围，我们部队完成了掩护主力突围任务，领导们正着手布置坚持原地斗争时，接到上级电令，鉴于桐柏地区敌情严重，命我部留三分之一的武装坚持原地斗争，其余部队自行选择路线，立即向西突围，争取尽快与北路军会合。根据上级指示精神，领导们研究了行动方案，决定由张旺午、张南负责妥善安置不便随军行动的干部和伤病员近千名分散隐蔽，把七八百名地方干部编成一个干部总队，并留下约千人的武装，组成桐柏独立支队，坚持桐柏山根据地的武装斗争；其他2000余人包括军分区机关组成西进支队即刻突围。西进支队于7月4日从湖北随县的祝竹店出发，经草店镇、泌阳、方城、唐河、南召、内乡、西峡向陕南挺进。

出发前，由于年龄小，当时被称作"小丫头"的我，听了动员后得知自己属于被分散安置隐蔽的对象，我不愿意，就去找黄司令员和韩东山司令员磨，坚决要求随大部队行动。

"首长，让我留下吧，我不怕苦！不怕死！"

"你年纪太小，又是个女孩。"

"不，我一定要跟着部队走，我生是部队的人，死也要当部队的鬼！"

虽然年少，对突围战略意义及艰难困苦知晓不多，但坚定不移地跟着部队是我当时唯一的信念。望着眼前这位神情坚毅，目光如炬的小女孩，念及父亲的托付，部队的首长们终于同意了我的请求。

就这样，只有 17 岁的我，成为中原突围队伍中的一员。

突围的部队沿着伏牛山行进，专门走没人走过的山路。荆棘丛生，杂草比人高，洞坑石头挡道，加上大都是夜间行军，伸手不见五指，一路上跌跌撞撞，脸、手、衣服都被划烂撕破了。我擦擦身上、脸上的血迹，顽强地跟着部队前进。

由于国民党集结了数十万军队，对我中原军区突围的部队前堵后追、分片包围、步步紧逼，必欲全部歼灭而后快。但终被我主力部队浴血奋战，突破重围，跳出敌重兵围困。此时敌在中原作战的部队并未撤走，敌情仍极为严重，给后续突围部队造成极大困难。部队每天疲于跑路，甚至晚上也常与敌人遭遇。那时人困马乏，累得几乎都要虚脱了，趴下可能立刻就一睡不醒。我当时最大的奢望，就是能美美地睡上一觉！

突围前，每人干粮袋里装了"面豆"。所谓的"面豆"，就是用杂粮和白面搓成一粒粒拇指大的面团子，炒熟，饿了就抓一把吃。突围了几天后，我们走到了陕南的山里，大家带的面豆吃完了，粮食断顿了，山上荒无人烟，山下都是国民党军，也无法下山去寻找食物，战士们都忍饥挨饿行走着。在行军到一个山头，大家惊喜地发现，那里长满了野山楂，红红的一片，我们不管三七二十一，就采摘树上的野山楂充饥。因为被围困的时间较长，多时没有东西进肚，大家都饿得很，所以连皮带核一起咽下肚。这样吃了两天，问题出现了，山楂果肉酸涩，加上大家连核一起吃，这样就有收敛作用，所以战士们都排不出大便，大家肚子胀得受不了。部队首长一看这样不行啊，这样会影响战斗力啊。后来领导们了解到蓖麻籽可以解决便秘，就决定派人下山去寻找。这时我就派上用场了！领导认为我个儿小，又是女孩，不容易引起注意，于是决定派我下山去找老百姓要点蓖麻籽。

"小赵，你乔装打扮一下，下山。"

"好，我保证完成任务！"

任务一下达，我二话没说，换上花布衣裤就下山了。我虽小小年纪，可还是非常机灵的，我心里明白，眼下不能找富户，只能找穷苦人家。可蓖麻籽在穷人家是宝贝，点灯照明用的。那时当地的老百姓和人民军队真是心贴着心啊，尽管他们很困难，但一听我说明来历和情况，就一家一点儿凑了一大包，让我带上山去了。这包蓖麻籽可解决了大问题！每人只吃了一点，排便问题就迎刃而解了。

由于饥饿，战士们的双脚出现浮肿。我记起小时候跟姥爷上山采过猴头菇。便向领导提议采集山上猴头菇充饥！猴头菇这东西在现在是一流的美味佳肴，可在当时，只能放在水里煮煮就吃，无油无盐，吃起来就像木渣子，可是大家饥肠辘辘哪管得了这些，狼吞虎咽地吃下去了，毕竟能解燃眉之急，顶一阵肚子。

那时部队不仅忍受饥饿、寒冷，其他困难也不少。比如缺医少药，大批伤病员得不到救治，伤口溃烂，甚至个别战士伤重不能医治而牺牲。

"小赵，你还得下山，想办法为伤病员筹些药品来。"

为此，部队领导拿出两块四方形肥皂大小的烟土，再次安排我下山去卖烟土，并购买消炎药、酒精等急需药品。

这可是要冒着生命危险才能完成的任务啊！但当时，我毫不犹豫地接受了任务。

到了县城，我按领导事先的交待不进店铺，在街边找了一个中年乞丐，与其搭讪，装着闲聊，经仔细观察，认为这人是可靠的，就向他打听如何卖烟土。

"卖烟土可是犯法的哟！"乞丐告诉我说。但看到我为救病人一脸真诚，乞丐又说："还是救人要紧哪，我知道到哪儿卖，卖给谁可靠！"

"太好了，卖成了我自然酬谢你！"

就这样，我赢得了乞丐的信任。在他的协助下，我卖掉了烟土，并按事先的约定，给了他两个银圆作为回报。得到好处的乞丐接着又帮助我购买了一些急需的药品和纱布、酒精。买到了东西，任务才只完成了一半，出城还有国民党的卫兵盘查，我带这么些药品是不易通过的。于是，我又让乞丐帮着把一些药品、纱布分别绑在两个人的腰间，在他的要饭篮底放上一些酒精、纱布等，上面盖上又脏又破烂的衣服。结果，我们竟然就这么混出了城，乞丐还一直把我送到山脚下。

说句实在话，事后想起下山贩卖烟土，购买、运送药品的经历，我还真有些后怕，这无异于火中取栗，一不小心，可是要丢掉脑袋的！然而，将这些药品带上山，就挽救了一大批战士的生命。这种担惊受怕非常值得。

我们突围走的都是人迹罕至的山路。从伏牛山进陕南的一段是崖边的羊肠小道，人要侧身紧贴崖壁，用手借助崖壁上的树根慢慢移过去。马是无法过了，首长也只能下马跟战士们一样徒步前行。队伍行进得十分缓慢而艰难。我还亲眼看见报务员小丁由于手抓的树根断了，连人带报话机一起跌入了黑压压的谷底，献出了年轻的生命！因为他的牺牲，此后我们与上级机关的联系也中断了。其他还有不少的战士，也像小丁一样，牺牲在突围的途中。

突围中随着战况不断变化，部门的建制也随之改变，大队、中队、支队，当时我自己都搞不清所在的编制，但有一条，我自始至终都紧跟着黄司令员、栗政委。他们称赞我说："丫头，你在突围中，可是有功的哟！"

7月30日，我们部队到达陕南，8月2日与北路军会合，共同参与开辟豫鄂陕根据地。之后，我们就遵照上级的指示，一直在豫鄂陕边境的大山里与国民党部队迂回斗争。7个多月的行军、突围、战斗，到了除夕，1947年的春节来临了！是呀，胜利的曙光也即将来临了！远远看到山下星星点点的亮光，心情大好的我想着要是在平时，说不定能吃上饺子，放鞭炮，多热闹啊！

部队 6 月开始突围，那时穿的是单衣，到了寒冬腊月，山风凛冽，部队还没有御寒衣裤呢！机会来了。据侦察兵报告，山下县城内都忙着过年了，守兵松懈，可以出其不意攻打县城。一来挫挫国民党的锐气，二来给部队解决取暖给养。就这样，我所在的部队犹如神兵天降，迅速打下了县城，正赶上城里有财主办婚嫁，加上过年备下的美味佳肴，让战士们饱餐了一顿，每人干粮袋里补充满了干粮，许多战士也补充了冬衣，只是颜色五花八门。弄得有些百姓私下嘀咕："是不是山上下来'土匪'了？"我见老财主家的箩筐里有鸡蛋，就全掏出来煮熟了，装满了上衣的两个口袋，分给领导及战士们吃。

突围途中，还发生了许多意想不到的困难。有这样一段小插曲：我部领导之一老红军曾涛的爱人方慧英，怀着孕跟部队一起突围，在荒无人烟的深山老林，突然要临盆了。当时大雪纷飞，寒风刺骨，山上别说房子，连个能进人的洞也找不到！情急之下，女战士们围成一个圆形人墙，地上及"人墙"上各铺一张棉被，支起大锅烧水，因陋就简接生了一个女孩，她就是曾涛的大女儿曾华（原起名曾随征，跟随革命踏征途的意思）。现在，曾华就生活在广州，这位"中原突围之子"，也已过"古稀"之年了。当时，我也是"人墙"之一。第一次见到生孩子的场面，心里怦怦直跳：殷白的雪地上流下那么多的血！会不会死人啊？人能活吗？一个未满 16 岁的小姑娘，心中有惊恐感，是再自然不过的了。

中原突围是在极端艰难、严酷的条件下进行的，面对数倍于我们的敌人围追堵截，大小战役无数，部队不断减员，其残酷及艰难让人联想到当年的红军二万五千里长征。但这些丝毫都没有动摇全体突围官兵的意志和决心。

我记得还有一次，我们部队已经出了河南，到了陕南地区一带，仍然是在山里活动。一天傍晚。部队行军到了一个山头上，黄司令员问侦察人员附近是否有敌人，回答说没有，于是他就命令部队宿营。结果，到了夜里，发现山头的四周都被敌人包围，黄司令员果断下令突围下山，我当时想，他们年龄大的都跑得快，我小也跟不上，不如就躺着往山下滑，于是用衣服将头包起来，倒在地上就向山下翻滚。在这过程中，感觉到敌人都在往山上冲，想要消灭我们突围部队，我们部队是往山下突围。我也不知滑了多久到了下面，耳边一直听到敌人喊叫着"抓活的，抓活的"。我滑到一堆树枝丛里，还有一些雪盖在树枝上，就躲在里面不敢吱声，就这样待了大约几个小时后，感觉没有动静了就出来查看，这时才发现就只剩下我一个人在那了，其他同志都不知去向。正好遇见一个上山砍柴的老乡，我就问他"国民党军还在吗？"

老乡说："已经走了。"

我又问："我们的部队呢？"

他告诉说："往西边去了。"老乡见我是个女娃，就答应带我找部队。他告诉我，去找部队可以抄一条近路，但是不好走，我说没问题，你能走，我就能走。就这样翻山越岭，我们一直走到晚上，终于见到了黄霖司令员。他看见我激动万分地说，还以为你牺牲了或被俘了，回来就好，回来就好。随后拿出一块大洋给那位老乡感激他。老乡坚决不要，说这是应该做的。大家推让了很久，最后司令员说，你先拿着，待我们回来后还要去你家吃饭，这样，老乡才收下。在那样艰险的日子里，如果没有乡亲们的帮助，要取得胜利是不可能的，鱼水之情永难忘啊！

这段时间，我们部队一直在山里转，从一座山头到另一座山头，有时要过一些小河。记得有一次，大概是1947年2月、3月间，春寒料峭，部队到了一个河边，河水不深，但也没过膝盖。水流又比较急。我是个旱鸭子，不会游泳，加上看见流动的水就更害怕，根本不敢过河。黄霖司令员见状，就把他的马牵过来，让我抓住马尾巴过河。

我问："马踢我怎么办？"

司令员说："丫头放心！这马是经过训练的，不会踢你！"

我表面上一脸狐疑，心里却坚强得很："千难万险都经历过了，还怕这小小的河水？我一定要跟着部队走到底，直到取得最后胜利！"就这样，我抓着马尾巴顺利地淌过了河。

从1946年6月26日开始突围，至1947年3月至4月间，整整10个月，我跟随黄霖司令员、栗再山政委的突围部队一直沿着伏牛山脉向西，历经12个市县，有方城、鲁山、内乡、镇平、淅川、西峡、唐河、南阳、遂平、西平等，经历大小战役无数，逐渐锻炼成长为思想成熟、意志坚强的女战士！

纪念中原突围60周年时，我接受过来自北京、河南、湖北、广州等多家媒体和军事历史研究机构采访。采访时总会被问到同一个问题：赵霞，你参军及参加中原突围时年龄很小，用乡亲的语言称之为"小丫头"，为什么如此坚定跟着部队？忍饥挨饿，受冻受累，历经千难万险，甚至面临生死考验，都没有一丝一毫的动摇？

我想，答案应该是坚不可摧的理想信念和革命先烈的激励。我们的前辈，包括我们这一代人，为了民族解放大业，年纪轻轻干大事，年纪轻轻就牺牲！想起那些逝去的战友，唯有以勇于战斗、不懈努力来继承和回报他们未竟的事业和在天的英灵！

三

突围之后，我们仍在陕南大山里面坚持斗争，开辟新的根据地。

1948年8月间，我接到上级指示，与吕彬、楚伯等人返回豫西，找到在遂平县槐树小学任国语教师的地下党员李振东、王子英等，为即将进行的淮海战役组织支前工作。淮海战役是一场在中原地区与蒋介石决战的大战役，当时军民士气高昂，口号震天，做被服、纳军鞋、备干粮，干得热火朝天。

我军在各个战场都取得胜利，为迎接全国解放，各地都陆续建立政权，这样就需要大量干部。我和几位同志一起，在淮海战役结束后，奉命到位于镇平的中原军区豫西第六分区参加组建六分区的军政干校，培训政权建设急需的军政干部。当时，国民党飞机还经常来轰炸，我们冒着危险，抓紧时间，将学校筹建好。各级校领导都到位后，我们又奉命到位于方城的中原军区七分区参与组建新的军政干校。待这个军政干校组建好后，我又被派回到六分区军政干校任学员队指导员。

1948 年 11 月，上级又命我们随部队坐火车赶到开封（河南省军区所在地）报到，当时的火车条件很差，就是那种没有窗户的闷罐子车，车上也没有厕所，要方便只能下车。有一站我下车方便，还没上车车就开了，我赶紧追赶，那时年龄小，体力还好，使劲跑，后来在最后一节车过时爬上了车皮，上去后又怕脱离我们的部队，就从车顶上慢慢爬到我们部队的第五车厢，真是惊险啊。

在开封集中后，我们又到汉口中南军事委员会帮助组建中南运输公司，最后在 1950 年 1 月到了广州。

在广州我先是在军管会工作，1953 年正式转业地方，先后在广东省油脂公司、省粮食厅、省轻工厅设计院、省商业厅等单位工作。在党的培养下，我 22 岁就任职处长，之后任省百货公司总经理、省商业厅副厅长。2015 年纪念抗战胜利 70 周年，根据中组部文件，离休后的我享受副省级医疗待遇。我在新中国建设的经济战线工作中摸爬滚打，勤奋学习，努力工作，为党的事业奋斗了大半辈子！

光阴荏苒，斗转星移。尽管时间之河川流不息，每一代人都有自己成长的际遇和机缘，我们所经历的那段血雨腥风、九死一生的环境也许不复存在了，但始终不渝的革命信仰，坚定不移跟党走，党叫干啥就干啥，越是艰难困苦越满怀信心，战胜困难、争取胜利的信念和初心始终不变。现在，我已经步入老年，但在新的历史时代，我仍然要保持不断努力学习，与时俱进，完善自己，永葆活力的昂扬斗志和革命精神，把传承红色基因当作自己终生的责任和义务！

四

现在，说说我丈夫李建安同志。我们是 1945 年在战斗中认识，又在烽火年代中结合的。建安同志 1946 年在中原军区豫西第 6 分区工作时，我在中原军区第 6 军分区军政干校工作，当时李建安是分区领导，我们经常有工作上的联系，经过相互了解，结为革命伴侣。

李建安

李建安 1922 年 11 月出生在河南遂平县，1939 年初参加革命。新中国成立后，先后担任广东省商业厅办公室主任、副厅长，省工业部副部长、省基建委员会第一副主任、省经委主任、省计委党组书记、省革委会副主任、副省长、常务副省长等职务，当选第六届全国人大代表。1993 年因病逝世。

1935 年秋，李建安考入遂平县县立中学。这是所新式学校。加上遂平县城靠近平汉铁路，各种消息来源很多，李建安从报刊和南来北往的旅客口中，知道了各种信息。受进步思想的影响，在校期间，他和广大热血青年一起，积极参加到抗日救国的宣传活动中去。

1938 年 10 月，日军大规模集结兵力，企图迅速打击中国军队在华中主力，攻下武汉，逼蒋

李建安赵霞伉俪摄于 1948 年豫西分区

介石集团投降，尽快结束在华战争，以便腾出兵力对付美、英、苏三国。10月25日，武汉会战失败，武汉落入日军手里。

平汉线纵贯遂平，日本侵略军沿铁路两侧"扫荡"，所到之处实行"三光政策"，遂平县因此惨遭浩劫。李建安看见家乡狼烟四起，家破人亡，哀鸿遍野，他家三次遭受日伪军残害。他义愤填膺，决定投奔新四军，保卫家乡，保卫祖国。

1939年初的一个晚上，中共遂平县委组织委员、土山区委书记杜松山到县城找到李建安，告知当时党领导的八路军、新四军急需有文化的青年人，区委决定马上组织一批年轻人去。李建安闻讯非常高兴，春节期间，便联络了村里一批志同道合的小伙伴，并秘密商量投奔新四军之事。春节之后，一个夜晚李建安和村里其他9个青年一起，在地下党负责人带领下悄悄离开村子，向河南省确山县竹沟镇出发。

竹沟镇位于豫南桐柏山腹地，1927年春，杨靖宇（当时叫马尚德）发动的革命斗争席卷确山。竹沟一带有3000多名农民参加了确山农民暴动，点燃了革命火种。土地革命后期，中国共产党在确山建立了红军游击队。红军长征后，竹沟成为中共在南方八省坚持斗争的14个游击区之一。1938年1月，根据国共两党协议，竹沟红军游击队改编为新四军第四支队第八团，同年3月开赴皖西抗日前线，在竹沟镇设立了第八团留守处。

党中央非常重视竹沟在中原的战略地位，1938年2月派彭雪枫到竹沟，加强河南中共党和部队的领导。9月的中共六届六中全会决定设立中原局和南方局，先后由刘少奇和周恩来任书记。11月23日，刘少奇带领朱理治、李先念等人，从延安出发奔赴中原，1939年1月28日抵达竹沟，发动中原地区广大群众，开展敌后抗日游击战争，创建华中敌后抗日根据地。当时，中原局的领导机关、直属部队和各类教导队、学校都设在这里，所以竹沟也有"小延安"之称。

李建安等人到达竹沟时，正是刘少奇等中原局领导人刚到竹沟不久。他们深受这里抗日救国的热烈气氛感染，满身热血沸腾，从此，走上了一条革命之路。他后来常说："到竹沟是我政治生命的转折点，竹沟是我革命生涯开始的摇篮。"

李建安到竹沟后，和许多投奔革命的青年学生一样，先进入新四军教导队学习，教导队是按照延安抗大形式举办的，它就像一座大熔炉，把四面八方汇集来的不同出身、不同文化程度、衣着各异，但为了抗日救国而走到一起的青年，通过文化、军事、政治的学习和训练，锻炼为革命战士。

在竹沟，李建安直接聆听过刘少奇、朱理治、陈少敏等中原局和河南省委许多领导讲课，受益匪浅。他懂得了革命道理，更坚定了为中华民族解放事业奋斗终生的决心和信心。

教导队结业后，李建安被分配到新四军鄂豫挺进支队第二团并加入中国共产党。由于边区和武装力量的发展，1940 年部队改编为新四军鄂豫挺进游击纵队。纵队成立不久，当时的领导陈少敏同志见李建安写得一手好字，就将他调到政治部挺进报社担任缮写员。

鄂豫挺进支队《挺进报》是一份四开四版的油印报，开始每期发行五六百份，后来增至千余份，下发到挺进纵队各连以上单位和根据地基层组织。该报的宗旨是宣传中国共产党抗日民族统一战线的方针政策，及时报道八路军、新四军的战斗消息和抗日根据地建设成就，揭露国民党顽固派制造反共摩擦事件真相，激励抗日根据地军民团结奋斗，坚持抗战，争取抗战最后胜利，在豫鄂边区是一份很有影响的报纸。李建安同志除了用钢板刻写蜡纸和发行外，有时也参加采编工作。

当时的工作环境非常恶劣，1939 年 12 月到 1940 年 3 月，国民党顽固派掀起反共高潮，中原大地笼罩着浓浓的反共阴云，新四军处在腥风血雨之中。挺进纵队初创，边区抗日根据地既小又分散，部队经常处于敌伪顽夹击的极其艰苦、动荡的险恶环境里。常常是敌伪"扫荡"八字门，挺进纵队机关一夜行军跳到大头山，顽军进攻大头山，挺进纵队机关一个夜行军，又返回八字门。李建安跟着部队在京（山）应（城）边和京（山）安（陆）边打游击，每天都要转移驻地，情况紧张时，还得一天两移、三移驻地。为了在紧张动荡的游击环境里坚持出版《挺进报》，李建安和报社的同志采取了非常措施：把油印机和钢板铁笔蜡纸稿件装在自己缝制的布袋里，行军时背在身上，宿营后不管多么疲劳，总是一到宿营地，放下背包，掏出刻写工具就干，敌人来了，收起来就走。有时没有房间，他们就在门洞或露天干，没有桌椅，就以膝盖、背包代替。夜晚值班时常是豆油灯照明，偶尔用上蜡烛，算是特别优待了。

在这种艰苦险恶的环境里，李建安表现出吃苦耐劳的精神。他生活简朴，工作勤奋，任劳任怨，从不懈怠。1940年3月，部队在白兆山南麓漳水一线还击顽军161师进攻的战斗结束不久，主力部队东越平汉铁路进军大小悟山，报社随纵队后方机关留在大头山一带打游击。有一天黄昏时，来到仁和寨附近的桥头湾宿营，李建安和报社的另一位同志赶刻报纸，一直工作到深夜才睡。第二天拂晓，当他们被枪声惊醒时，机关枪、掷弹筒声已响成一片。通讯员喊着"鬼子来了，快出发！"他们连背包都来不及打好，拎上工具袋，冒着炮火突出村子，跟随部队转移到朱家岭，傍晚又转移到双和店以南紧靠漳水东岸一个村寨宿营。

翌日清晨，刚摆开摊子工作，从安陆西北雷公店出动的日军又来袭击。李建安随部队撤出村寨，刚刚涉过漳水，敌人就占领河边的一个山包，隔河向他们射击。部队冒着枪林弹雨，快步转移到大山头脚下的肖家湾村，司令部机关通知休息做饭。没想到半张蜡纸还没有刻完，罗店、贾店的敌伪又前来袭击，饭没吃上一口，就又跟着部队调头西进。月亮露头时，来到群山环抱的马家冲才住下来。夜里又得到三阳店宋河的日军出动的情报，他们又转移到洞冲，接着又转移三个地方，这期报纸才刻写印刷出来。

1940年4月中旬，挺进报社随政治部进驻小悟山、白兆山区。日军集结7个师团的兵力，发动枣（阳）宜（昌）战役，国民党第五战区司令李宗仁率部与敌激战。5月初，日军进攻襄樊。为钳制日军西进，支援友军作战，挺进纵队在鄂中等地袭击敌军据点和破坏交通线。6月初，顽军桂军两个师，乘挺进纵队配合鄂北正面战场作战，全力袭击平汉路敌据点的时候，纠集国民党鄂东行署主任兼鄂东游击总指挥程汝怀部，向大小悟山进攻。挺进纵队顾全大局，主动回师平汉路西，向白兆山区进军，全歼侵占该区阻碍新四军部队西进杀敌的杨弼卿顽军。《挺进报》连续编发两期，以《英勇的战斗，胜利的转移》通栏标题，详尽生动地报道了保卫大小悟山战斗。以黑体大字《白兆山顽固部队，阻我西进杀敌，被我军完全击溃》，全面翔实地报道了白兆山战斗经过、群众劳军、优待俘虏等情况，表扬了作战有功的部队和个人。还在《反对专事摩擦助敌的石毓灵、彭炳文》专栏中，发表了《石毓灵（顽鄂中专员）摩擦助敌的铁证》和《彭炳文（顽安陆县长）反共罪恶一束》的文章，深刻揭露了顽固派助敌反共害民的罪行。在那紧张战斗的日子里，李建安拖着瘦弱的身躯，一面行军战斗，一面抓紧时间刻写报纸，他比别人流了更多的汗水，付出了更大的辛劳，为保证《挺进报》及时出版，发挥宣传鼓动作用，提高指战员的斗志，做出了积极的贡献。

李建安和马焰等同志，原来文化程度都不高，排版、刻钢板的技术也不高明。为了提高排版、刻写技术，他们不断摸索学习。尤其是李建安，聪明好学，刻苦用功，并富有钻研精神。他和同事到处收集报刊上的种种字体、花边和版样、题头画，剪下来分类粘贴成册，一有空闲就观摩研究，下功夫学写仿宋、黑体和正楷字。指头磨肿了，捏扁了，也不叫苦，力求字体刻写得整齐、美观，着力均匀，印刷清楚。他们只有一个信念，努力工作学习，抢时间按期出版《挺进报》。在三个刻写人员中，李建安年纪最小，字却写得最为工整流畅。

国民党顽固派在第一次反共高潮被打退后，随即把反共重心由华北转向华中，企图消灭和驱逐华中的八路军和新四军。1940 年冬，国民党掀起了第二次反共高潮。1941 年 1 月，国民党蒋介石制造了震惊中外的"皖南事变"。中国共产党对国民党这一反动暴行进行了针锋相对的斗争。1 月 20日，中共中央军委会发布重建新四军军部的命令，任命陈毅为代理军长，刘少奇为政治委员。并将新四军扩编为 7 个师，1 个独立旅。鄂豫边区部队奉命编为新四军第五师，随即着手进行整编工作。

4月上旬，新四军第五师全部组建完毕，李先念任师长兼政治委员，刘少卿任参谋长，任质斌、王翰任政治部正副主任，下辖 13、14、15 三个主力旅。全师兵力达 1.53 万人。4月5日，李先念率领五师将领在安陆白兆山通电就职。

挺进纵队编入新四军第五师后，《挺进报》也随之改为该师机关报。这年夏天，李建安被调离挺进报社，任五师政治部秘书兼出版发行科科长。没过多久，他奉命筹办印刷厂。为完成这项任务，他呕心沥血，殚精竭虑，先后建立了油印厂、石印厂，担任过油印厂、石印厂、铅印厂厂长兼政治指导员，为印刷《挺进报》等报刊、宣传品和各种书籍、教材付出了巨大的精力。李建安在印刷厂干了一年多时间，1944年5月，因工作需要，调任新四军五师 13 旅 37 团团部党总支书记。

在挺进报社由于他工作努力，并卓有成效，他当时的上级领导，原新四军第五师政治部宣传部部长刘放对他评价很高，说他"在挺进报社时工作认真，年少用功，字写得很好，《挺进报》全赖他为主角。""为新四军第五师的新闻、宣传工作，做出了重要贡献。"

1949年10月，新中国成立，建安同志又奉命南下，开始了人生的第二次转折。他在广东从事经济建设工作，并为此耗去他大半生的精力。期间他受到过打击、压制，有过屈辱和痛苦，但凭着对事业的执着追求和坚定的信念，他都一一挺过来了。搞经济建设，涉及商业、工业、交通、通讯、能源等众多领域，对于一个只有初中毕业文化程度的他来说，谈何容易。但在他眼里，从未有退缩二字。他意识到，只有重新学习，才能尽快适应新的工作要求。他勤奋好学，刻苦钻研，勇于实践，联系实际，深入基层，并能广泛听取意见，掌握第一手资料，他的这种工作作风是有口皆碑的。由于他的深入细致的调查，因而对广东的工业布局了如指掌，所以中央许多主管经济工作的领导都称他为"广东工业交通的活地图"。也由于他多年的努力和实践，他在经济建设的众多问题上，前瞻性的分析深度、决策水平和眼光都获得经济界学术权威的赞誉。在建安去世后的生平简介及悼词中，均有文化程度定为相当大学的提法，这就是对他多年从事经济工作，特别是对他在改革开放以后，在众多经济领域中的决策水平和工作成绩的肯定。

1978 年，中央工作会议决定改革开放，搞活经济。怎么搞，从何做起，对于从事和负责经济工作的建安，是一个巨大的难题。虽说是允许摸着石头过河，但若过不好，是要被淹死的。但就是因为这一代人具有经过生死考验的铮铮铁骨，从不惧难，淡泊名利，奉献自我，明知前面是一条荆棘丛生、艰难曲折的道路，仍然带着遍体的伤痕，一步步迈过来了。他清楚地看到，但凡经济发达的国家，都有着四通八达的运输网，包括高速公路网、铁路、桥梁；有发达的电力网以及分秒畅通的电信网络，这统称为三大基础设施，是吸引外商投资的必备和前提条件，也是发展经济的基础。

"要想致富，先修桥路。"这是建安以战略眼光在 1984 年 1 月提出的口号与目标。但是，难啊！没有政策，没有钱，他在中央、省委的支持下，大胆探索，采取多方筹资、以路养路、以桥养桥、滚动发展的办法，采取找外商投资，银行贷款，民间集资的办法，建桥修路，面对这样的新生事物，不同的声音出来了，大棒子也打过来了。修桥修路，要征用农田，被说成"不支农，坑农，害农"，又说他修桥是为自己树碑立传。如果没有对事业的坚定执着，这事完全可以搁置下来，但他顶住了巨大压力，经历了与外商多次反复艰苦的谈判磋商，1994 年，历尽坎坷的广深高速公路终于建成。虽然为此呕心沥血的建安未能目睹顺利通车的这一刻，但高速公路的建成，以及已形成的纵横交错的高速公路网，已告慰了他的在天之灵。广东是水网地带，不建桥就寸步难行，为此，他主持建成了广深线的中堂、江南、广珠线的三洪奇、沙口、容奇、细滘等大桥，还有九江大桥、石龙、高步桥，昔日从广州出差去珠三角，要坐三趟渡船的日子已一去不复返，路程从 8-10 小时缩成为 1-2 小时，大大提高了效率，他为此所付出的艰辛，日月可鉴。他对广东的交通建设，乃至经济腾飞所做的贡献将永远载入史册。

20 世纪 80 年代初，广东乃至全国的通信都处在较低水平，打一个国内的长途电话常常耗费一两天时间，普通家庭想拥有一台电话，简直是异想天开。通信的落后也是阻碍经济发展的瓶颈之一。一位经济学家当时就曾半开玩笑地说：当前束缚生产力发展的，不是什么生产关系，而是我们的电话。

建安同志深刻理解毛泽东主席所说的通信是"千里眼，顺风耳"，以及周恩来总理说的"传邮万里，同脉所系"的深刻意义。他说，要认识到通信作为国民经济的基础设施，将制约着整个经济的发展，信息是神经，是生产力。信息不灵，不能国富民强，在国际上地位难以确立。

鉴于当时的财力物力条件有限，他和计委、经委、省财厅、省邮电局共同研究，以四个一点（即国家投资一点，省政府和地方投资一点，邮电筹集一点，贷款一点）实现了引进程控设备，重点发展广州市内固定电话建设，积极发展中等城市和区、乡农村电话。短短几年，初步实现了城乡电话自动化、普及化，基本达到了适应经济发展的需求。在此同时，建安又指示邮电部门广开门路，增加服务项目，据此，该部门又先后开办了移动电话、特快专递、电子商务、声讯服务邮政储蓄等业务。

建安同志工作起来是那么忘我，那么投入，有股子"拼命三郎"的味道。1964 年，他率领四清工作团赴韶关地区工作。一天，我接到韶关打来的长途电话，说建安病倒了，病得很厉害，无论身边的人怎么劝，他都不肯离开，也不去医院。我放下电话，连夜坐着北上的列车赶到了目的地，只见他躺在一个十分简陋的工棚里，发着高烧，已人事不省，于是和同志们果断地决定用担架把他送上火车回广州治疗。接诊的医生说，他患了急性肺炎，再晚些来，就会有生命危险。可是待病情稍有好转，不等医生获准出院，他就擅自出院，匆匆又赶回了四清工作团。省人民医院东病区的医务人员常抱怨他不懂得爱护自己，每次都是病到火烧眉毛才到医院，不等康复就自动出院。我们也为此没少埋怨他，而他总是一笑了之。也记不清有多少个新年、春节，他都没在家，而是下到基层的工厂或矿山和工人们一起过节。他多次出国考察、走访，收获的是一本本写满的本子。

建安一年到头总是那么忙，在办公室忙，回到家仍是忙，永远有看不完的文件，处理不完的事情，无暇顾及家里事。他自嘲自己是家里的"甩手掌柜"，而尊称我是"内阁总理"。当然，他这个"甩手掌柜"并非就真的那么甩手，于细微处也看到他慈父般的心。1972年，他到北京开会，买回一部南京无线电厂出的红梅牌半导体收音机，托人带给了当时在衡阳当兵的大女儿。这部收音机孩子一直珍藏至今。这件在现今看似平常的物品，在当时的意义可是非同寻常，它标志着我国半导体轻工业生产的里程碑，作为分管工业的他，自豪感可想而知，广州后来生产的羊城牌手表，他也是一直戴着。他在给女儿的信中写道：这是我们国家自己研究生产的产品，无论质量、外观都有相当水准，了不起。军旅生活一切从简，用它有助于你多听听广播，了解国家大事，从中学习多点东西，提高思想文化水平。他还利用去韶关出差的机会，看了看在那儿当兵的小儿子，鼓励他安心养猪种菜，立志干一行爱一行，干一行干好一行。平时也常提醒告诫我们的几个子女，不要有优越感，不要依赖家庭背景，一切都要靠自己，知识要靠自己学，路要靠自己闯，前途要靠自己争取，你爸爸一辈子就是这样走过来的。所幸的是，我们的四个孩子都没有辜负他的期望，自觉在不同的岗位上经受锻炼和考验，所作所为，虽谈不上惊天动地，但也有他们的价值体现，总之都是对社会有用的人。

由于战争年代环境生活的严酷和艰苦，使建安的身体遭受了摧残。到了和平建设年代，环境是好转了，他却终日操劳于工作，无暇顾及自己的身体，因而积劳成疾。到了1992年，他的身体每况愈下，有多个脏器的病变，尤其是心力衰竭，一年内抢救了数十次。尽管如此，他始终抱着乐观态度，精神状态好些时，喜欢哼着新四军军歌，他总说，战争年代，那么艰苦，自己都扛过来了，而且还活到了70岁，想想那些牺牲了的战友，总觉得该替他们多做些事情，而最大的愿望就是替他们完成祖国统一的心愿。

　　社会发展至今日，人到七十并非古稀。然而，刚过七十岁的建安却过早地匆匆地走了。他几十年如一日，像一头不知疲倦的老黄牛，日复一日，年复一年，犁出一条条路，一座座桥；又像一个辛勤的耕者，不停地播种耕耘，培育出星罗棋布的工矿企业以及四通八达的通信网络，而他却为此付出了所有的一切，包括生命。我常常想，建安的一生不正体现出一个共产党人执着于理想信念，为了党的事业和人民幸福奉献出自己一切的初心吗！

　　建安同志离开我们已经20多年了，但他的音容笑貌至今犹在眼前，他的革命精神永远激励着后人。

整理：李默玲

编辑：石　琳

审改：李新民

我的开国将军情结

——《开国将军轶事》采访体会

吴东峰

口述者简介：吴东峰，广州新四军研究会常务副会长、广州诗社社长、中国作家协会会员、中国报告文学学会理事、中国传记文学学会理事、高级编辑，大校军衔。曾任原广州军区战士报社副社长、广州出版社副社长、广州市文联专职

副主席、巡视员、《广州文艺》杂志社社长兼主编等职。1968年由温州参加解放军，曾任新华社军事记者，参加过南疆自卫还击战、香港回归、澳门回归、1998年抗洪抢险等重大事件的新闻报道，荣立二等功一次、三等功一次。曾面对面采访过200余位开国将军，主要著作有：《毛泽东麾下将星》《开国将军轶事》《长征：细节决定历史》（合作）《他们是这样一群人》《寻访开国战将》《东野名将》等，开拓了将帅文学的崭新领域，作品获首届中国报告文学正泰杯大奖、首届中国优秀中短篇传记文学奖、第七届广东鲁迅文学艺术奖、江苏省首届长城杯报告文学奖等。

战争是军人生命价值的最高体现。作为一名军人，却未能参加战争，这是我三十余年军旅生涯的最大遗憾；作为一名军事记者，却有幸采访二百余名身经百战的开国将军，又是我军旅生涯的最大收获。

1968 年那个寒冷的冬天，作为江苏省军管会的警卫战士，我有幸见到了当时任南京军区司令员、江苏省军管会主任的许世友将军。在一座森严的院子里，我们一个排的官兵列队站在楼下的走廊两边，手举着《毛主席语录》，等待着激动人心的时刻到来。终于一位穿着棉衣棉裤的矮个子军人从楼上匆匆而下，在我们中间穿过，后面紧跟着一群警卫。尽管当时我们挥动着红宝书，十分起劲地喊着"向许司令员学习！""向许司令员致敬！"的口号，但这位传奇人物黝黑的脸上毫无表情，没有像我们期待的那样和我们每个人握手，甚至连挥手的动作也没有，就匆匆走出了走廊。我不知道当时将军有何感想，而我们这批新兵却激动地兴奋不已，当天晚上许多人趴在床沿上给家里写信，报告这一特大喜讯："我见到了许司令。"

时隔不久，我们这个连队又移防到南京九华山军区三所，负责看押一批"走资派"。也就是这时我见到了王平将军。和许世友将军完全不同，王平将军此时属被打倒的"黑帮人物"，关押在一间仅有九平方米的小房间内，房子里只有一桌一床一凳。我们的任务是在走廊上站岗。当时高度的"阶级斗争观念"使我对他有点惧怕。只和他进行过一些简单的对话，如他上厕所时必须先喊"报告。"我说："干什么？"他答："上厕所。"我说："去。"他才能去。有一个星期天，当我带他的孩子们来见他时，竟意外地看到他笑了，笑得是那么和蔼，并不像一个坏人。1996 年春，我到北京采访王平将军时，谈起这段经历老将军感慨不已，并挥毫奋笔"天翻地覆慨而慷"条幅送我。

人的青年时期是偶像崇拜时期。作为一名新兵，我为能见到许世友将军而自豪，也为能看守王平将军而自豪。因为许世友将军和王平将军都是共和国的开国上将，一位是南京军区司令员，一位是南京军事学院政委。对于我这位小兵拉子来说，他们都是声名显赫的大人物。也就是这时，将军作为一个人的具体形象在我年轻幼稚的头脑中留下了不可磨灭的印象，尽管其时看他们仍然裹着一圈神秘的色彩。当时，我压根也没有想到以后能和这两位开国上将面对面地直接进行交谈。

关于开国将军们的口头传说在我生活的军营里流传不衰，他们的传奇经历成为我们士兵生涯中必不可缺的精神会餐。比如有关许世友将军的传说就很多。有的传说确系子虚乌有，有的传说并非空穴来风。80年代初，当我从一名基层新闻骨干成为新华社军事记者时，我有机会接触采访了更多的开国将军。也就是从这时起，我心目中的开国将军和一个个具体的人的形象融为一体了。

我采访的第一位开国将军就是许世友将军。我还清楚地记得那天随着一阵下楼梯的"咚咚"脚步声，面孔黝黑、身材壮实的许世友将军旋风般地出现在我面前。未容我寒暄，将军便用有力的大手，把我拉在他的身边坐下，劈头就问："记者同志，你要我谈些什么啊！"将军回答我的问题和他打少林拳一样干脆利索，三言两语就完了。接着又问："记者同志，还有什么呀？"幸好我准备工作做得比较充分，采访才得以顺利进行。据将军的秘书告诉我，这次采访是近年来许世友将军会客时间最长的一次。

和许世友将军完全不同，陈士榘将军接受我采访时则是另一番风景。他推开家人的搀扶，如同一座小山，缓缓从卧室进入会客厅。这位被毛泽东同志称为在华东战场"出了大风头"的将军，虽然已年逾八十，仍风头不减。将军头带黑色花锻圆形帽，身穿红色对襟大褂，花花绿绿中显出高贵典雅。将军夫人李峥向我介绍，将军已多年不接受记者采访，我写得那份采访提纲，将军看后很惊讶，说："这位小同志还可以和他聊一聊。"没想到我们一聊就聊了两个半天。

当张爱萍将军拄着拐杖出现在我面前时，我简直有点不相信自己的眼睛，这位在抗日战争中被李宗仁称赞"后生可畏也"的将军，这位被誉为"军中才子""马上诗人"的将军，这位在"文革"后期被"四人帮"视为邓小平的"四大金刚"之一的将军，这位为我国核武器和航空航天事业做出卓越贡献的将军，竟是如此谦恭随和，我的紧张感顿时一扫而光。当我向将军提出合影留念的要求时，他不但欣然应允，而且无论如何也不愿居中。这种平民作风，与时下一些官员的做派在我心中形成了鲜明的比照……

当我敲开一扇扇曾经喧闹而今沉寂的将军府的大门时，我不得不惊讶于被渐渐淡忘了的他们曾经拥有过的辉煌，这种辉煌是和平时期的任何人物都难以企及的；不得不惊讶于曾经被宣传机器制式化了的他们的丰富的个性，这种个性的张力甚至突破了意识形态的范畴；不得不惊讶于半个多世纪中他们人生经历的艰难奇特，这种奇特人生以至于使任何想象力丰富的传奇都变得苍白无力；不得不惊讶于正史之外的材料依然那么丰富那么精彩，而这些材料在当今社会竟然成了被遗忘的"角落"。我似乎意识到我有责任将这些感觉传达给我的读者们。随着采访的深入，我的这种感觉也越来越强烈。

原成都军区副司令员徐其孝将军，是一员鲜为人知的猛将，至今他的事迹仍鲜为人知，他是我采访过的开国将军中弹创最多的一位，究竟身上有多少弹创，他自己也说不清。当时，老将军扒开自己的上衣，露出麻麻点点的肚皮，用手拍拍胸脯说："你数数，起码30多个，我都是前面负伤的，在背后负伤是逃兵！"当时，年逾八十的老将军言及此仍然豪气冲天。一年后的一天，我竟意外地接到了老将军去世的电话通知。

刘昌毅将军也是一位被称为"猛张飞"的战将，他的全身差不多每一个部位都有战创的记录，包括最暴露的部位和最隐秘的部位。在老将军临终前的日子里，特意把我叫去深谈了一次。他断断续续向我谈了一次重要战斗经历的来龙去脉。当时他还谈到一位作者不采访就编造了他和许世友斗酒的故事，告诫我："一定要实事求是。"从此以后，我永远失去了再次采访他的机会。

被称为"冷面虎将"的王必成将军，接受我采访时已经是坐在轮椅上的半瘫老人，他每说一句话都十分困难，但他还是强打精神，简单地回答了我提的一些问题。临别时，老将军挥挥手说："记者同志，你们来的太迟了，要早来几年就好了。"想不到这竟是我和王必成将军的永诀。

我是1982年采访许世友将军的，两年后我带着未收集完的资料参加了将军的追悼会。

当我写完聂凤智将军的初稿时，传来了将军去世的消息，以至于我的文章发表时成了将军的悼文。

刘震将军是在病床上读了我写的文章，他特意委托秘书打电话告诉我说文章已看过同意发表，不料过了十多天，将军竟离我而去。

……

是的，我的动作是迟了些。正因为迟了，在采访开国将军们时留下了许多无法挽回的遗憾。首先，我未能直接采访十位开国大将和部分开国将军，因此只能根据他们的亲友和部属的回忆来描摹他们。其次，我的采访对象大多已年逾花甲，他们中许多人年老体衰，无法让我有太多的时间进行采访，有的甚至记忆产生了问题或紊乱，还有的因历来政治运动造成的精神伤害，使我始终无法打开他的心扉。再次，在我采访这200余名开国将军的过程中，其中有半数以上相继作古，他们带走了我准备采访而未能及时采访的许多宝贵的记忆。

我在采访开国将军的过程中，不但了解了他们的经历，也接近了他们的生命，接近了那些让我感动的生命，也就是生命原色所闪耀的辉煌。我的生命已融入了他们的经历，他们的生命激励着我更加努力地去做。

我不能忘记宋维栻将军，凡是老同志们一有什么活动，他就立马打电话给我："小吴啊，有一个活动，你是不是考虑参加一下。"既像命令又像商量的浓重的安徽金寨口音，使我无法抗拒他的指令，也牵引着我认识了更多更多的开国将军，知道了更多的新鲜故事。

我不能忘记苏静将军，一次到广州开会住在中国大酒店，将军一住下，就第一个打电话给我，约我去谈谈。那天晚上，老将军给我谈了在东北战场上的许多鲜为人知的事情，他告诉我他准备整理一份从一军团到四野总部情况的材料。可惜的是他的愿望并没能实现。

我不能忘记萧克将军在接受我采访时，欣然命笔为我写下了"求实"两个大字。当时，老将军一边挥毫一边教诲道："做人要诚实，办事要诚实，写文章，特别是写历史更要诚实。"

可以说，我与他们的思想交流已经远远超出了采访者与被采访对象的界限，以至我同他们中许多人成了忘年之交。

1993年秋，我到北京出差不慎骨折——股骨断裂，左手臂粉碎性骨折。我没有想到就在这个时候，胡奇才将军竟出现在我的病床前。那天，八十高龄的老将军慈祥地望着我，他夫人王志远双手端了一罐汤送到跟前。老人摸摸我受伤部位的手指头和脚指头，对我说："动一动。"我动了一下，他高兴地说："没有关系。战争年代我受了六次伤，医生检查时也这么问，指头能动，就好办。"此后，胡奇才将军每星期都要送一罐汤来，或猪蹄汤，或鲫鱼汤，或红枣汤，有时他有事，就叫他夫人和孩子送来。后来，我和胡奇才将军的书信联系一直持续到老人告别人世。

"人到中年应不惑，胸怀宏愿天地阔，世事艰难如浮云，一时得失不屑顾。"这是魏佑铸将军于2000年9月写给我的一首诗。也不知老将军怎么得知我直言不讳而遭非议，与他人产生了不愉快的事情。他担心我受不了太大的压力和打击，特意写了这首诗开导我。那天，满头银丝、步履艰难的老将军亲自驱车赶到我家，把这首用毛笔抄得端端正正的诗作递给我。老人还给我谈了许多他在"文革"中受迫害的情况。将军讲的是自己的情况，实际上是在开导我。我心中顿时充满了阳光。

随着时间的推移，我越来越感到，我的生命已无法承受如此巨大的重负。三户亡秦之志，九章哀郢之辞，即出自当时士大夫之手。开国将军们尚在人世，就有许多伪说泛滥，如果我们今天不抓紧时机采访，我们的后来者要做这件事将会更加困难。我明明知道此类著作既非史之正统，亦非文之主流，但我也要勉力为之，将我所见所闻所感所思尽量接近真实地记录下来。

开国将军们的经历非常人所能及，可以说几乎每一名开国将军都可以写一本波澜壮阔的书。面对如此丰富的宝藏，我深感自己才情不足而力所不逮，因此我只能写他们的片段和枝节，写他们的性格和某一个侧面。这些片段和枝节，性格和侧面并不能反映他们一生的全貌或主流，只能局部地反映他们一生的经历。我写的不是战争史，也不是人物传。反映他们一生全貌和主流的传记或史诗有待更有才华的作家去完成。

我也深知我的文笔难以反映开国将军们个性飞扬的形象，惊心动魄的经历，因此我只能采用以笔实录、口述历史的方法，把功夫下在采访上。我不讳言自己缺乏灵气和才华，因此也不违言我在这本书上所下的功夫。十多年来我几乎利用了所有的节假日，到北京、成都、沈阳、南京、济南、武汉、福州、长沙等地进行采访。如今面对着一箱子采访笔记本和上百盘采访录音，我似乎感到有点悲观，仅仅是这本书确实愧对它们，也愧对自己的劳作。所幸我的采访也有许多意想不到的收获。例证之一就是有许多我发掘出的轶事，在报刊发表后，竟然有许多朋友津津有味地讲给我听。这些轶事能够在社会上流传开，我感到无比的欣慰，虽然它们没有打上我的专利印记。

我不想说明什么，论证什么，我只想尽可能接近事实地叙述什么，描摹什么，但就是这样也很难。开国将军们经历曲折而复杂，性格既独特又多样，即便是同一件事，各人站在不同角度，所表述的事实也不同，何况又是不同经历不同性格的人，以至于距那个时代很近的我们，确实很难把握其中的是是非非，曲曲折折。因此我的笔只能向读者展示表面的片面的印象，个别的局部的情景，他们自己叙述的或者知情者叙述的事实。这些也许能反映出事实的真相，也许曲解了事实的真相。

在我们走进21世纪的今天，昔日曾经辉煌的开国将军们正在消逝。我无法知道我们的后辈将会如何评价这一代开国将军，但我有理由相信他们的人生经历不但具有欣赏性，也具有哲理性。尽管我们所处的社会与过去发生了极大的变化，但苦难和死亡是人类永远面对的课题。开国将军们的所作所为是人的生命力最旺盛的表现，在战争年代表现为英雄主义，在和平时期表现为乐观主义。我深信，只要人类还面临着苦难和死亡，他们的故事就不会过时。

编辑：李新民

战火铸魂

丁 惠

口述者简介：丁惠，浙江镇海人，1927 年 1 月生，1944 年 11 月入伍，1946 年 3 月加入中国共产党。历任连文化教员，团、师报社记者，连队指导员、副股长、中南空军党委秘书、组织科长、团政治处主任、处长、副部长、空军工程兵第四总队政治部主任、广州军区空军组织部长、空九师政治委员、广州民航局政治部主任、广空后勤部顾问。1986 年 4 月离休，享受正师级待遇（原行政十三级）。在抗日战争和解放战争中，荣立三等功十二次。曾获得军处长标兵、县人大代表等荣誉，并荣获中华人民共和国解放、独立勋章及奖章。

浙江海堤的枪声

1927 年 1 月 17 日，我出生在美丽富庶的浙东。浙东位于我国长江三角洲，经济发达，交通便利，生活富饶，人称鱼米之乡。

1941 年，新四军第 1 师在粟裕同志领导下，强渡富春江，成立苏浙军区，创建浙东四明山抗日根据地，组建浙东纵队，下辖第 3、第 5 支队，对外称三五支队。

1943年春，国民党第194师作战不力，日军登陆镇海。那一夜，国民党士兵溃逃的嘈杂声、舰船的马达声、零星的枪炮声，彻夜未停，惊醒了镇海俞范丁董村的乡亲们，也惊醒了在睡梦中的我。乡亲们奔走相告，国民党逃跑了，日本人打来了，鬼子登陆了。大家惊慌失措，纷纷议论着不知怎么办。到处弥漫着失望、惊恐和彷徨的情绪，百姓们携家带口冒着炮火跑反，或躲避到一艘艘小船上。

黎明时分，有胆大的人跑到海堤上去察看，发现海滩上、交通壕内和稻田中密密麻麻到处都躺着被打死的国民党官兵的尸体。天亮了，乡间的小路上走来了一队日本兵。只见他们扛着膏药旗，一个个端着刺刀，杀气腾腾地向村中走来。村里的姑娘赶忙将脸用黑锅灰涂黑，躲到阁楼上、稻草堆里；青壮男人则逃到田野、山坡树林中去了。日本兵走后，村南树下聚集了不少十四五岁的孩子和成年人，正热烈地讨论着成立抗日救国秘密小组的事情。参加的有黄候忠、丁足青、朱玉江、孙松茂和范学才。因我当时学历最高，有初中二年级文化，又教过半年书，大伙推我为组长。

过了两个月，村里来了一位十七八岁，美丽端庄大大方方的苏南姑娘肖竹，向我们宣传抗日救国。后来我才知道，当时她在我党三五支队中负责民运工作。她经常找我们谈心，了解情况，宣传革命道理，她常对我们说："吃菜要吃白菜心，当兵要当新四军。"国难当头，大家的共同责任是抗日，帮我们秘密小组制定了三条任务，即除奸、杀狗、填石板。除奸就是杀汉奸；杀狗是因为部队一活动狗就叫，容易惊动驻扎在镇海的日军和隔江的国民党军队；而填石板是因为当时村里的路大多是凹凸不平的石板路，部队踩过后，容易被潜伏的汉奸特务凭次数清查经过的部队人数。

一段时间后，村里开来不少新四军三五支队的人。他们在屋顶阁楼上放哨，派出便衣在村边四处游动。为防止鬼子突然"扫荡"，外村的陌生人在部队到达之前只准进，不准出，保密工作做得十分好。

不久，我们配合部队在距离村子几里外的小尼姑庵，抓获了日军情报员丁德林，并当场处决。从此三五支队在浙东一带，名声大震，群众基础稳固。

1944年11月，我正式参加了新四军三五支队，分配到龙山负责民运工作。龙山是四明山的屏障，对面就有驻扎镇海、宁波的日军，隔江对面有国民党田友山的部队，边上还有国民党33师和浙江保安军，毗邻是驻有日军的慈溪、汶溪和蟹浦。有一天，我到龙山镇龙头场村开展工作，返回时不巧与一小队日军正面相遇了。我趁集市人多拥挤，骤然向日军开了一枪，迅速钻入小巷中七拐八拐与日军捉迷藏，兜圈子。后来我见日军包围圈越来越小，情况危急，便一头跳进一间大屋后院的池塘中，以茂密的荷叶掩护，屏住呼吸，在水里泡了一天一夜，终于得以脱险。

因我具有初中二年级文化，不久，组织调我到山北特务营2中队当文化教员。1945年端午节那天，我们在中队长吴铁峰和指导员胡峰带领下，在金竹繁茂的林内伏击国民党顽军田友山的一个连部。一开始，我们占领了制高点，在机枪的掩护下，手榴弹开路，一阵猛打猛冲，缴获了3挺机关枪，几十支步枪，俘虏40多人，打了个大胜仗。这也是我参加革命以来取得的第一个胜仗。

一天晚上十点多，我们的部队进驻龙山三村，这里的老百姓被国民党33师为非作歹吓怕了，户户紧闭家门。我们就露宿在村外，老百姓知道自己的部队来了，很快开门迎接，烧开水，扛门板，送稻草，十分热情。那时的军民关系真的像鱼水亲似一家。

宿北渔沟伏击战

1945年8月，日本投降。根据国共两党协议，南方八省游击队要撤到长江、黄河以北。我们从浙东北撤，经苏北盐阜到达山东重新整编，整编后归新四军第1师建制。新四军第1师共有1旅、2旅和3旅，后来根据中央军委命令，1师又改编为华中野战军1纵。仍辖1旅、2旅、3旅。浙东纵队编入3旅。同年3月，我到3旅教导营学习。那年我18岁，光荣地加入了中国共产党。毕业后分到2旅4团1连当指导员，4团的老底子是沙家浜 52 团，是一支具有光荣革命传统的部队，战斗力很强。

到达山东不久我们即投入宿北战役。当时敌我双方力量对比悬殊。我军不光人少，而且武器装备差，步枪只有汉阳造、老套筒和中正式，甚至还有沙皇时代造的小金钩步枪。国民党却是清一色的美械装备，有美国三零步枪、火箭筒、汤姆冲锋枪、卡宾枪和化学迫击炮、榴弹炮等，还有飞机坦克。作战时我军吃了不少亏。战士们说："天不怕，地不怕，就怕汽车后面拖尾巴（指敌人的榴弹炮）。"我军贯彻毛主席"打运动战，运动歼敌"的作战思想，展开了灵活多变的伏击战，比如打渔沟战斗就是一例。

这是一次远程奔袭，预设战场的伏击战。那晚寒气逼人，山丘边、水沟旁到处都是我们隐蔽埋伏的部队。我连在水沟里泡了整整三天三夜，战士们饿了就在米袋子里抓一把炒米充饥。拂晓，战斗打响了，正前方枪声大作，炮弹横飞，突然有一枚弹片朝我飞来，沿着我的帽檐擦过，摸了摸头没有负伤，真是好悬呀！我们连发扬英勇顽强的革命精神，攻占了一个又一个山头，以迅雷不及掩耳之势，歼灭了敌人一个加强排，缴获了几支冲锋式汤姆枪、长柄枪，还意外缴了一门六零炮。

我们阵地前是一片开阔地，增援的敌人虽然来得很快，但不敢正面上来，便步炮协同，用密集的火力封锁道路，敌我双方进入胶着状态。我们在山上被困了一整天，硝烟中饥寒交迫，有许多伤亡，一直到第二天夜晚，才结束战斗。连队撤下来后，部分战士情绪低落，加上刚离开家乡，来到山东，各方面都不习惯，不少人说些牢骚怪话，什么"反攻反攻，打倒宿北山东，每顿两块煎饼一根大葱"。针对敌我力量悬殊，部队士气低落消极，连队党支部连夜召开党小组会议，统一思想，研究对策。在此基础上进行了新式整军运动，使大家在思想上提高了认识，都说，我们干革命，离开家乡，是为了实现革命理想，解放全中国被剥削被压迫的人民，就要不怕艰苦，不怕牺牲，听党话，跟党走，坚决革命不动摇！党支部要求党员带头，做好思想工作，抓紧敌前练兵，发扬军事民主，部队士气逐渐好转了，接着和兄弟部队一起参加了鲁南战役。

鲁南战役期间，天公作美，天天下雨，敌机不能升空投弹，地面坦克也深陷泥中。战斗发展顺利，很快我们和兄弟部队就歼灭了敌 26 师和敌第一快速纵队。在鲁南战役得胜归来的路上，人炮拥挤，我在人群中见到了引导我参加革命的肖竹同志，当时她已是 1 纵后勤供给部的指导员，而我此刻已是第 59 师 4 团 1 连的指导员。同乡加战友相见，本有千言万语，但因时间紧迫，未及深谈，只打了个招呼，约定以后多联系。想不到，此次战友相逢竟成永别！不久她在一次敌机的轰炸中牺牲了。但她的音容笑貌，一举一动永远留在我的记忆中。

战莱芜克强敌

1947 年 1 月，国民党对我们的战略改为重点进攻，调集了 40 余万兵力，重点进攻山东解放区。当时国民党 46 军和 73 军盘踞在莱芜城内。我华东野战军第 1 纵队奉命主攻莱芜。在井冈山组建、有光荣革命传统的 1 旅 1 团 1 连率先发起攻击。1 连打得很英勇，反复冲杀，顶住 10 倍于己的敌人的疯狂进攻，硬是把企图夺路突围的敌人堵在莱芜城内，为我大军调整部署、最后聚歼敌人争取了宝贵的时间。在酷烈的战斗中，1 连付出了光荣的代价，全连 140 多人，战后留在连队的只有 36 人，其中有些还是负伤不下火线的勇士。连长、指导员牺牲了，连、排干部大半伤亡。副指导员眼睛被打瞎了仍指挥 30 多名伤员继续战斗。

危急关头，团部命令 1 团 3 连副连长，全国战斗英雄杨根思率部支援配合，生力军上来了，战士们一个个如猛虎下山般地冲向前，机关枪、冲锋枪、手榴弹一阵猛打，把敌人打瘫了。

1 纵在友邻部队没赶到的情况下，紧钳 5 万多国民党军队临危不惧，让李仙洲无路可逃，为华野歼灭李仙洲集团立下首功。纵队三个旅在叶飞司令员的指挥下，加上兄弟部队密切配合，一举全歼了国民党的两个军。1 纵队因莱芜战役打得漂亮，受到了华东野战军首长的通令嘉奖，1 团 1 连被授予了"人民功臣第一连"的光荣称号并被赠予一面"气壮山河"的锦旗。这一仗，我们4团1连主要是打阻击，配合主攻部队。伤亡不是很大。

孟良崮战役

1947年2月1日，遵照中央军委命令，山东与华中部队进行统一整编，撤销山东军区、山东野战军和华中军区、华中野战军，合并组成华东军区和华东野战军。

当时我在1纵2师4团。这个阶段，山东的国民党军队凭着优势兵力，到处进攻围剿，气焰十分嚣张。我军天天走路，天天打仗。5月是黄梅雨天气，下雨不断，三次渡过大沙河，部队吃不好、睡觉少、病号多、减员增加。部队绝不能再这样拖下去了，华野首长决定，集中我军优势兵力，以弱胜强，在适当地点，抓住战机，打几个漂亮仗。

山东孟良崮，位于沂蒙山区崇山峻岭中，山高林密。相传宋朝老令公杨继业撞死在李陵碑下，金国肖太后将其尸体安放在山谷的洪羊洞中。杨六郎派孟良盗尸，焦赞为争功尾随其后，被孟良一斧砍死，待拖出洞外明处一看，才知是自己的拜把兄弟焦赞，痛不欲生，于是令人送其尸回宋，自己则于洞中自尽以谢罪。后人为纪念他，故取名为孟良崮。

国民党整编74师，是蒋介石的嫡系王牌师。原是南京卫戍部队，清一色的美式装备，官兵待遇高，拿双饷，一般一个整编师为1.5万人左右，而敌74师则有3.2万人。师长张灵甫是少壮派，向以骄横闻名，进攻我山东解放区目中无人，长驱直入，如入无人之境。1947年7月，华野调集9个纵队，决定啃硬骨头，歼灭74师，灭其锐气，震慑顽敌。

那天晚上，我所在的4团急行军，团队行军序列为：1、2营在前，团直供给部、卫生队在中间，3营殿后。

走了一夜，天微明，有轻雾，快到孙家南沟时，只见对面山梁上，山坡边都站着军人，有的还拍手和我们打招呼，我们当时不知是哪个部队的。

继续走了一阵子，天大亮，就有敌军的侦察机飞来了，团直供给部的勤杂人员习惯地拉着骡子、马匹隐蔽。敌人发现了我们，说时迟那时快，敌人开始抢山头，营部命令我连立即攻占制高点。

我连机关枪三班率先发起冲锋，和敌人争时间，抢占地形，拼足了力气，仅用了 5 分钟左右时间占领山头制高点，立即架起机枪，"嘟！嘟！嘟！"打了一梭子弹时，敌人很快也上来了，我们的火力把敌人压在山坡上，动弹不得，最终我们取得了胜利。

紧接着，团部吹号调我们去支援 1 纵独立师，独立师前身就是原中原军区第 1 纵队第 1 旅，皮定均任旅长，人称"皮旅"。解放战争全面打响时，国民党军集结 30 万重兵围攻中原解放区。皮定均率领"皮旅"担负掩护军区主力向西突围的任务。该旅牵制敌人，奋力拼杀，掩护主力突围，接着东驱千余公里，击退数倍国民党军的围追堵截，胜利到达苏皖解放区，创造了"皮旅"中原东路突围的奇迹。华中野战军和山东野战军合并组建华东野战军时，"皮旅"改编为第 1 纵队独立师，皮定均升任第 6 纵队副司令员，独立师师长由方升普担任，政委为徐子荣。

独立师原定担负的任务是抢占垛庄，配合第 1 纵队主力和第 6 纵队包围敌 74 师，并阻击距张灵甫最近的黄百韬整编第 25 师前来解围。14 日中午，独立师第 1 团插到孟良崮西侧山地时，突然发现敌 74 师大部队正在向南狂奔。我 1 团团长王诚汉当即判断战局有变，此处是敌 74 师的必经之路，绝不能让敌人逃跑。他当机立断，改变原定计划，指挥部队迅速抢占附近要点 285 高地，摆开了阻击阵势。与此同时，另一路独立师第 3 团也抢占孟良崮西侧要点 330 高地，与第 1 团互相配合切断了敌 74 师的退路。

张灵甫接到归路被断的报告后，马上命令先头部队发起进攻，一定要打通道路。整整一个下午，敌 74 师组织兵力连续向我独立师阵地发动冲击，双方反复争夺，战斗异常激烈。独立师部队坚守阵地，顽强奋战，死死拖住了敌 74 师。战至黄昏，敌 74 师仍未能打通道路，全师猬集在孟良崮下狭窄区域，首尾不能呼应，态势非常不利。张灵甫为避免遭到莱芜战役李仙洲兵团那样的厄运，经过反复权衡后，命令他的部队先退守孟良崮组织防御，稳住阵脚后再寻机突围。

我独立师临机决断，连续行军战斗 30 多个小时，坚决拖住了第 74 师，为主力包围到位争取到半天宝贵时间，

我团和兄弟部队 30 团上去增援时，只见山坡上，敌军用尸体做工事，有的伤员还未死，躺在地上痛苦地呻吟，横七竖八，遍地尸体。我们隐蔽在山坡树头下面，见敌人以 200 人为一组，每人配备汤姆冲锋枪和六个子弹夹，600 敌人分三组轮番冲杀，火力十分凶猛。趁敌人冲锋枪换弹夹时，我团用手榴弹、炸药包和冲锋枪猛杀猛炸，炸得敌人血肉横飞，节节败退，把敌人压在一个大山沟里。

5 月 15 日晨，敌整 74 师被围困于孟良崮为核心的几个山头上，主要是 520、东西 540、600、610 高地，及芦山、雕窝等地。13 时，华东野战军发起总攻，各部队从四面八方多路突击，敌整编第 74 师竭力顽抗。激战至 16 日上午，华东野战军攻占雕窝、芦山，敌整编第 74 师主阵地全部丢失。下午天阴云低，能见度很差，华东野战军以为敌整编第 74 师已被全歼，但在核算俘虏人数时，发现歼敌数与该师编制数相差万余人。部队随即严密搜索，终将敌整编第 74 师及敌整编第 83 师 1 个团余部全歼，击毙张灵甫，取得了孟良崮战役大捷。

赴豫东打邱屯

国民党精锐的新五军和整编 11 师，在山东战区到处增援残敌，十分猖獗。搬走绊脚石后，华东野战军决定歼灭这两支部队。

那一天傍晚，我们全团集中在山坡边，团政委老红军邱布操着湖南腔说：同志们现在出发去打仗！打新五军和 11 师就是钓大鱼，大家有没有信心！战士们齐声说："有！"战前动员十分简练有力。接着就出发，渡黄河，直奔邱屯、龙王庙。豫东战役就这样打响了。

我团到了离邱屯几里路的张庄，这两个地方战斗早就打响了。枪炮声连成一片，像炒豆子似的。我们是预备队，天快亮了，立即在庄后几十米远处挖了一条一米八深的蛇行交通沟。目睹野司的炮和敌人榴弹炮展开炮战，炮弹的出膛声爆炸声响在一起，十分激烈。天一亮，敌机又来轰炸扫射，但受到我防空火力的拦阻，打了一阵不得不飞走了。突然天空中出现一架大型轰炸机，投了几十枚炸弹，有一颗1000磅重的大炸弹径直向我交通沟方向飞来。落地时，一个尖利、刺耳的炸弹就从我头顶上掠过，在身后几米远的黄泥墙边爆炸，霎时便炸出几十米宽的大坑，好险呀！只见黄泥墙边拴在老槐树上机炮连的三匹骡子当场被炸死。墙体倒塌，将师部文工团的两个女同志也压死了。

晚饭后，上级命我团和6团去增援邱屯兄弟部队。我们顾不上吃饭，跑步前进投入战斗。在火力掩护下，四班爆破了三个敌碉堡。接着巷战、打墙洞，我们用手榴弹开路，逐屋逐院消灭敌人，一直打到娘娘庙，摧毁了敌指挥部，全歼庙内的敌人，配合兄弟部队歼灭了整编师11师的大部分敌人。

龙王庙战役新五军的大部分敌人突围，后在淮海战役被歼灭。邱屯战斗晚上九点多结束，营里指示我连休息待命。我们调整班排，组织清点武器弹药，又补充了18位山东籍新战士，一直忙到十一点多。我交代文书把补充新兵的姓名、籍贯、地址等家庭情况都记下来，但因为忙，他未做登记，就把这些新兵分配到各排连，凌晨二时多接到团部命令，命我连追击运河大铁桥上逃跑的顽敌。此战我连伤亡40多人，其中18名补充入伍的新战士只剩3人，这些烈士连名字都未留下就牺牲了。革命胜利后，每当我在新闻或报纸上看到寻人启事时，心情就非常沉重。

参加淮海战役

淮海战役是解放战争中我军与国民党军进行战略决战的三大战役之一。是在毛主席指挥下由华东野战军和中原野战军共同实施的大规模战略性战役。战斗从 1948 年 11 月始至 1949 年 1 月结束，历时 66 天，共歼敌 55.5 万余人。歼灭黄维、黄百韬、邱清泉、李弥和孙元良五个兵团，解放了长江中下游以北的广大地区，从根本上改变了解放战争的战略格局，动摇了国民党的反动统治。

我们投入淮海战役，第一仗是打运河边上的窑湾国民党 63 军。该军在抗日战争时是赴缅甸作战的青年远征军，战斗力很强。窑湾是个大庄子，敌人工事十分坚固，中间是一个大母堡，围绕着四五个子堡，子母连环，火力交叉，外围又有交通沟、矮铁丝网、竹签、鹿砦和屋脊型铁丝网，我连担任主攻任务。连爆破组连续爆破，第一组两人用 20 斤炸药，炸掉鹿砦和屋脊型铁丝网；第二组三人炸开矮铁丝网和竹签。当一名战士跑上前拟实施爆破时，在交通沟边中弹负伤倒地，子弹打在肚子上，立即又有另一名战士冲上去，同样中弹了，原来狡猾的敌人，已叫民夫把积土铲走了。敌人之前未和我们交过手，不知会冲上去几个兵，也不懂得这些小四方包（炸药）是什么，随着"轰隆"的爆炸声，才知道是炸药包。

3 排运动上去后，在密集火力掩护下，用一包 50 斤炸药把敌人炸懵了。在师部炮火的支援下，用八二炮发送炸药包轰击，威力大，杀伤力强，敌人不知道是什么炮，到处逃窜。接着连续爆破，一排、二排勇敢突击，把敌人死死压在大碉堡角落，终于拿下了庄子，在兄弟部队配合下，全歼了窑湾的敌人。

隔了几天，我们又打朱小庄，由我 59 师 2 营主攻，这次敌人输红了眼，气急败坏，使用了毒气弹，我团炸开了 18 个突破口，各营组织多头突击。在一条布满敌人尸体的交通沟里，我们猛打猛冲，踩着敌人尸体猛扑上去，用冲锋枪、机关枪、手榴弹不断地冲锋杀敌。这时，有"小诸葛"之称的 2 营 5 连指导员周文江，率部直插国民党新五军师部，在途中与敌人的搜索连相遇，他机智沉着，假冒国军，骗过敌警卫排，一枪未放，活捉该师师长，全歼敌新五军，他本人被华野授予二级人民英雄称号。

战斗下来后，我们在黑松林里整修待命，我不放心，担心还有残敌余孽，便到林中搜索。突然从地洞里，跑出一个头扎毛巾、身材高大、手中握枪的人。此时夜已深，伸手不见五指，开始我以为是自己人，说："喂！快跟上。"待两人靠近了，那人首先恶狠狠地问："你是哪个部分的？"我一看已来不及拔枪，就随机应变地反问："你是哪个部分的？"他说："我是88师的。"我沉着回答："我是20军的！"这时我的驳壳枪还在腰上的皮套里未拿在手里。他靠近了我，紧拉着我的衣服上下打量，用怀疑的眼光问我："你们的师长叫什么名字？"我死盯着他的眼睛说："这里四面八方都是解放军，现在说话不便，到前面再告诉你。"他紧追不放，我灵机一动，扮着国民党军队里长官的腔调说："你当什么傻瓜，这里是说话的地方吗？你先走，我还要到前面联络部队呢。"他问："咱们的部队就在前面？"说完我向前一指，他终于半信半疑地朝前走了，还不忘一步一回头地看着我。说时迟那时快，我立即掏出驳壳枪，子弹上膛，上前顶住他后脑。他疑惑地问："你是什么人？"我大声说："我是中国人民解放军，不许动，举起手来！"他只得乖乖投降当了俘虏。这时我才发现好险呀！这家伙的子弹也上了膛。

　　黄维兵团被歼后，固守在陈官庄的杜聿明集团约五六万人在我军的重重包围下，完全陷入绝境。为配合平津战役，人民解放军进行了二十天的战场休整。敌人被围困后突围无门，没有粮食吃，马杀光了，树皮剥光了，皮带也吃了，只得请求国民党空投。敌机一空投，物资多数落到我军阵地上，少数落到敌营中，为抢粮充饥，敌人自相残杀，枪声响了一片。我军用四周挖交通沟的办法，围困敌人，形成牢固的包围圈。每晚我军会架起大喇叭对敌喊话，开展心理战，宣传我们优待俘虏，有饭有馒头吃，请国军兄弟过来吃。不久宣传攻势奏效了，一开始敌军晚上偷逃过来一两个人，后来陆续来了十几个人，还说，我们还是能打的，就是没有吃的了。1949年1月10日，我们华东野战军发起最后总攻，浴血鏖战，全歼杜聿明集团，淮海战役胜利结束。

打过长江去

1949 年 4 月渡江战役开始了，各大部队有自己的突破口，时间有先后。此时我们部队已改编为第三野战军第 59 师 175 团。部队确定我连为渡江突击连。在忆阶级苦、知新社会甜的教育基础上，在党中央和军委"打过长江去，解放全中国"的号召下，我连南下到江苏扬州附近一个农村进行敌前练兵。要渡江首先要解决部队泅渡问题，一连的江浙战士和干部都会游泳，但山东兵不会。虽说江南春来早，但天寒地冻，我和连长带头下水，教那些不会游泳的战士进行泅渡训练。

接着，我团和杨中独立团换防，驻扎到江边，待命渡江。隔岸，白天隐约可见敌碉堡的轮廓，晚上可见一闪一闪的灯光。渡江开始前，我 9 个班加连部，先组织 10 个组到附近江边征集来 10 条船只，天天进行登船和下船争夺滩头阵地的实战演习。广泛开展军事民主，动员干部和战士出主意、想办法，调动积极性。大家提出渡江作战可能遇到的各种问题，共商解决办法。人人写血书，个个表决心，重温入党誓词，党员还发战时临时党员证。要求党员冲锋在前，号召火线入党，在渡江战役中考验自己。连排班各级指定代理人，调整武器弹药。师和团领导也深入到我们连问我们渡江有什么困难？说："有什么问题可以提出来解决，但党和全国人民交给的渡江任务不能含糊，一定要完成任务，把红旗插到对岸敌人的滩头阵地上。"此外，还从其他连调来机关枪，充实我连 3 个机枪班。每班 12 人配置，并配有 3 个战斗组长和正、副班长，配发司顿、汤姆式冲锋枪，还更换了炸药包和爆破筒。这就是最实际、最有力的战斗动员和作战准备，进一步坚定了我们渡江的决心和信心。

临近渡江的日子，团里配备了重机枪连和迫击炮连。我连党支部确定 2 排为突击排，由副连长率领；3 排为掩护排，由我带领；1 排为爆破排。连长负责全面指挥。

1949 年 4 月，毛泽东和朱德发布了《向全国进军的命令》，中央军委和总前委向人民解放军第二、三野战军发出命令，渡江战役开始了！根据天气资料和当地老乡说法，渡江一定要东风，若顺风顺水，只需抽一支烟的功夫就到，若逆风逆水则两个小时也到不了。4 月 20 日奉命渡江的日子终于到了，天黑后，全团集合在宽阔的江堤上等候东风，我们个个意气风发，整装待发。当时，风向一直不对，大家焦急万分，一直等到晚上九点多钟，长江上骤然刮起了东风。霎时，夜空中升起三颗红色信号弹，好似吹响集合号，百万大军开始千帆竞渡。我连由杨中出发，悄悄向对岸镇江方向突破。全连战士迅速登船扬帆，像一把利剑直插对岸的敌滩头阵地。敌军很快发现了我军的渡江行动，凭借长江天堑负隅顽抗，枪声、炮声响成一片，炮弹从江面上嗖嗖飞过，溅起阵阵波涛。天蒙蒙亮时，敌机在江上空来回盘旋、扫射轰炸。3 排 8 班的船中弹了，船舵被击中，船在江中心不停地打转，船上有 3 位同志中弹倒下了，其他同志包扎好伤员和牺牲的战友，用木板和手划水，继续前进。

在我军猛烈炮火的掩护下，我连突击班 2 排 5 班终于率先抢登敌滩头阵地。战士们用炸药炸开了敌人的铁丝网和地堡战壕，用机关枪、手榴弹和冲锋枪开路，抢占滩头高堤的制高点，敌人组织了疯狂的反扑，一次、两次都被我们用冲锋枪、手榴弹压制打了回去。天亮后，敌人又组织第三次反扑，黑压压的敌人，由一个营长带队冲了过来，战斗进行得非常激烈。我 3 排副排长和几个战士倒下了，4 班班长杨正明也不幸中弹，肠子流了出来，他一手捂住伤口，一边对我说："指导员我不行了，等不到胜利了，这是我的党费。"另一只手艰难地将身上仅有的 5 角钱（北海票）交给我，壮烈牺牲。烈士杨正明常自称为"候补战士"，他是苏北高邮县人，因哥哥参军溜号，顶替其兄入伍，故而得此名。但他在战斗中勇敢善战，机智灵活，很快被提拔为 4 班班长。当时他英勇牺牲的情景和高尚的情操，我一生难忘。我连再次组织反击，在机关枪连和迫击炮火力的有力配合下，我军将士们越战越勇。我站在高地上指挥战斗时，突然，小通讯员唐其高猛地将我扑倒在地，我抬头想发火，问："你干什么？"抬头一看，对面敌暗堡中一挺机枪正对着我们扫来，子弹在我的头部划了一条口子，而站在我身旁的文化教员汪学银同志已头部中弹，年仅 17 岁的通讯员为保护我也胸部中弹倒下牺牲。是通讯员用他年轻的生命救了我的命啊！我爬起来，擦干了头上的血迹又继续投入战斗了。在我军猛烈炮火的打击和战士们英勇战斗下，终于打退了敌人的第三次反扑。敌军四处溃退逃窜，我们高喊："缴枪不杀，优待俘虏。"只见敌营长提着抢，夹着皮包仓皇逃跑死不投降，我手疾眼快，一枪将其撂倒。

在政策和武力的强大威力下，敌军兵败如山倒，如丧家之犬，溃不成军。翌日，江边茅草窝里，玉米地里到处是敌残兵、散兵，我们在四处驾起机关枪高喊："缴枪不杀，优待俘虏。"100 多名敌兵当了我们的俘虏。

战斗胜利后，团部命令我连发扬不怕疲劳、连续作战精神，乘胜追击溃逃之敌。我们顾不上休整，立即从丹阳、奔牛等地出发，一直追敌至安徽广德、朗溪地区。

打高桥　进上海

渡江战役后，我连白天睡觉，晚上走路，走了几天，到了一处沟渠纵横的地方，住进一间茅草盖顶的朴实平房，房前房后到处爬着横钳的小螃蟹。江浙战士一看这地形，便兴奋地说"这是浦东，我们要打上海了！"开始还有人不信，听到三野第 27 军响彻苏州河畔的枪炮声，大家确信无疑。很快我们接到命令，我所在的第 20 军要配合第 31 军攻打浦东高桥，目标是国民党青年军第 206 师。青年军是蒋经国组建的特务军，清一色的学生兵，很少与我军交手作战，内部奴化教育深，装备精良，思想反动。此时，他们在浦东高桥构筑了坚固的水泥防御体系，筑了大批地堡群，子堡、母堡连环，连着较长的堑壕，火力强大。我军多次喊话，解放军优待俘虏，缴枪不杀，劝其投降。但该师不听劝降，死拼硬守，负隅顽抗。我们久攻不下，召开战前军事会议，发扬军事民主，决定用四零火箭筒和机关枪火力封锁敌地堡枪眼，用八二迫击炮和炸药包轮番轰炸碉堡。敌人害怕了，二三十人或四五十人不等，龟缩在大地堡里顽抗，我们用50斤一包的炸药，在火力掩护下，连续爆破，逐个炸飞敌碉堡，打得敌人鬼哭狼嚎，死伤无数。与兄弟部队配合，很快全歼国民党青年军。战斗结束后，我连进入上海市区，为不扰民，将士们全部晚上露宿在店铺门前。第一批来慰问的是上海地下党和工人纠察队；第二批是大学生和街道居民。群众看到我军穿着破旧的军服和布鞋，听闻我军凭着英勇顽强打败了现代化的国民党军队，不断提出各种问题，都觉得惊讶和难以置信。看到我军军纪严明，不进民房，不抢粮食，不拿群众一针一线，更觉得我们可敬可爱，部队不断受到上海人民的赞誉。

上海刚解放敌情复杂，社会秩序不安定，潜伏特务不断纵火破坏，流氓地痞四处抢劫。为了保护人民和国家财产，我连奉命进驻上海江南造船厂。有一天，在上海外滩，有战士报告，见到一小杂货铺的老板很像1947年盗走团机关炮卖得巨额款项的后勤处长，我连便立即派人暗中侦察，并报告了第20军保卫部，后经查证核实，将其抓捕送军法处，召开公审大会执行枪决。

1949年10月1日，我们的部队正在嘉定南翔农村敌前练兵，集体收听建国大典的实况转播，广播中传来了毛泽东主席在建国大典上向全世界庄严宣布的声音："中华人民共和国成立了，中国人民从此站起来了。"从此新中国诞生了，我们心潮澎湃，激动万分！

不忘初心，砥砺前行。战火铸魂，经受了时间和历史的考验。胜利了，我们不能忘记过去，忘记过去就意味着背叛；胜利了，我们不能忘记为新中国而英勇牺牲的战友和英烈们；胜利了，我们不能忘记党、祖国和人民的培养。我们要继续传承和发扬我军听党指挥、艰苦奋斗、不怕牺牲的革命精神，激励年轻一代为实现当今中国强军、强国梦和中华民族的伟大复兴而继续努力奋斗！

整理：丁敏

编辑：石琳

在少奇同志身边工作

吴文桥

　　口述者简介：吴文桥(1919-2002)，河南省新县箭厂河吴家湾人，1930年参加童子团任队长，1935年参加红二十八军，抗日战争时期先后在新四军四支队、军部工作。历任班长、排长、指导员。1941年1月至1943年5月跟随刘少奇同志当特务员到延安，后到抗大七分校工作，任干部队长、指导员，被评为一等模范工作者。解放战争时期，先后在吉敦军分区、10纵、47纵担任总支书记、干部科副科长、后勤政治处主任、后勤部副政委。新中国成立后先后两次入朝作战，1955年3月组建中南海军(现南海舰队)时调任后勤部政治部主任、监委副书记。1955年授予上校军衔，1982年离休。

　　1939年秋天，我认识了刘少奇同志，当时他化名叫胡服，从延安党中央来到安徽省江北路东太平集新四军四支队司令部。此时我在支队司令部警通连任指导员，组织上突然调我去给刘少奇同志当警卫员。开始我思想上想不通，不愿再做警卫员的工作。陈毅军长、赖传珠参谋长亲自找我谈话，再三强调工作的重要性。他们说："一个连、一个团打垮了，还可以再组建，但像刘少奇同志这样重要的领导人，不是十年八年能够培养出来的，绝对不能有任何的闪失。你是共产党员，要服从组织决定。"在首长们的教育下，我从思想上认识了警卫工作的重要性，便愉快地接受了下来。

1939年10月间，刘少奇同志来到安徽省太平集新四军司令部。四支队的老底子原是红28军，军长是高敬亭，自红四方面军和25军走后，它坚持了鄂豫皖地区三年的游击战争，1937年10月12日红28军改编为新四军四支队，高敬亭任四支队司令员，住在湖北七里坪。四支队共有四个团，7、8、9团和手枪团，有两三千人，是一支战斗力很强的部队。但由于受到王明右倾路线的影响，没有去发动群众，没有去壮大自己的力量，没有去建立巩固抗日民主根据地，总是东跑西窜，干部的思想问题不少。

少奇同志在四支队召开了领导干部会议，首先传达了党中央和毛主席关于向敌后发展的方针和政策。同时提出要在敌后放手发动群众，革命的兵要招，革命的马要买，积极扩大新四军。他说："打日本鬼子，必须有人有枪，还要有一个家，这个家就是抗日民主根据地，就是抗日民主政权。""政权是人民的，虽然国民党不批准，但只要人民承认我们，我们就可以存在，我们就可以抗日，我们就可以胜利！"

1938年1月，新四军刚成立不久，党中央就指示，新四军应该东进作战。1939年冬和1940年春，国民党顽固派发动第一次反共高潮遭到惨败之后，就加紧在华中制造摩擦事件。当时在许多地方，只要日本鬼子一来，国民党军队就逃跑了，让鬼子占领这些地方。我军去把鬼子打跑了，收复了失地，国民党又来向我们要这些地方，说是他们管辖的地方，国民党就是这样不讲理。

党中央和毛主席指示："不受国民党的限制，超越国民党所能允许的范围，去发展新四军。不要别人委任，不靠上级发饷，独立自主地放手扩大军队，坚决地建立根据地，在这种根据地上独立自主地发动群众，建立共产党领导的抗日统一战线的政权，向一切敌人占领区域发展。"

由于少奇同志、陈毅同志正确地执行了抗日民族统一战线，发展进步力量，争取中间势力，打击顽固派，新四军在敌后的发展非常顺利。著名的黄桥战役和争取江浙二刘地方势力的胜利，就是少奇同志、陈毅同志亲自领导和指挥的，黄桥战役经过一天一夜的激战，全歼韩德勤主力部队一万余人，蒋军89军军长李守维仓促逃跑，淹死在河里。我军乘胜连下东台、盐城和南下的八路军会师在阜宁，打开了华中抗日新局面。

在那样艰苦复杂的斗争中，刘少奇同志、陈毅同志总是从实际出发，实事求是，废寝忘食，日日夜夜地操劳。在党中央毛主席的领导下，将政治仗和军事仗结合起来，积极开展工作，密切联系群众，周密进行调查研究，团结和统一了新四军。在党内，克服了新四军不敢越过国民党限定的范围以外去发展革命的力量，不敢在敌后放手发动群众，不敢在敌占区扩大新四军和抗日民主根据地的右倾错误思想；和国民党顽固派展开了针锋相对的斗争，不但战胜了敌人，而且相继建立了淮南、淮北、苏北、苏中、苏南、鄂豫皖、皖中、浙东、河南、湘鄂赣等十几个抗日民主根据地和皖南游击区，面积120多万平方公里，人口6000多万。在少奇同志的领导下，新四军从抗战初期1万余人发展到7个师，30余万人，为华中工作做出了卓越的贡献，曾受到党中央和毛主席给予的高度评价。

1941年1月，皖南事变后，刘少奇同志受党中央委托，重建新四军军部，任新四军政治委员，同年五月任华中局书记；陈毅任代军长，住在苏北盐城县。

少奇同志和陈毅同志合作得很好。他们两人无论是执行政治路线和军事路线，还是日常工作，甚至在生活上，总是互相支持、互相关心、互相照顾。他们的住房相隔很近，他们常常在一起吃饭，晚饭后在一起散步。他们有一个共同的特点，就是艰苦朴素，对人和蔼可亲。他们二人同过党的生活，同去参加支部大会。少奇同志曾经说过："陈毅同志是一位好同志！"少奇同志对陈毅同志每次提出的作战计划和工作，总是大力支持，发动群众去配合。干部来汇报工作，完了之后，总要叫他们再去请示陈军长还有什么指示没有。陈毅同志同样非常尊敬少奇同志，他常常晚饭后在外面一边散步一边研究工作。陈毅同志很注意少奇同志的安全，住在盐城西门大庙里，日本飞机两次来轰炸，陈毅同志总是要少奇同志到外边壕沟里避一下。一次遇到特大暴风袭击，我们跟少奇同志跑到大殿里。他一进大殿就找陈毅，直到陈毅也来到了大殿，他才放心。一次少奇突然生痢疾，没有去医院，在家治疗，陈毅同志不顾传染，每天总要去看望少奇同志好几次。少奇同志始终保持着艰苦朴素的生活作风，他总是穿着一身旧灰军装，布鞋布袜，脸庞瘦削。

少奇同志对干部和群众非常关心。他常对我们警卫员说，如果有人来找我，不论是部队干部还是地方干部，甚至士兵和群众，都要让他们进来，要热情接待他们，不要像旧社会进衙门那样不让进，因为我们是共产党人，是为人民服务的。他只要有空，就找干部、战士和群众谈心，了解情况，关心他们的工作。一次，军部有些干部不安心在机关工作要求下部队，少奇同志亲切耐心地说："你们见过机器没有？机器缺少一个部件，哪怕是一个螺丝钉，都会影响工作。""只要是为大家办事，就是死了也光荣！"这些同志经过少奇同志的耐心教育，都安心工作了。

少奇同志非常注重干部的培养和教育。住在盐城县时开办了抗大五分校，开办了党校，他经常亲自去党校讲课。我们四个警卫员和副官，经华中局组织部批准，发有证件，可以随时去党校听课。一次，听少奇同志讲民主集中制，理论联系实际，讲得通俗易懂，具体生动，把自己摆进去，启发大家思索，加深对问题的认识。

日本飞机轰炸盐城时，军部一位警卫战士负了重伤，少奇同志立即赶去看望他，亲自去安排伤员，我们大家内心都感到温暖。我想起自己自幼失去父母，靠讨饭、帮人扛活生活，九岁参加革命，十五岁参加红军，在革命的大家庭里受到很好的教育和关怀，激动地对少奇同志说："首长！跟着你，我什么苦也不怕！"由于少奇同志平易近人和蔼可亲，大家都愿意接近他、尊敬他、拥护他，心里的话都愿意跟他讲。

少奇同志对待犯错误的干部和同志，从来不歧视，总是耐心地、满腔热情地帮助和教育他们，以理服人，从思想上来解决问题，从来不轻易采取组织纪律处分的手段来对待犯错误的同志。他经常对一些领导同志说："干部要工作，不可能不犯错误。问题是我们领导同志要去帮助教育干部少犯错误，或者不犯错误。犯了错误，也不要紧，要求他改正错误，改了就是好同志。"我清楚记得，有一个团长犯了错误，少奇同志亲自找他来谈话，严肃地批评了他的错误，又热情地鼓励他改正自己的错误，回去继续工作，这位团长当时感动得流下眼泪，回去后工作得很好，后来成为一个优秀的领导干部。

少奇同志对在他身边工作的同志，同样是非常关心和爱护的，他不但热情地帮助和教育，而且要求也很严格。在他身边工作的有秘书、副官、警卫员、勤务员、炊事员，他从来没有向我们发过脾气，也没有见过他向别人发过脾气。记得一次搞卫生，我不小心把他的钢笔从桌上碰掉在地下，把笔尖摔断了，在当时一支钢笔是多么宝贵呀！我心想这次一定是要挨批评不可。可当我把此事向少奇同志讲了的时候，他没有批评我，只说了一句："今后注意。"当时对我的教育很大。

少奇同志对我们警卫员在政治上特别关心。那时我是党支部委员，他常常问我们开党的小组会没有？开会是什么内容？少奇同志说："共产党员一定要严格过党的生活，不能特殊化。"少奇同志、陈毅军长、赖传珠参谋长，都非常认真地参加党的组织生活，只要时间允许，都会参加自己所在的党小组或党支部会议。记得有一次，少奇同志说："我这个月的党费还没有交的，要自己交，这是个党性问题哦。"少奇同志还经常召集我们警卫员开会，了解我们的工作和思想情况，指出我们工作中的成绩和缺点，每次都诚恳、耐心、热情地鼓励我们努力工作和学习，使我们对工作感到愉快满意，总有一股使不完的劲。

1942年2月间，我们从苏北阜宁县周家岗出发，护送刘少奇同志回延安党中央。同年12月29日，我们到达延安杨家岭党中央。第二天上午，我们就见到了毛主席和朱德总司令，以及许多党中央首长，我们高兴极了。

这是我一生中最难忘的幸福日子。

1943 年 5 月，我离开少奇同志时，他亲笔给我写了鉴定，肯定了我的成绩，也指出我性情急躁的毛病，要求我做一个优秀的中国共产党员。1944 年 9 月间，我被选为一等模范工作者，出席延安联防军英模大会，我去杨家岭看望首长，他非常高兴！他说："当了模范很光荣！不能骄傲，要继续努力，为人民服务。"他又看了看我胸前戴的模范射击手的奖章，他说很好。1945 年 3 月，我准备结婚，给少奇同志写了一封信，介绍女方的情况，他很快给我回信了。1945 年 9 月间，日本鬼子投降了，组织上调我去东北工作，路经延安时，我和我爱人胡荣珍同志去枣园看望少奇同志，他很高兴！

刘少奇同志几十年如一日，一贯忠于党，忠于人民。把毕生的精力都献给了无产阶级的革命事业。为党的巩固和发展，为新民主主义革命的胜利，为社会主义革命和社会主义建设事业的发展、为国际共产主义运动的斗争，都做出了巨大的奉献，建立了不朽的功绩。

整理：吴志延　吴志滨　吴志新

编辑：李新民

战地黄花

陶淑文

口述者简介：陶淑文，1936 年 9 月出生于黑龙江省齐齐哈尔市。1947 年 10 月参军到东北民主联军 7 纵 21 师宣传队（1949 年后部队改番号为中国人民解放军第四野战军 44 军 132 师宣传队）。先后参加了四平攻坚战、辽沈战役、平津战役、湘赣战役、广东战役。1952 年始先后在第 44 军文工团、华东海军政治部文工团、海军政治部歌舞团、海军北海舰队文工团担任演员、编导等工作。1971 年 3
月复员到青岛市印染厂当工人，同年 5 月调青岛市总工会工作。1980 年落实政策，由复员改为转业。1989 年调广东省文化馆工作，后担任广东省文化馆副研究馆员，1991 年离休。

行军遐想

翻开我的记忆，让时针倒转回七十多年前，那是 1947 年 10 月，在中国人民解放战争东北战场上，东北民主联军已由战略防御转为战略反攻。国民党军在东北民主联军夏季攻势、秋季攻势的连续打击下，完全处于被动地位，龟缩在沈阳、长春、锦州、吉林等几个城市里，等待关内派来援兵。而东北民主联军为彻底切断国民党部队长春与沈阳的交通联系，进一步孤立在长春、吉林等地的国民党军，决定展开冬季攻势。

为完成这一战略目标，东北民主联军进行扩员。就在这时，不满 12 岁的我在老师的带领下加入了革命队伍。那时我虽然年龄小，但革命的决心并不小，70 多年前的那个时代，东北解放区在中国共产党的领导下无论在城市与乡村都洋溢着"要革命"的豪情壮志，那是社会大变革的年代，时代潮流推动着人心所向！

我当时参加的部队是东北民主联军 7 纵 21 师政治部宣传队，我们的纵队司令员是邓华、政委陶铸，师长是李化民、政委朱民亲、政治部主任程世清。当时的战争环境下，团以下单位不允许有女兵编制，师宣传队与师直属机关在一起，是政治工作的组成部分。我们不作战时以文艺宣传形式对部队与当地群众进行政治宣传，作战时参加战勤工作。那时部队的宣传队还是培养干部的地方，我们当时的师长李化民、政治部主任程世清在红军时期都曾是宣传队员。从我们穿上军装的第一天起，领导就告诉我们宣传队员的职责和任务，正如《宣传队之歌》的歌词所唱的：

> 我们是为兵服务的文化战士
> 我们在战斗里成长
> 我们是部队的宣传队
> 活跃在爱国自卫的战场。
> 把人民的力量战士的荣光，高声歌唱
> 把杀敌的勇气战斗的烈火，高度发扬
> 我们面向连队和战士们在一起
> 我们深入实际改造自己
> 高举毛泽东的大旗　高举毛泽东的大旗
> 永远前进
> 永远胜利！

　　参加了革命部队，穿上军装，吃上高粱米饭熬白菜，这还不能算是一个兵，真正兵的生活是从在东北雪原零下三十摄氏度夜行军开始的。

　　我们的部队在冬季攻势第一阶段打掉了一些国民党军固守的据点，破袭了北宁路，形成由郑家屯到公主屯一带完全为我们控制的态势。1948年1月下旬，部队正在等待接受冬季攻势第二阶段的任务，我们师宣传队的二十几名女同志在白振远队长和郭云芳同志的带领下与"健康连"的同志们一同上前线去找他们所在的部队。所谓'健康连'就是由刚刚在后方养好伤要重上前线的同志们组成的。这些人都是有实战经验的老兵，他们还担负着保护我们二十几名女同志的责任。带领我们的白队长是抗日战争时期回民支队的老同志，郭云芳同志是1946年参加革命的老同志，她具体负责女同志分队的工作。我们这支上前线找部队的小队伍不到一百来人，从洮南兵站出发时曾乘了几小时的火车到达了郑家屯。当时郑家屯设有通往前线的联络处，在这里等待出发的部队很多，也很乱，领队的白队长费了不少劲儿才找到组织关系。按照上级安排，我们第二天傍晚才出发，出发时我第一次听到耳边响起多处哨音在集合各自的队伍。出发了，寒风在大路上呼啸，陪伴着我们上路。黑夜行军行踪是隐蔽的，谁也不讲话，尤其是"健康连"的同志们十分严肃，大约由于他们的伤刚痊愈，正在适应行军。

　　第一天的行军大家走了 25 里路，而我只走了 12 里路脚上就打了泡跟不上队伍，大家让我坐上了在队伍后面的大马车，这就是我的第一次行军。

　　到了宿营地我一头就躺在炕上，因为自己坐了大车感到十分羞愧。记得白队长和郭云芳来了解情况，看见有人躺在炕上便问："这是谁呀，累成这样？"

　　我听见有人回答："是小陶。"

　　老白队长就问我："小陶，你最多能走多少里路呀？"

　　我鼓足了勇气问白队长："今天大家走了多少里？"

"走了二十五里。"

"我也能走二十五里。"听了我的话以后白队长重重地叹了一口气就走开了。看来他和郭云芳在为我发愁，带上这么大的孩子上前线往后的麻烦少不了。

第二天的行军也是在天黑之后开始的，白队长走在我的旁边。抗日战争时期他参加回民支队，当时他的年纪也不大，他有经验，深知应该怎样带领我这样大的"小鬼"兵。一路上他对我进行教育："我们回民支队的宣传队里也有年纪小的女同志，开始时行军也跟不上队伍，后来都锻炼出来了，现在都是老兵了，当干部了。"他还说："能不能锻炼出来成为合格的战士，就靠自己的决心和意志。"这些话我记住了，成为我的座右铭。一路上因为有人在我身边不停地讲道理，在漆黑的夜里走路我的心就不慌，脚步自然就跟上了队伍。行军时要求每个人之间要拉开 4 米到 5 米的距离，避免有情况时人员密集造成伤亡。

走到下半夜时我的一双脚又打起了泡，几乎每根脚趾头上都顶着一个泡，走起来钻心的痛！不过，这时我已经知道怎样对付这个痛了，我咬紧牙关走，痛，也要一步一步跟上队伍的前进速度。这一天的行军路程是四十五华里，我没有坐大车，坚持下来了。到达宿营地的时候，我看出白队长和郭云芳分队长都在为我能跟上队伍而高兴。

虽然我已经能够跟上队伍了，但是由于我年龄小，所以每到一个宿营地，我的小队长李燕霞大姐，在安排休息位置的时候，总是把一条炕最暖和的炕头分配给我。李燕霞大姐还要烧开水给大家烫脚，她总是把烫脚的水盆端到我的跟前，等把大家都照顾好后才顾上自己。这些我都是看在眼里记在心里，盼望自己早一天锻炼成老同志那样先人后己。

自第一次我走下来整个行军路程的 45 华里，路虽不算太长，却使我有了自信，有了克服困难的勇气，之后的每天行军就都能够坚持下来了。这时我们还没有赶上大部队，每天走的路程是循序渐进地增加着，这对于锻炼新兵适应行军是很好的机会。有一天夜里，月光很亮，我们这一行人在公路上走的目标太明显，走在队伍前面的"健康连"的同志就把队伍带下了公路，走在路旁的庄稼地里。我的步子不够大，迈那些田垅一步跨不过去，两步又不行，这样跟上前面的人很吃力……。过了一阵不再需要跨大步，稍轻快些的时候困劲就来了，我迷迷糊糊地一边走一边打起瞌睡来……。在梦中我回到家里，看见妈妈在灯下，窗户玻璃上结着冰花，屋子里很温暖……。突然，我的脚踩在田垅上的秫秸碴子上了，脚上的泡和磨破的皮肉刺心的疼，我猛地醒了，眼泪不自主地流着，嘴里还小声叫着："妈妈呀，疼死我了！"这时我真想回家，想回到暖和的屋子里而不是在这寒冷的黑夜里整夜没完没了地走啊走。身边没有谁知道我哭了，只有黑夜的寒风知道我在想家。但是我心中更热切地希望自己早日锻炼成为一名合格的战士，走在雪地上的一双脚一刻也没有停止，我被一种理想的引力牵动着努力追随行进的队伍。

经过十来天的行军，"健康连"的同志和我们宣传队的女兵们赶上了自己的部队，到达了大部队驻扎的村子。进村时我看到家家门上都挂着红灯笼，这才听同志们说那一天是正月初五。1948年的春节我们是在追赶部队时的某一天行军路上度过的。

说到行军，记忆里最先呈现的是第四次攻打四平前的情景。夜幕低垂，满天星斗，白皑皑的积雪拥满无边无际的旷野。狂风嘶吼着将雪层掀开抛向天空，从漫天的风雪中走来长长的行列，一行白色的身影在冰封的大地上挺进。行列中战马的鬃毛上结着一串串冰凌，战士们的脸上、眉上都凝着一层冰霜。每天晚上队伍都要出发，不用任何催促命令，同志们默默无声动作迅速地踏上冰天雪地的行军路，两腿一迈开就是一整夜，直到天将拂晓，启明星在天边升起时才宿营。

宣传队的男同志们跟连队战士一样身上背着背包、枪支、乐器，还有一条米袋子，里面装着十多斤炒黄豆，那是战备粮。女同志受照顾，因为女同志当中有一些刚刚参军的新兵，还有小同志，所以身上背的东西轻一些，也有一条米袋子的炒黄豆，行军时饿了可以吃一把豆子。

　　在一片白茫茫的雪野上，我们每夜都要行军 70 来里路。刺骨的寒风迎面刮来，大家都是低着头前进，一个紧跟一个，脚步片刻也不能迟缓。那年冬天辽南地区下了许多场大雪，温度曾降至零下四十摄氏度，虽然这时已经是 2 月了，气温已经回升到零下三十摄氏度以上，但依然很冷。每个人呼出的气被迎面吹来的寒风扑到脸上，立刻在眉毛和头发上结成冰霜，人的脸和帽子就像山野的雾凇一样全是白色的。地面上的积雪经过大队人马的踩踏变得非常坚硬，走在上面如同在冰面上，一不小心就摔倒，不少同志摔了一跤刚站起来一迈步又摔倒。我的个子小，别人走一步我就得走两步，我只有小跑步才能跟上队伍。恰好这种连走带跑的办法使身体重心转移得快，竟然让我少摔了许多跟头。

　　深夜，四野空旷，雪把大地上的一切都隐匿了，能听到的只有自己脚下踩出的嘎嘎声。漆黑的天空上布满了灿灿的群星，恍惚中你会觉得自己是走在大地的顶端，离天空非常近。一眼望去，天边地平线那儿会有一两根高耸的树杆伫立着，还伴有从远处传来的犬吠声，只有这些会使人感到夜幕下还有人烟。

　　前方十余里的地方是一个村庄，当队伍经过村子时伴着我们嚓嚓的脚步声又是一阵阵犬吠。而村子里却是"静悄悄"的，走过村庄依然是天地相连无边无际伸向远方的茫茫黑夜。这一切已经过去七十多年了，但那情景像一幅抹不去的雪夜行军图，永远镌刻在我的脑海里，我闭上眼睛便能看见我们的队伍在雪夜里行军。

　　连续行军，我的一双脚每个脚趾都起了泡，有些还会在水泡上面再打血泡。疼，不怕，咬紧牙关，不掉队。宣传队的何指导员有时走在队列前头，就跟我并排走一段路，他对我说，他也是 12 岁参加革命的，那时是抗日战争时期，他是新四军的小兵，他告诉我说："要做一个合格的战士，首先就是要能行军。能行军，才能打仗。"我把这些话牢牢地记在心里了。

　　部队发的棉鞋刚穿上脚是很硬的，走起路来脚一下子就磨破了，我就换上了自己离开家时妈妈给多带上的一双单布鞋，穿上单布鞋走在雪地上一时倒是感觉很轻快，可是一夜走下来脚已经冻伤了。到了宿营地以后，李大姐把烫脚的水盆端到我跟前，我急忙要把两只冻得没有知觉的脚放进热水盆里，被李大姐拦住了，要我停一停，等脚缓一缓再往水里放。等水稍微凉一些，我才把脚伸进水里，脚上立刻就有了麻木的感觉了！我忍受着不吭一声，当时我一直以为谁也不知道我冻伤了脚的事，其实郭大姐、李大姐她们对新同志、小同志非常关心，她们什么情况都了解（70多年过去后，我翻看在新中国成立后上级颁发给我的立功证书，上面写着："在东北的冬季攻势中脚冻坏了行军不掉队"。原来领导什么都了解！）。我的两只冻坏的脚幸好因为我每天照样要走70来里路，脚上的血脉被慢慢揉开了，没有烂。

东北地区的冬天十分寒冷，而我们整个部队穿的棉衣都是新面新里，絮着厚厚的新棉花，每个战士的身上都穿得暖暖和和的，那是全力支援这场人民解放战争的东北人民的大力支援。后来，听母亲说，她当时就在家乡的被服厂给前线战士做棉衣，她常跟工友聊天说："说不定我的大女儿，就能穿上咱们给前线做的棉衣呢！"我身上的棉衣就像一件棉大衣一样，在腰间扎一条皮带也就束住了，可是棉裤又肥又长走起路来把大腿内侧的皮磨破了一大片，露出血红的肉来，这怎么能行军！我就向男同志要了两截绑腿布把大腿上磨破皮的地方偷偷地缠起来，行军时倒是不再磨了，可是过了一些天那些磨破的地方跟绑腿布粘连在一起，我还是不对别人说。其实这些事老同志都知道了，还汇报给队长、指导员。

每天要走的几十里路程都是要努力坚持着才能走下来的。男同志当中有几个十四五岁的半大孩子，夜里行军经常打瞌睡，走着走着脚步就慢下来跟不上队伍了。分队长陈瑶想出一个办法：他把一条绑腿布的一头拴在自己身后的皮带上，绑腿的另一头拴在小同志腰前面的皮带上，当打瞌睡的人脚步慢下来的时候陈队长就在前面拽他一下……

每当一夜过去，天色将亮，大家在宿营地的村外暂时坐下来等候分配各分队的住处。大家一坐下来，两腿好像再也不能动了，因为在雪地里行军每夜都是一直走，基本不停。一个叫刘树义的男同志逗我说："小陶，这会儿你还能扭秧歌吗？"我说："能！"说完就站起来歪歪扭扭地给同志们扭起秧歌步来，逗得大家很开心。等到房子分配好了大家向着各自休息的地方走去的时候，我看到每个人都是叉开着两腿迈不开步子，只能一步一步地向前蹭，仅有几十米的距离，大家走起来却比十几里路还难走。虽然如此，部队第二天还是照样上路。那时的生活中感觉最舒服的事就是一头倒在老乡的热炕上合衣睡下，似乎再也不会有别的什么要求了。

有一天，走了一整夜，天已经快亮了，部队在一个靠公路比较近的村子宿营，大家烫了脚刚刚睡下，忽然有人敲窗户急促地小声叫醒大家："快起来，有情况，到村外桥头集合，快快！"那是师政治部主任程世清的警卫员。这时睡在一条炕上的十来个女同志都迅速地起身向村外桥头集合。我也听到有人敲窗，也听到了那番话，可就是醒不过来，依然在炕上睡着……这时我的小队长李燕霞大姐已经跑到了集合地点，检查人数时发现少了我。其实那时的李大姐也不过十七八岁，她竟不顾个人安危，果断地说了一声："我回村里去找小陶。"当她在村里原先住的房子里找到我时，我还在炕上睡着，她唤醒了我，找到了我的鞋帮我穿上，拉着我就奔向村外的桥头。这时天色已亮，清楚地看到我们住的村子紧靠着公路，公路上有许多国民党军的卡车，旁边走动着许多兵。此时，我们的队伍悄悄地向远离公路的方向移动，就这样，一口气又走了20余里，甩开了敌人。

一天，开始出发行军比平日早，天还没有黑下来，我看见前面有许多全副武装的战士列队成行，浩浩荡荡准备出发，看情势不同往常，从战士们的脸上就可以看出是准备战斗的样子。这时有一辆吉普车从前面开过来，在宣传队的队列旁停了下来，政治部主任程世清从车上下来，他对我说："小陶，今后部队深入敌占区，要经过封锁线。你人小又是女同志，我先把你送到东影去（当时东北电影制片厂在哈尔滨），等打完仗再接你回部队来。"这时宣传队的同志们已经把我的背包放到了吉普车上，我急得哭了起来，我不愿离开前线。这时政治部敌工科长何力同志也跟程主任说："这个小同志行军不掉队，这些天我们都看见的，她很坚强，把她留下来吧！"宣传队的领导也向程主任要求把我留在部队，说等打完仗宣传队排戏时正需要这样的小同志。程主任终于同意把我留下来，吉普车向后方开去。

我们的部队就像一个大家庭，战争环境下人与人的关系如同亲兄弟姐妹，互相关心互相帮助是常事。男同志身上背的东西已经不轻，却还要帮助走不动了的女同志。每当越过敌人的封锁线，就由两个男同志帮助一个女同志，在女同志左右，各由一个人架起来快速地跑过封锁线。那时每个人都把自己的生命跟大家的生命结合在一起，大家是同生死共命运的关系。我把这支队伍当作我的家，我是这一万多人的大家庭里的一员，是一名年龄最小的战士，我在努力，要像白队长像何指导员教育我的，"成为一名合格的战士，跟上了队伍才能为兵服务"。渐渐地，在夜行军时我已经没有了左右接触不到人的不安，我知道战友就在身边，我在一个大的集体当中。我也学会了眼望夜空根据星移斗转来判断时间，夜空中的三星似一个巨大的时钟挂在头顶：傍晚时三星在天边上下竖着排列时是七八点钟，当三星在头顶漆黑的高空横列为一字排开时是午夜，这时行军的人们知道差不多已经走了一半的路程了，到三星再转为上下排列而且距离地面越来越近，好像它就要从空中降落到地面上，这时已经是拂晓时分，我们当夜的行军任务即将完成。这时，战士们叫作"大猫眼星"的启明星正冉冉地从天边升起，黎明将来迎接这些从风雪中走出来的人们，地平线上几棵大树的影子，还有那几声亲切的犬吠声，这一切告诉行军的人们又一个宿营地到了。这时候会产生一种喜悦的心情，同时又非常困倦，几乎睁不开眼睛。

那时我们每天的任务就是连续夜行军，谁也不理会每夜走几十里，不理会从哪里到哪里，每天从天黑走到天亮前。部队在运动，今天在沈阳南面，明天就到沈阳北面，谁也不会去猜想目的地在哪里，大家非常齐心，每个人的内心深处都坚信，一切为了完成上级交给的任务，一切行动听指挥。这样环境下的新兵，这样环境下的孩子，只要你自觉地适应环境，一个困难一个困难地去克服，思想上绝不后退，不知不觉中你就成长了。

记得大约是在二月底，有一天队伍已经走了一整夜，天色刚亮，队伍从八面城穿过，这里距离四平较近，我们的大队人马出城后刚走上公路时，迎面忽然飞来敌机，显然是八面城内有潜伏的特务报告的。发现敌机后，一会儿时间队伍全部人员都跳过公路两侧的壕沟疏散隐蔽在雪地上，公路上的队伍刹那间就无影无踪了。当时我还没有明白发生了什么情况，仍呆呆地站在公路上望着迎面飞来的两翼冒着蓝色火花的敌机正向公路扫射，而且它正朝我的位置冲来。忽然间一个叫张逗的男同志从大路旁边的雪地上飞跃似的越过壕沟到公路上，把我挟起再跨过壕沟，把我的头按在雪地上。这时我看到敌机伏冲下来向之前我站立的地方扫射，公路上的雪地迸溅出一排排蓝色的火花！当敌机飞走后我还没有来得及说什么，大部队便站起来继续前进。那时候像张逗同志这样救助战友的事时常发生，连个"谢"字你都没有机会说。

1948年2月至3月间，东北人民解放军频繁运动在辽南沈北，给国民党军造成错觉，以为我军要在沈阳附近再攻据点，甚至直接逼向沈阳。在第四野战军战史上记载着："东北国民党军曾认为东北人民解放军在冬季攻势作战中不会轻易进攻像四平这样有坚固设防的据点，所以当东北人民解放军集中兵力于沈阳周围作战时将原守备四平71军军部及第87师第91师调到新民地区担当守备，四平守军只剩第88师全部及第71军，新1军留守人员及骑兵团，保安团地方武装共1.9万人。"

这样，战机就来到了，上级指挥我们第7纵队立即由担任打援任务转换为担任再次攻打四平的任务。从2月28日开始东北人民解放军的各路攻城部队向预定集结位置开进，于3月2日完成了对四平的包围。

伤员"保姆"

我参军后参加的第一次战斗是东北人民解放军在1948年3月12日进

行的四平攻坚战。战斗打响前宣传队的同志各有分工，男同志带领由支前民工组成的担架队由战场上把伤员送到前线包扎所，女同志和小同志到前线包扎所照护伤员。包扎所设在离战场约十来里的地方，记得这次攻打四平时包扎所的位置在一个地势较高的山坡上，它在四平的西边，站在高处一眼望去四平就在眼下。在包扎所我第一次看到人流了那么多血，感觉惊心动魄，很害怕！当担架队把一个个伤员抬进屋子，我看到有的是被地雷炸的，有的是子弹打的，有的是炮弹炸的，伤势都很严重！伤员的伤口都在流淌着鲜血，有一位医生正在抓紧时间处理。一时间我满眼看见的都是血淋淋受伤的同志，完全吓蒙了，站在屋子里不知所措。这位医生看出了我害怕的样子，他对我说："小同志，不要怕，血是干净的东西，这些负伤的同志几分钟前和我们一样，他们是我们的亲兄弟。"听了医生这番话我果然有了勇气，不再害怕了。

伤员从战场上抬下来第一站就是到前线包扎所，在这里医生为负伤的同志紧急处理伤口，包扎好，就在包扎所等待担架队转运到野战医院去。在包扎所我们担负的任务就是护理伤员，如果伤员的伤势有变化，我们要及时报告医生。我给伤员们擦洗掉脸上和手上的血迹，有一点空暇就给伤员喂几口白糖水或喂几口粥，在战争环境下对流了很多血的战士来说，这也是一点营养补充。我还给伤员递尿壶，把他们看作是自己的亲人一样，还要及时观察伤员的伤情，注意他们有什么要求。这些负了伤的同志都非常坚强，他们强忍着伤痛，只听得见他们艰难的喘气声，没有一个人喊叫，他们坚守着自己在上战场前的承诺："轻伤不下火线，重伤不哭"。

战斗一打响，包扎所的工作就停不下来了，从战场上送来一批，担架队运走一批，接着又送来一批……，就这样一批一批地连轴转。记得有一次送来一位头部受伤的同志，到包扎所后医生在检查他的伤势时发现他已经牺牲了，当时战争正紧张地进行，包扎所十分忙，没能及时安排人员处理这个牺牲同志的后事，就将他停放在屋子里，大家都在忙着抢救伤员，他就像安静地睡在那里……战争环境下只能这样。

白天过去了，夜晚一时还没有担架队来，我困得往炕上一躺打了个盹，也顾不上从炕席上蹭了一棉衣的血迹。很快攻城的枪炮声逐渐远去，包扎所里年龄大点儿有战斗经验的同志说："攻进去了，正展开巷战。"屋子里一时空下来，我看见跟我在一个房间护理伤员的那个十五六岁的男卫生员在油灯下正写着什么，我便问他："小李，你在给谁写信？"他抬起头说："给我哥哥写祭文，他在这次战斗里牺牲了……"我看见小李写了一会，停下来自己念给自己听，然后再写，似乎很平静，最后他把自己写的祭文在灯火上点燃。油灯下我看到他悲痛的脸上满是泪水，他强忍着悲伤不哭出声音。在战争环境下，打仗的人哭也是无声的。

3月13早晨，枪弹声渐渐稀疏，渐渐消去。我走出包扎所，见一轮火红的太阳在四平市头顶升起，太阳的光辉映在雪地上泛出金灿灿的粉红色，这时从山下走来一位个子高高的男同志，帽子压得很低，绑腿缠得很高，右边挎一支手枪，从着装习惯上看，便知道这是一位新四军出身的干部。他的右面肩膀上吊着白色的绷带，那是在战场上包扎的，他是自己从战场上走下来的。我不知道他是否在对我说话，他像似自言自语，又像对许多人大声喊叫："这回是打下来了！这回是打下来了！"他是那样壮怀激烈气宇轩昂，我明白了他一定是参加过前三次的四平战斗，这是他第四次攻打四平，终于取得了胜利。这是一个胜利者的形象，他的形象一直存在我几十年的记忆中。

攻打四平的战斗胜利结束后，宣传队的同志们又集中到一起排练节目。女兵分队长郭云芳见我身上的棉军装全是血污，又没有替换的冬装，就与另外两位大姐一块儿，用一天的时间把我的棉军装拆洗了。她们让我围着一床棉被在炕上坐着，不仅把棉衣拆洗了还剪裁小了些，等到傍晚我就穿上了既干净又合身的棉衣棉裤。第二天全师召开庆功大会，师部领导机关奖给宣传队一面锦旗，锦旗上有四个大字"伤员保姆"。是的，不作战的时候我们是宣传队员，作战时我们就做战勤工作照护伤员，当伤员的"保姆"，我们感到非常的光荣！全师的庆功大会是在四平的一个天主教堂开的，教堂的穹顶被大炮震塌了，露出一片蓝蓝的天空。我也立了一小功，是师政治部主任程世清为我请的功，这是我参加革命后第一次立功，对我是很大的鼓励，对大家也是鼓励。庆功会的主持人为了活跃会场，说："欢迎咱师最小的战士也是小功臣小陶上台讲几句！"我就勇敢地走上台说："我们要保持光荣，发扬光荣，不骄不躁再立新功！"开完会后我就穿着那身刚刚拆洗干净的军装和孙学朴同志一块演出了宣传队新编的表演唱《歌唱咱师的英雄们》。

　　如今七十多年已经过去，当年的小兵已是耄耋老人，有时我会问自己：还记得那些战斗岁月吗？心里的声音会回答：忘不了，仿佛就在昨天。我感谢那样的生活，它伴着我乐观地走南闯北，奋斗了一生。我记忆、怀念那些最初的时日。

秋天的记忆

　　1948 年 10 月以后，东北战场上，我所在的部队 7 纵 21 师，突然日夜兼程转向辽西，迅速地到达锦州以南。这时，辽沈战役的帷幕已经拉开了。我记得那是在 10 月 10 日左右，我们到达距锦州不远的罕王殿山以南一带。之所以记忆这么清楚，是因为 1948 年的 10 月 10 日，我参军整整一年，自己觉得是一名老兵了！那时我还不到 13 岁，我跟随部队在解放四平之后，经过春季围困长春、夏季大练兵，初秋便连续向沈阳方向进发。

　　经过长途行军，我们的部队到达锦州城外的部署地。战斗还没有打响，部队正在按照上级要求紧张地进行战前准备，布置给宣传队的任务仍然是男同志们带担架队从战场上往下运送伤员，女同志们到卫生部设在离前沿不远的包扎所救护伤员。

　　记得激战前，有那么一个极少有的平静早晨。天刚亮，宣传队的同志们排着队跑步到两里地以外的一个小小的海湾，队长发令，让大家喊喊嗓子，我就对着远处"咿咿呀呀"地练习起来，这在经过前阶段的急行军之后倍感轻松！那个秋天的早晨在我的脑海里留下的是一幅非常美丽的画面：晨曦中一眼望去天空与海水紧紧相连，海面光滑而且平静，没有一点波浪，岸边生长了许多颜色好看、奇形怪状的海藻。不一会儿太阳升起来了，光芒四射，照在每个人的脸上，似乎大家都在心里感叹"多好的秋天啊！"那时我们都正青春年少，战争环境让我们习惯了该紧张时就紧张，该快乐时就快乐。上级已经做过动员，战斗就要打响，不是今天就是明天。敌军正向锦州方向增援，锦州城内守敌有可能突围，如果我们攻城战斗不够迅捷，就有腹背受敌的危险，那时有很通俗的说法，就是"不能被包了饺子！"连我，一个十三岁的小兵都明白形势是严峻的。

外围战斗打响前，我和分队长荣晖同志接受任务到前沿做宣传鼓动工作，我俩在交通壕里说快板、呼口号、伴送连队的战友投入战斗。然后迅速返回包扎所。

包扎所设在一个离公路不远、背靠着山梁的村庄，一个一个院落顺着山坡由西向东排列着，村庄周围生长着大片的小杨树林，是个天然的防空地带。那村庄名叫梁家屯。外围战打响后很快就传来消息说，部队攻打罕王殿山的战斗进行得非常迅猛，炮兵营的炮真是打神了！一炮掀掉一座碉堡，十三炮掀掉十三座碉堡！部队冲锋动作也很快，从山下向山顶边打边冲，不到二十分钟就上去了！

战斗也异常残酷，上午就有大批伤员被抬下来，我一个人负责30多名伤员的前期初步处理和看护。在一间大屋子里，有一条很长的土炕，炕上躺满了伤员，地上还躺了一长排，都是些重伤员。因为那时部队有个口号："轻伤不下火线，重伤不哭"。这也是每个指战员的决心，他们也确实是这样做的。在包扎所里看不到没伤到骨头的。我负责的这30多个伤员，大多数是腿部重伤，虽然已经包扎过，却仍然不能完全止血。从前方抬下来后，我首先为他们做的是一个一个地喂他们喝一点糖水，再给他们擦洗掉脸上的血迹，密切地观察着他们的伤情。在我的眼前，这许多重伤在身流着血的战友们，他们都承受着剧痛，然而却听不到一声喊叫，甚至听不到一声呻吟，屋子里一片寂静。我那可爱的战友们，无论是十八九岁，或是二十来岁，个个都是好样的。

突然听到一个伤员微弱的呼唤声："小同志！"我赶紧走过去，他让我把压在他身子下面的枪拿起来给他看，在枪托上贴着他的决心书，我听到他自言自语地说："我都做到了！"然后又安静地躺在那里。

这批伤员还没有运走时，敌机开始在村庄上空盘旋。按照上级的指示："没有命令不能离开屋子，尽可能不暴露目标"。这时，我们救护站连马都牵进了屋里。敌机投下了一串串炸弹，还好没有炸倒房屋，炸弹爆炸的冲击波将房顶的横梁都震得晃动了，震下来的黄土洒在伤员的身上和脸上，我正在想去给伤员抖土，这时院子里的草垛起火了，大火直扑向我们所在的屋子，一长排的窗户上跳跃着狰狞的火舌，玻璃窗子仿佛都要融化掉了，看着窗外那熊熊火势我的心如被一只大手紧紧地攥住，我看着炕上躺着的、地上躺着的，都是动也不能动的重伤员，我不知所措地站在屋子中央。这时，有一个伤员大声喊："小同志，你快出去！"接着又有一个伤员喊："快出去！你还年轻！你还有希望！快走！"声音越来越多，周围的伤员都焦急地朝着我喊。我猛然回过神来，我不能走！这里就是我的战场！我必须完成我的战斗任务！

我想将他们挪动到安全的地方，可是因为我个子小，伤员都是男同志，个头大，我根本挪不动，急得我直想哭，可是我决不能放弃，我脑子一转，想着可以借助绳子来拖，于是马上扯下绑带跑向离火源最近的伤员，把绑带一头牢牢地缠在他的身上，然后我拉着绑带的另一头，咬着牙，使着劲把他拖离了火源，就这样我一个一个地把那些靠近火源的伤员慢慢都拖到相对安全的地方。然后我和伤员们一块紧紧地挤在房间的一角坚持着、坚持着，随着时间的流逝火势慢慢减弱了，敌机盘旋了一阵没有发现我们，他们因找不到目标就暂时飞离这一带，真是太惊险了。

之后，担架队趁战斗空隙赶紧把伤员撤离包扎所，我站在院门外望着他们渐渐远去……今天想想，不知那些战友当中有多少人看到解放？有多少人成了伤残？又有多少人今天还健在？

锦州的外围已经突破，攻坚战还没有开始，大屋子里的伤员都已运往后方医院。这个夜晚，长长的土炕上一个人也没有，四周异常寂静，只偶尔听得见远处有几声枪响。在这激战前的静夜里，只有一盏小油灯一闪一闪地对着我，看着它，不一会我就打起瞌睡来，后来就不知不觉地躺下，沉沉地睡着了……

天蒙蒙亮的时候，我忽然惊醒了，立刻辨出是院子里轻轻的脚步声唤醒了我，便跳下炕去接伤员。我看见一位医务人员领着两名支前的老乡抬着一副军用帆布担架走进了这间大屋。这时天已经亮了，我看清楚了躺在担架上的伤员是一个跟我差不多的小兵，他身上还挎着一个有红十字的包。这个伤员是一个卫生员，他的两条腿从膝盖到脚腕都缠着绷带，鲜血大片大片地渗出来！他的脸色苍白，两只眼睛睁大着，看得出他很清醒，他的表情很坚定，看不出他有一丝痛苦。两个老乡把担架抬到炕沿下轻声跟医务人员说："这幅担架前边还等着用，让我们马上回去……"那时从战场上往下抢救伤员都是用从老百姓家动员来的半扇门板，帆布担架不多，都是准备在特殊情况下用的。他们三个人正在为难，一时无法把这个两条腿都断了的小战士从担架上抬到炕上。这时我听见那个小卫生员用很微弱的声音，很坚决地说："把担架抬到炕上！"我想，当时只有那个医务人员明白他要做什么，就在担架刚刚抬到炕上的瞬间，那个小卫生员一翻身就从担架里滚到了炕上，他紧闭着嘴，没有呻吟一声，安静地躺着。天更亮了，窗外的阳光照在他更苍白的脸上，我知道他很疼、很虚弱……

那间大屋子只留下我和他两个小兵，我就坐到他旁边的炕沿上，想对他说句安慰的话，又一时找不到话头，结果他先挑开话头。

"你多大？"

"我十三了，你呢？"

"我十四。"接着他又说："我认识你，你是咱们师宣传队的。到俺团演过戏。"

我看着他一直想问他"你疼吗",可是总不好意思开口。

他又对我说:"你吃花生吧。"说着就把手伸向头枕着的背包下面,拿出一条米袋子,"是俺挂彩下来的时候团长给放上的。"

我回答:"上级规定医护人员不能拿伤员的东西。"

他毕竟比我大一岁,像似笑了笑,不过那"笑"没有声音,也没有表情。我们两个小兵已经成了熟人,我终于问他:"你疼吗?"他依然不作声,点了点头,闭上了眼睛……

从早晨到中午,敌机一直在包扎所这一带转,直到下午阳光斜射,利于防空了,包扎所的医务人员带来了两名担架员,抬着一块门板进屋,他们像先前一样站在炕沿前停下了,看着小卫生员血淋淋的两条腿,不知道怎么才能把他抬到门板上,他们轻声商量着……这时,我听到那个小卫生员说:"把……抬上来。"他的声音更微弱却更坚决。担架员把门板抬到了炕上,我也站到炕上,想帮助这个小战友,这时,小卫生员又是一个翻身滚上了门板,我看见他咬着嘴唇,闭上了眼睛……

两个担架队员抬着他走出屋子,走出院门,我忽然想到要送他,急忙跑到院外追上他们,我看着他像睡着了,夕阳照在脸上很晒,就折下树枝编了一个伪装帽放在他的头上。他们就上路了,渐渐走远……

这个不知道姓名的小卫生员,十四岁的小战士,在战场上抢救伤员时负了重伤,他很勇敢、很坚强,他是一个小英雄。我这一生都怀念他,崇敬他。可惜,他在离开包扎所不久便停止呼吸了。他没有长大,没能看到新中国诞生。

锦州攻坚战打响后,很快就从战场传来消息,战斗异常激烈。当时就传开有姓梁的两兄弟一块参加爆破队,哥哥上去牺牲了,任务没有完成,弟弟接着冲上去……

很快,又一批伤员被抬下来,这时我见到了一些战斗打响前就认识的同志。有一次,担架队员抬进屋一副担架,我看到盖在被子下面的伤员特别短,注意看看便明白了,他的身体只剩下头、上身到大腿根,两条腿已经没有了。再注意看看他的脸，我认出来这是师直属队的司号员。他的年龄也不大，最多比我大两三岁。在打锦州以前部队行军的日子里，有一次他吹前进号没吹好，上级很严厉地批评他，他当时竟"哇哇"地大声哭起来。行军时我们宣传队就跟在机关后边，所以他哭的样子我看得特别清楚，我曾在心里笑话他……可这时，这个小司号员是在吹冲锋号的时候被炮弹炸飞了两条腿。我看到他跟其他伤员一样，一声也不喊叫，也不哭，躺在担架上睁大着两只眼睛，很坚强、很镇定。他让我肃然起敬。

不一会儿又看见担架队抬进来一个伤员，是我在大练兵的时候去师教导队教唱歌认识的。那时我就知道教导队的战士都是从连队选拔上来培养，准备在下一次战斗时分配回基层当干部的。这个同志的口音是江苏一带的口音，不到二十岁的样子，我一看就知道他原先是新四军，比我们东北参军的同志资格老。他很喜欢唱歌，每次我教歌时，他都是坐在第一排，学起来特别认真，大声地唱："我是一个志愿兵，我这个志愿兵志气宏，参加革命自己报的名，一直干到革命成功！"我还教他们唱《行军小唱》，他没有记住的词还问过我，我一句句地教他："长长的行列，高唱着战歌，一步步地走着……炮口在笑，战马在叫，战士们的心呐，战士们的心在跳。"这个同志抱着枪，坐在土地上，唱歌的时候脸上总带着一种近似满足的笑容。而在包扎所当我看见他躺在担架上被抬进来的时候，已经没有了两条腿，当看到我时，他的脸上露出的仍然是那近似满足的笑容，是那样的坦然。那笑容似乎在对人说："我完成了任务。"看到熟悉的人伤成这样，我很难过，但那时是不能哭的。

又是一个夜晚，战斗正向纵深发展，展开巷战，伤员从战场上抢救下来之后可以直接向野战医院运送。我被分配到一间比较小的屋子，守着一盏小油灯照顾两名伤员。去的时候这两个伤员都躺在炕上，似乎都睡着了。不一会，左边的伤员动了动身子，我就问他："同志，你有事吗？"他对我说："小同志，我在想事啊，我的左胳膊没有了……"这时我举起油灯仔细看了他的左臂，只剩下肩头以下一小截了。他还说："我还有右手，回家去种地，我还能扶犁。"说完这些话之后，他真正地睡着了，他觉得心放下了，无怨无悔。

这间小屋里的另一个伤员，躺在炕上一直动也不动，也不出声，只听见他呼吸很沉重。忽然他要起身到外面去，我怎样阻止他都不行，我便跑到另外的院子去叫男卫生员，等我们赶回来以后才明白，他是要去上厕所。他一点都不要人帮助，自己艰难地扶着墙走了回来。卫生员离开时跟我说："这个同志伤势不轻，子弹穿透胸部。"我一直注意着他的动静，没过多久听到他一声很沉的呼气声，我就跑过去叫医生，他依然一声不吭，一点也不愿麻烦别人，后来他走了。这是一个多么刚强的人啊！印象中他是一个年龄比较大的战士，他应该有家，有亲人！在生命的最后一刻应该有牵挂！为什么不说一声："小同志，替我写封信，告诉我的家人……"他就这样，不求丝毫地默默地走了。

下半夜，在已是十月中旬的锦州地区气温很低。部队指战员都穿着单军装作战。我把所有的衣服都套上了，还是很冷，就披上了一床原先给伤员准备的棉被，趁着月光，到村庄的另一头去看望负了伤的师直属政治部刘主任。

刘主任的姓名叫刘超，是抗日战争时参加革命的政治工作干部，操着江苏口音，因为几件我亲身经历的事与他有关，所以对他感到很亲切。听说他负伤了，心里一直挂念着。

记得辽沈战役前，部队从长春外围撤到一个叫郭家店的地方展开大练兵，重点是根据四平攻坚战的经验练习"走天桥"，就是高高地架起两条铁轨，要求在上面快速通过。有一天宣传队训练这个科目，轮到我通过"天桥"，那"天桥"高有四至五米，长有七至八米，我站在下面没敢上，大同志们看在我年龄小的份儿上并没有催促。这时恰好刘主任来了，他耐心地告诉我要领，然后鼓励我："小陶，不怕，上！"就这样我走过去了，所有的女同志都走过去了。

还记得在部队连续行军时我做鼓动工作，有一天帮助掉队的同志扛了一下枪，第二天早上出发之前，刘主任在队前讲评就举我的例子，鼓励部队，其实也鼓舞了我。刘主任是个很会做思想工作的干部。他是在锦州攻坚战开始后被一种叫"子母弹"的炮弹炸伤的，全身有几十处伤口，流血不止。上午九点多负伤，由于敌机不停地轰炸，不能及时从战场上运下来，直到下午三点以后才抬到包扎所，他流血过多，生命垂危。

我第一次去看他时，他还能认出我来，对守护在他身边的谢医生和我说："革命事业靠你们啦，我不行了。"我看到谢医生很难过。谢医生原先是国民党部队的军医，后来，我们部队留下他在卫生部工作，开始时他不安心，总想回南方的老家。刘主任为了革命的需要，耐心地对他进行帮助，后来谢医生树立了革命的人生观，工作中立了功，入了党，成为一名革命部队的好医生。由于在战争环境下的医疗条件限制，谢医生只能眼睁睁地看着刘主任流尽最后一滴血。当我第二次去看刘主任的时候，已经听不见他的声音，看见把他的马褡子铺在了地上，我明白，这是已经到了最后的时刻。

天快要亮了，往回走的路上经过一个院子，亮着一盏小油灯，我看清楚是我们宣传队的另一个小兵，"小男陶"，比我大一岁，正在将一些小的物件装进一个白纱布袋里面。我走进院子后首先看到的是从房屋的窗下直到院门的墙下边，地上排列着一长排伤员，乍看上去好像都睡着了，然而，月光洒到他们的脸上，很快就看出，那些战士是永远地睡着了。那个小同志是在给烈士们登记姓名、整理遗物：取下军装上的"东北人民解放军"符号，登记姓名、籍贯，衣袋里也许还会有信件，把这一切都装进小纱布袋里。我知道，每个纱布袋代表一个鲜活的生命，战后会随着这些遗物回到他们亲人的身边。

天边已经发白了，四周很静，我们两个小兵站在院门外，看着村庄的尽头高挑着几盏马灯，在那里紧张工作的是掩埋组的同志，他们一掀一掀地挖着土……那时我看到的情景，像刀刻一样地铭刻在我的记忆里。在那个背靠一道山梁的村庄，在村西头的土坡下，许多年轻的战士永远留在那里了，其中有我照护过的，有我认识的。

　　早晨，我又去刘主任在的那个院子，看到院子中间已经停放着一个枣红色的棺材，正等候刘主任的妻子来向他道别。刘主任的妻子是友邻部队的开刀房主任，救护伤员任务很重，昨晚已经通知她了，却一直来不了。不一会儿，我们看见大路上飞奔着一匹马，骑在马上的是位女同志，她没有戴军帽，穿着一件洗得褪色发白的旧军装，看得出她来时很急促。她下马后伏身看了躺在棺材里的丈夫，抬起头，没有眼泪，也没有问什么，只要求把刘超同志的手枪给她，她说："把枪留给孩子。"又说："伤员很多，等着我回去做手术。"然后跨上马就走了。这位女同志多么了不起，她那崇高的形象，让我一生都没忘掉。

　　那一天的太阳像平日一样红红火火地升起来，山岗、土地、树木、房屋一切都又恢复平静。生活还在继续，只是我们的队伍里少了一些亲爱的战友，那个小司号员，那个十四岁的卫生员，那个爱唱歌的新四军战士，那个把枪留给孩子的红军干部，还有许多伤员。他们在属于他们的那个年代走了！他们永远与历史上不平凡的1948年的秋天在一起！与十月的胜利在一起！

1948年11月，东北野战军7纵21师宣传队宣传庆祝东北全境解放后部分队员合影。前排站立最小的女兵为陶淑文。

誓师南下

辽沈战役结束后，部队只休整了很短的时间，便奉命向关内进军。平津战役胜利后的 1949 年春季，根据中央军委命令，我们部队番号由原来的东北野战军 7 纵 21 师改为第四野战军 44 军 132 师。经过短期休整，四野的部队又奉命向南开进，参加解放全中国的战斗。当时有 9 个军，分东、西、中三条路线南下，我们部队是沿东线前进。总部要求师与师之间保持 30 公里 –45 公里距离，军与军之间保持 60 公里 –75 公里距离，自华北向华南挺进。此次行军历经 6 个多月，总行程超过一万华里，这就是后来人们口中常说的"南下"。当年我还不满 14 岁，在全师 12000余名战士当中是年龄最小的，却已是一个有着 3 年军龄的老兵，在 44 军132 师政治部担任宣传队员。

平津战役结束后，我所在的师部驻扎在天津南郊的咸水沽镇。当时部队里绝大多数都是东北籍战士，看到自己的家乡已经全部解放，家里分得了土地、牛马，进而产生了希望回家去耕种自己的田地，与亲人团聚过和平日子的想法。因此部队专门用了一个多月的时间进行思想整顿：对刚参加革命的新兵进行提高阶级觉悟教育，对老兵进行革命理想教育、树立将革命进行到底的决心。我们宣传队为配合部队政治教育工作排演了一些结合部队实际情况的秧歌剧：《战斗里成长》《抱住枪杆不撒手》《血泪仇》等等。

北方的天气，虽到了 3 月份但还是偶尔会下一阵小雪。演出时战士们就坐在广场的土地上，怀里抱着枪，雪花铺满了他们的头顶。那些从刚解放的地区新入伍的同志们第一次看到台上演出时，眼前顿时浮现出一幕幕当年自家受到剥削、欺压的情形，刹那间广场上响起一片压抑不住的啜泣声。在这悲伤的气氛下，有些同志猛然站起来振臂高呼口号："将革命进行到底！打过长江去解放全中国！"这激昂的口号声此起彼伏、一呼百应，伴随着我们的演出久久不息。

　　还记得当时有一位军报记者采访我，他问："小同志，你对部队将要南下是怎样想的？"我毫不犹豫地回答："咱们的部队里有许多南方籍的老同志，是他们解放了我的家乡。现在我也应该和他们一起去解放他们的家乡！"（此文章后刊登于天津的《解放日报》）

　　1949年4月20日是个令人难以忘怀的日子，那一天全师召开了南下誓师大会，一大早，在宽阔的广场上集合了全师大部分指战员，由师首长向各单位授旗。我作为宣传队的代表，到主席台前执行接旗任务，那鲜艳的旗帜上书写着："奖给为兵服务的文化战士"，中间还有四个鲜明的大字"文化先锋"。端着手中沉甸甸的旗帜，望着台下战友们一双双充盈着光芒的眼睛，我暗暗挺了挺胸膛，心中燃起了一团火焰，难以言喻的自豪感充斥着我的全身。

1949年4月20日，中国人民解放军第四野战军44军132师召开南下解放全中国誓师大会，会后全师部队启程南下。照片中右第一人为口述者陶淑文。

　　誓师大会一结束部队就要从大会现场直接出发了，所以每个战士都是全副武装参加誓师大会的。我从台上回到队列后，也立刻用力地将背包往肩上甩去，那沉甸甸的大背包压得我眼冒金星，甚至摇摇晃晃地难以站稳。我不断在心里给自己鼓劲，并咬牙暗暗告诫自己：我是一个老兵，我要树立起榜样！我一定要跟上队伍！我一定可以在行军中习惯这身重负的！

就在这样一个平凡而又不平凡的日子里，万里南下的征途开始了。我们所有人怀揣着革命理想踏上了困难重重、生死未知的征程。

离开咸水沽时，河北省的乡亲们沿途欢送我们，老乡们把日用品和苹果不断地往我们的口袋里塞，这是人民在给自己的战士们鼓劲，这是人民在为自己的军队奉献一分力量，这是人民在送自己的军队南下远去，去解放更多受苦受难的人民。

第一天的宿营地是在河北省抚宁县境内的一个村庄，看到部队来到村里宿营，这里的老乡家家户户都在门口挂上了红灯笼，就像过年一样。进了屋，炕早已烧得热乎乎的，老大娘将一把又一把的大红枣、脆花生撒在炕席上，口里还不断地招呼着战士们多吃点，多吃点。这里是老解放区，老乡的脸上都洋溢着幸福的光辉。在老乡们眼中人民子弟兵就如同自己的亲人一样，他们恨不得把自己最好的东西都拿出来招待这群"亲人"。老乡们知道中国还有许多仍处于水深火热中，跟曾经的他们一样的人，所以他们希望咱们的人民子弟兵能早日打过长江去，去解放更多苦难的同胞！去解放全中国！

第二天我们的队伍整理行装继续前行，走着走着从前面传来了阵阵欢呼，"第三野野战军打过长江了！""打过长江了！"，听到这个好消息大家纷纷精神一振，脚下的步伐都变得轻快起来。为了庆祝渡江战役的胜利，我们还专门为部队战士和驻地老百姓演奏了《解放军进行曲》。

此时，大家心想的是咱们要走到什么地方？咱们的部队什么时候才能迎接战斗任务？咱们南下任务啥时候能完成？

多年以后，回顾往昔我才深刻明白，这条用鲜血和生命铺就而成的南下之路，它沉甸甸的分量。

132 师宣传队和人民群众演奏《解放军进行曲》庆
祝友邻部队打过长江了!

　　我所在的步兵 132 师是一支有优良传统、能征善战的部队,指挥员很
善于带领部队行军打仗,因此部队以能吃苦、能走路著称。步兵 132 师最
初以红军将领徐海东和刘志丹部队的红军为基础,在新四军的培养下成为
新四军三师的特务一团和特务三团,抗日战争中曾涌现出世界战争史上罕
见的用身体堵日军枪眼的徐家彪等多名英雄。在中国人民取得抗日战争胜
利后,这支部队又从南到北在东北的白山黑水之间,历经与国民党军多次
争夺战略要地——四平等战斗的锻打,继而在参加了辽沈战役、平津战役
后,现在又精神饱满地挥师南下。

　　1949 年春是一个历史上重要的时刻,四野部队的南下,在华北大地上
展现出一幅无比壮丽的图画。假如你从空中如鸟儿一般俯瞰华夏大地,将
会看到第四野战军的八十万人马与十多万支前民工如大海浪潮一般在中国
大地上自北向南席卷而下!而我,恰是那大潮中的一粒小小水滴。假如将
大军南下的壮举比作是一幅长长的画卷,我的经历就是巨作中的几笔小景,
虽微小,却是我与我的战友们所亲身经历的岁月。

"鼓动棚"激励雄师过黄河

我们部队是在山东德州境内渡过黄河的，河滩上聚集了大批自愿参加架桥任务的群众，河岸上到处都架着帐篷，干着活的人群、来来往往的车马，到处都是一片热火朝天的景象，宛如千军万马在共同作战，气势如虹。

那时要架的是舟桥，这是一种将民用船横排连接，上面再铺上木板的简易桥。当时为了防止国民党飞机前来轰炸，老乡们都是连夜将舟桥架好，等到拂晓时分部队再迅速地开始通过舟桥。

现在回想起来，最让我感到自豪的是当时我们宣传队一百多人为了给过舟桥的部队鼓劲，在黄河边演唱了音乐家冼星海同志的组曲《黄河大合唱》。这支有着几十人军乐伴奏，几十人演唱的合唱队，唱出了数百人的雄壮气势，可谓是声势浩大鼓舞人心！

合唱队伴奏用的管弦乐器是在东北解放沈阳时缴获的，合唱队员是在平津战役胜利后就开始练习的。实际上，在真实雄壮的黄河面前演唱歌颂中华民族英雄精神的《黄河大合唱》来鼓舞士气这个创意，是在南下之前

132师宣传队在黄河南岸设"鼓动棚"，演唱《黄河大合唱》送部队过黄河

就已经确立了。面前是波涛汹涌、咆哮奔腾的黄河，身边是精神抖擞、群情激昂的战友，一首首曲子激奋着指战员们的战斗豪情："嘿哟，划哟，冲上前，不怕它浪险波涛高如山，行船好比上火线，团结一心冲向前……"（《黄河船夫曲》）"怒吼吧黄河，五千年的民族苦难真不少，五千年的民众苦难受不了！"（《怒吼吧黄河》）"风在吼，马在叫，黄河在咆哮！……保卫黄河！保卫全中国！"（《保卫黄河》）

作战部队的同志们耳边听着黄河的英雄曲，脚下踩着军乐与合唱的节拍迅猛而快速地通过那一条条小舟连接而成的桥，在黄河的波涛之上顺利地到达彼岸，继续奔赴解放全中国的战场！

这，是宣传队在南下途中做得最大的一次"鼓动棚"。

"鼓动棚"是战争年代部队宣传队在行军时为了鼓舞士气、宣传教育而经常开展一种宣传形式。在东北战场上我就经常做"鼓动棚"工作。由于我是全师最小的同志，大家都认识我，所以只要我往路边一站，对部队就能起到很好的鼓动作用。记得那时我经常给大家唱《行军小唱》《我是一个志愿兵》《清漳河》等曲子，由魏兼仲吹小号伴奏。小魏同志从小学军乐，他的号声悠扬，能传送得很远，而我就放开嗓门大声唱，部队在我们的面前陆续走过，引人振奋的歌曲就伴随着他们的步伐走向远方。

"鼓动棚"一般都是设在部队全天行军任务比较累的地方，为了达到宣传效果，我们总是提前赶出几十里路到达指定位置，所以我们每天都需要早早出发，基本上要比其他战友们少休息两到三个小时。除了进行鼓动演出，负责"鼓动棚"的同志同时还需要去动员当地群众为部队烧些开水，准备水缸、水桶，另外当部队通过之后还要收容那些由于各种原因而掉队的战士们，一块儿追赶上前面的队伍。

无言的战友

部队自四月中旬从天津出发，一路向前挺进，经过两个月时间每天60

至 70 华里左右的连续行军，到 6 月份时人的体力已经消耗到了一定程度。来自北方的指战员在大暑天里顶着灼灼烈日赶路，没有任何交通工具让我们有个喘息的机会，这千军万马向前行进完全靠的是人的意志与耐力，这时作为一个血肉之躯的人已经十分疲惫。脚上有血泡，肩头的皮肉磨破了，这些苦大家都扛得住，最艰难的是北方人初到南方水土不服，抵抗力下降，疟疾在部队里传染开来，一些战友发着高烧拖着病躯，一步一步跟随着队伍。我亲眼看到宣传队的一位男同志走着走着就一下子倒在了路上，再也没有起来。还记得有一个叫侯俊的男同志，是一位年轻且热情的战士，在前面的行军路上还多次背着女同志们过河。后来有一天他中暑了，在路上整整一天都在不停地流着鼻血，战友们为了让他不掉队，于是轮流地背着他继续前进，但是当部队在晚霞的余光下赶到宿营的小村庄时，他却再也没能醒来，这个年轻的生命就这样静静地睡在了那个无名的小村庄，把他的青春、他的生命、他的理想永远地留在了南下的路上。

在连日的高强度行军中，不要说人，就是那些比人更耐得住劳累的战马都成群地伤病。那些最普遍用来驮炮的战马，背上的皮肉都磨破了，裸露出一根根惨白的肋骨，在那艰苦的条件下又雪上加霜地感染了细菌。炮兵们看着这些平日里他们称之为"无言的战友"，纷纷将他们驮着的东西卸了下来，放到了自己的肩上。战士们将伤病的战马领到路边让它们自行离去，而这些"沉默的战友"却屡屡不肯停留，照样默默地跟在部队的后面，直到再也跟不上，才渐渐地从视线中消失……

有一天部队为了避开白天的炎热，凌晨 3 点便开始行军，一口气走出了 40 多华里。天刚刚亮时司号员吹响了休息号令，大家刚刚坐在地上，就听见大路的后边传来了似大队人马向这边奔跑而来的声音，警卫营、侦察连迅速架起机枪，整个部队进入了战斗准备。不一会儿才看清楚，原来向部队奔来的是一群被各个部队遣散的伤病战马，它们一匹匹分散的个体在路上渐渐聚集起来，集结成一群再次一起向部队前进的方向奔来！这些"沉默的战友"摇摇晃晃、执着地寻找着它们昔日的战友，所以当它们听到了熟悉的军号声时，就拼了命地向我们奔跑而来！可是当它们就要赶上部队的时候，一匹接着一匹地倒在了我们的面前，它们耗尽了自己最后的一丝生命，停下了它们一生都在不断迈进的步伐。看到这一幕，那些负伤也不肯叫一声的硬汉们，震惊了，有的甚至大放悲声。这是什么样的情义呀！

有一天，队伍行至一座山岗旁，我看到一位战士在为一座新坟培土，土堆上插着一块木牌，上面写着："南下有功战马之墓"。我走到近前细看，木牌上还写着："这是一匹南下有功战马，在我家乡解放前它跟我一块给地主扛活，受尽了被剥削之苦，家乡解放后党把它分配给了我，它随我一同身披红花参加人民军队，它在战斗中多次立功，受过上级奖励，在此次大军南下途中病死。"那位埋葬战马的战士看到我在细看战马的墓志，便对我说："它虽不会说话，可它是我最亲密的战友，是无言的战友。"直至70多年后的今天，我仍清楚地记着当时那感动人的一幕情景：南下途中在一座山坡下有一匹有功战马埋在那里，一位战士在与它挥泪诀别。（补充说明：在第四野战军战史上写着，部队南下后陈云同志曾派人在部队南下沿途收集了一万多匹伤马、病马，将它们接回了东北，交还人民。）

挥师南下

6月间部队进入了大别山区，这里正是黄梅雨季，天上老有下不完的雨，一会儿大，一会儿小，几天见不到日头。时常大雨把我们浇得从头到脚湿淋淋的，只能穿着湿透了的衣服疾步行军，靠自己的体温把湿衣服暖干，但经常是刚刚暖干了一点，一场雨又来了，所以身上的衣服长期是湿了干，干了再湿。最麻烦的是鞋里的积水，脚被水长期泡着，皮都泡软了，这样走起路来很容易磨破。脚上的水泡变成血泡，变成脓包，疼痛难耐。雨水中，千军万马将行军的道路踩踏成了泥浆池，泥沙灌到鞋里，磨破皮的脚，再和沙子摩擦，每走一步都钻心地疼。即使在这种情况下，部队的行军速度依然丝毫不减。

此时部队已接近长江边，我看到面前有一块先头部队设立的路牌，上写着："此处距汉口30华里"。我们的队伍没有继续向前方行进，而是按照总部的指示一路向东，到达了江西省九江市对面一个叫"小池口"的渡口渡过长江。运送大部队过江的是木驳船，部队秩序井然地一船一船过去。这期间天上还有敌机"护送"，敌机只需稍稍侦查一下便知道这是战斗部队，所以也不敢低空飞行，只能灰溜溜地飞走了。

渡过长江之后第一夜宿营在九江市，那一天发生了一件事：那天我们宣传队住进了一个绸布店里，那是个有天井的二层小楼。店里只有一个年轻的男人，身着长衫和时髦的西装裤，脚上穿着一双讲究的皮鞋，看样子或许是个少掌柜的，是个文化人的样貌。我当时在二楼天井边上选了个地方准备休息，这个年轻男人大约见我是个年龄不大的孩子，旁边也没有大同志在，于是慢悠悠地踱了过来，脸上带着一丝隐藏不住的轻蔑和傲气，用一种难以言喻的声调毫不客气地问我："你知道解放军入城的八项守则吗？"我平静地看着他那暗含着揶揄的神情，心里想，他是想考考我吧。于是我流畅地从第一条背诵到第八条，又如同平时那样，面对面地对他进行了一次革命宣传。他默默地看着我昂首挺胸自信满满的样子，神色几经变换，随着我清晰的语句一字一字流畅地吐出，他眼神中那抹揶揄之色渐渐消失，直到听完我最后一个字，便神情悻悻晃晃悠悠地往楼下踱去。他来时那令人不悦的言行，离去时那黯然的背影，让我一直记忆犹新。

渡过长江之后，第二天的宿营地点是庐山脚下鄱阳湖畔的星子县。渡长江之前，一路上部队吃的是老解放区的粮食，尤其是东北人民供应的高粱米和晒的干菜。过了长江到了江西，这里虽然是当初共产党闹革命的老区，但经过国民党二十多年的清剿，老百姓们都躲了起来，所以部队一时在星子县里征不到粮食。当时部队里每个人身上的米袋子都是空空的，没有米做饭，战士们挨了几天饿，后来实在熬不住了，大家就去挖一种叫"地衣"的苔藓类植物，用它煮汤喝，勉强充饥。有一个连队仅仅剩下了一条装有3斤左右米的米袋子，他们自己不吃，送到师部首长那里，首长也不吃，并对他们说："宣传队里有小同志和女同志，拿去给他们吃吧。"并让警卫员把这珍贵的米袋子送到了宣传队。宣传队的炊事员就把这些米煮成了两大桶稀粥，为了"丰富"一点，里面还掺上了一些"地衣"。可是等到开饭的时候，宣传队的战友们谁都不去盛粥中的米粒，只在上层盛些汤水来喝。在战争年代这种上下级、同志间不是亲人更胜亲人的关系，让我久久难以忘怀。

部队的给养供应不上，战士们吃不饱，身体非常虚弱，即使是这样，部队依旧严守纪律。当地的山上到处都是老百姓种的柚子，我们师是一万多人的队伍，再饥、再渴也没有一个人去采摘老百姓的果子。有的连队断了粮，请示上级允许摘一些柚子当饭吃，如果老百姓不在家，部队就在离开时往树下放上一些银圆。

我们的部队保持着"四个不"的作风，那是过去在其他战区作战时的老传统：庭院不净不走，水缸不满不走，东西不还不走，损坏不赔不走。所以我们的部队离开后，老百姓返回家时他们就都明白，这是当年的红军回来了。

当时国民党白崇禧的军队还盘踞在江西，部队缺粮不利作战，首长指示组织人员征粮，宣传队除了重病号和小同志外，其余队员全部参加了征粮队。部队把年龄小的同志和重病号安置在深山里的村庄，并给我们配备了武器。征粮队在几天后完成了征粮任务，部队又集中起来投入追击白崇禧主力部队的"上高追击战"。

在追击的路上天色漆黑，雨天路滑，又常常走的是石子铺成的高低不平的路，而且行进速度很快，基本不是走，而是小跑步。深一脚、浅一脚的，滑倒摔跤那是常有的事。我就曾一下子被一块石头给绊倒了，右小腿在石头上撞开了一个三角口子，那石头只差1厘米就要撞到小腿骨头上了，为了赶上部队的速度，我也没有细看，忍着痛爬起来继续前进。直到半夜时分，部队到达一个村子歇下脚准备做饭的时候，在小油灯下我才看到我的鞋子里浸满了血，经卫生员处理后才勉强止住了血。

连队里的战士更是辛苦，他们每天背着步枪、子弹、手榴弹、干粮袋等等重约 25 公斤的东西行军。当排长、班长的同志身上甚至经常还挂着两三支枪，这是他们在帮助那些生病掉队的战友们减轻负担。追击战中情况复杂，上级领导给女同志分队派来了一位男分队长，他的名字叫赵松。身为女同志分队队长，他每天都要分担着队伍里由于生理期、伤病等情况而掉队的女同志的负重，长期高强度的负重行军，让他的体力早已到达极限，有一次我看见他口渴得实在忍不住了，蹲下身去喝路边小水洼里的水。当时他脖子上还挂着两支枪，在他低下头喝水的时候，头被胸前的枪压得无法抬起来，整张脸都埋在了水洼里，这时水面上泛起一层层他吐出的水泡。我看到后立刻跑了过去想拉他起来，但他实在是太重了，我人小根本拉扯不动！我一边拉一边着急地大喊："快来人啊，赵松抬不起头了！要淹死了！"听到我的喊声旁边立刻跑来了两个男同志，一人拉着一条赵松的胳膊，这才把他架了起来。

有一天半夜里，大家刚把背包卸下肩，分队长赵松跟这家的女主人商量能不能请她给我们分队做一餐饭。当时女主人的家里有一只咸干鸭和一碗腐乳，这是这段时间我们遇到的最好的饭菜了。为了这顿"珍馐"，赵松当时给了她两块银圆，可是当饭刚刚做好，还没等我们把这顿饭吃到口，命令来了："紧急集合，立即出发！"全体队员沉默而迅速地再次背起背包，头也不回地跟随部队走进漆黑的夜路之中。

记得还有一天夜里，月亮躲在厚重的云层后面，黢黑的夜晚伸手不见五指，大雨还下个不停，山路湿滑得站不住脚。在这样的条件下部队在盘山路上已经疾行了一整夜。经常在深夜行军的我们，有时候实在是疲惫得扛不住了，就会不由自主地一边走一边打个小盹。那天雨夜中，我就是这样似睡似醒、迷迷糊糊地跟着队伍走着、走着。但我不知道的是，在山道的前方有一个急转弯的地方，弯道下面就是深不见底的陡崖。在黑夜中即使是打起了十二分的精神，如果不走到近前也根本无法发觉这个危险的拐弯，更别说我当时那种朦朦胧胧的状态了，所以当我走到了转弯处时，依旧下意识地继续照直走着。只听见这时一个人高声喝道："同志！小心！"我浑身一个激灵，清醒了过来，脚前踢出的碎石子顺着悬崖滚落了下去，顿时惊出了一身冷汗。我猛地抬起头向刚才发出声音的方向望去，辨认出那是刚刚上任的政治部主任蒋润官。他看着周围疲惫不堪的战士们，高声鼓动大家："同志们，不要掉队！发扬光荣传统！坚持到底！完成上级交给我们的任务！"激昂的声音唤起了大家身体里残存的力量，所有战友们重新打起精神，向前方走去。我的心中一直感激着他，他的那一声震喝，不仅挽救了我的性命，更将许多跟我一样处于危险边缘的战士们给拉了回来。

132师在"上高追击战"中曾经在6天里跑了900华里，在急行军追击敌人的行动中完成了上级交给我们的任务，把国民党白崇禧的主力部队赶进了大包围圈，最终在广西境内由友邻部队全部歼灭。

至7月底我们的部队已经十分疲劳，雪上加霜的是这时候部队里开始大面积地感染疟疾和痢疾。就拿我所在的宣传队为例，全部一百多人的队伍里仅仅只有十来个人没有生病。即使是这样，我们依旧没有停下步伐，生病的战友们拖着病躯，仍完成着每天的行军任务。行至赣南，总部下命令休整，我们这才停下了脚步，在阜田镇休整。为了不把痢疾传染给当地群众，上级下发了一些小铁锹，在驻地以外的野地挖出许多土坑，每人每次便后自己用铁锹挖土埋上。

每到开饭时间，炊事员就做上一锅疙瘩汤，让我们几个没有病倒的人给病员们一碗一碗地端到身边。这时队伍已暂时摆脱了缺粮的困扰，给养有所改善。可是哪里有人有力气能起身吃？我的女分队长荣晖当年才19岁，南下以后一直跑前跑后地做新战友的思想工作，她一直用她的热情鼓励着大家、帮助着大家。但不幸的是她也染上了疟疾，当时疾病的痛苦正在折磨着这个年轻的女分队长，她已经很长时间都在发着高烧，昏迷不醒了。看着床上脸色惨白的荣晖，我着急地小声向身边的战友问："荣晖她烧得这样厉害，会不会死呀？！"话音刚落，荣晖竟然挣扎着坐了起来，原来她在昏迷中听到我不安的询问，身为分队长的她为了安抚我们这些小同志，就强挣扎着醒了过来。只见她伸出颤抖着的双手，慢慢端起我给她盛的那碗疙瘩汤，一仰头"咕咚咕咚"几口就将疙瘩汤喝完了，我忙接过她手中空着的碗，她冲着我笑了一下，然后仿佛用尽了最后一丝力气，整个人倒回了床上，又昏睡了过去。我和战友那颗忐忑不安的心，在这个淡淡的笑容里安定下来。

8月1日是咱们军人自己的节日——建军节。1949年8月1日那天，我们的部队还在江西阜田镇休整，当时部队的伙食标准很低，基本上只能满足每个人每天的生存需求。但宣传队的领导在建军节这一天还是想尽办法想给大家改善一下伙食，以示庆祝。于是这一天在领导的安排下，宣传队的全体队员都集合到了镇上的一家小饭馆里。共坐了十来桌人，在饭馆里大家先是吃了自己炊事员给大家做的疙瘩汤，然后再由饭馆的店员给每个人端上了一碗清汤馄饨，那清澈见底的汤底中只浮沉着几颗圆润小巧的白皮馄饨，那馄饨普普通通，汤水也十分寡淡，但当时我咽入口中时，却仿佛吃到了这辈子最好吃的饭食。我手扶着那热乎乎的汤碗，望着身边满面笑容的兄弟姐妹们，一股暖流仿佛从手里一直滑入到我的心中。就这样，在南下途中我过了一个一辈子都忘不了的八一建军节。

舍弃小家顾大家

南下途中我经常会听到一些关于当年参加红军的老同志十余年后重返家乡的故事。

其中一位是132师394团毛和发团长，他的家乡在河南光山县。1932年他12岁时参加红军，是个"红小鬼"。之后长征北上抗日，部队此次南下途中经过了毛团长的家乡，于是他便顺路去看望他那失联许久的老母亲。可是当满怀激动的毛团长回到家乡之后，迎接他的却是早已坍塌破败的老屋。熟识的老乡们看到曾经从乡里出去闹革命的毛家儿子回来了，立刻围了上来对他说："孩子你可回来了。你不知道啊，你参加红军后，你娘为了逃避国民党反动派的迫害，十年前就躲到山里去咯。"听了这话，毛团长瞬间红了眼睛，在乡亲的带领下终于在深山里找到了他的老母亲。这位等了儿子十七年的老母亲自己在山坳里搭了个简陋的窝棚用来居住，困苦的生活使得这位老人满头白发，满面丘壑，双目失明。听到儿子熟悉的声音，这位母亲颤颤巍巍地伸出双手，缓慢而细致地将儿子从头摸到脚，然后紧紧地抱着儿子流下了热泪，毛团长这个在战场上天不怕地不怕的汉子这时在母亲的怀里却哭得像个孩子一般。但那时部队的任务还没有完成，毛团长仍不能久留，他强忍着心疼不舍将老母亲安置好后，带领部队再次离开了家乡。毛团长的老母亲站在村口默默地听着儿子的脚步声渐渐地消失在远方……

另一位是师部组织科长林风山同志，江西籍的老红军。他在部队南下至江西时回到兴国县境内的老家探望自己孤苦的母亲。可是当他回到家乡后，却四处都寻找不到自己的母亲。他便想自己的母亲可能也为了躲避国民党反动派的迫害而进山了，于是便到自己小时候去砍毛竹的山上找。正在这时他遇到了一位老人家，那老人一见他便说："这是不是当年在山上拖毛竹的孩子回来啦！"林风山科长听到后立刻回答说："是我啊，我回来啦。您知道我娘在哪吗？"那老人看着他叹了一口气："你娘亲又病、又饿，想你啊，想死咯！"听到这句话林科长脸上浮现出茫然的神色，他仿佛不能置信地眨了眨眼睛，下意识地重复了一句："我娘死了？"泪水便顺着他的脸颊滑落下来。在老人的指引下，林科长来到了一座孤零零的坟前，面对那简陋而矮小的坟茔，他的背影僵直了许久，忽然他猛地跪下磕了个头，站起身来用衣袖抹了一把眼睛，回过头来对身边的警卫员坚定地说："回部队！"

部队南下至湖北境内的时候，有一天宿营在一个小村庄里，一位拄着一根树杈做的拐杖的老乡来到我们住的地方。他见到我和几个年龄不大的同志后便讲起了他的经历：当年红军闹革命时他同我们差不多大，只有十四五岁，红军长征时他也跟着队伍走了，路上打仗时他的大腿负了伤，当时形势不好，所以部队就没有办法再带上他。他的班长考虑再三决定让他留下来，将来再找回部队，还给了他两块银圆。他便一路上东躲西藏，后来讨着饭返回了家乡。这位老乡还说他们村西头前些天回来了一个大干部，把在家乡等了他十几年的未婚妻接走了。他感慨地说道："当年的队伍打回来咯！"第二天清晨部队出发时，我看到他依依不舍地站在村头路口目送我们离去的样子，他这是在送他当年的老部队继续长征呀！

喜悉新中国成立

9月，经过休整，132师整个部队人员基本恢复体力，同时也接到任务，直插江西与广东接壤的南岭山脉——大庾岭。9月底到达粤赣边界，全师为了早日赶到广州附近投入解放广州的战斗，于是决定放弃走大路，改走小路，甚至是无人走的路，翻越九连山！

九连山海拔1500米左右，连绵数百里自东北向西南，横跨赣粤九县，山上云雾缭绕，原始森林密布。我们部队的行进路线是从它的东北边山脚下开始沿着山脊开进。战士们除了背着自己的武器装备，还要把骡马驮着的炮架、重机枪扛在肩上。有的时候要走的地方连小路都没有，只能靠工兵们一锹一镐地自己开出一条路来。恰在这时我病倒了，连日发烧。记得在进入九连山的前一天，宣传队做了一次"鼓动棚"，同志们和老百姓一块儿搭起来了一个横跨道路的大门，门上架着一个高台子。我和另外一个男同志就站在高台上打花鼓，唱安徽凤阳花鼓调，词是部队自己填写的："说江南，道江南。江南本是好地方，江南人民受苦难，江南人民盼解放！"这个"鼓动棚"搭得很高，为的是能让行进的部队在很远的地方就看到。当时我正发着高烧，但为了任务不能休息，只能每当一批部队刚刚走过去的时候，倒在台子上喘息一下，等到下一批部队又过来了，便撑起身子再接着唱。

在南下以前的东北辽沈战役攻打锦州前期，部队涉水过大凌河、小凌河，每当过河时都会有小战士牵着马来宣传队找我，要驮我过河。那时总是马一低头我就骑到马的脖子上了，过了河后马再一低头，就把我滑到了地上。

所以在九连山这段行程中也时常有首长的警卫员牵着马到我身边让我骑，但我都不肯上马。因为我坚守着自己的决心：我是个老兵了，我要起到老兵的榜样作用，而且我还是宣传队队员，那些新参加革命的同志们都在看着我，那些看过我做"鼓动棚"的连队战友也在看我。所以我要坚决不坐车不骑马地走完南下的全路程！

南下时警卫营的队伍就在宣传队前面，但当时顾不上去想究竟是谁把自己的马牵来让我骑的。这件未解之谜直到在 20 世纪 90 年代 132 师老战友们在广州聚会时。警卫营教导员蒋超同志见到我时才为我解了惑："小陶，行军打仗的时候每次过河你骑的是谁的马？那是我的马啊。"当年蒋超同志参加新四军时也是个小兵，只有 14 岁，他深知行军打仗时小同志最需要帮助，所以每次看到我们这些小同志们遇到了困难就会默默地将自己的马牵来让我们骑，尽自己所能地让我们轻松一点。这位同志对我的关心爱护直到 40 多年后我才知道。

最难忘的是进入九连山的第一天。那天正是 10 月 1 日，当天下午行军的途中从前面传来了："向后传，建国啦！"接着又传来："中华人民共和国成立啦！"消息传来后，每个战友都兴奋得边走边转身看后面的同志高兴的样子，大家互相用笑容来表达着内心难以言说的高兴与兴奋。晚上歇息在九连山里时，在荒山野岭中大家围坐在一盏煤油灯前听队长宣读北京天安门广场国庆大典的简报。当时还有几位同志当场写传单，准备明天发给各个连队。这一天是我人生中度过的第一个国庆节，虽然简单，却有着特别的意义。

有一天我的头上生出了一个鸡蛋大的脓包，由于条件有限，卫生员只能用削铅笔那样的小刀来充当"手术刀"，再用火烤一下权当"消毒"，干净利落地一刀下来，一摊脓血"啪"地落到地上，当时脓包是消下去了，但是没过两天就又重新生出一个脓包来。当时在山脊梁上有一座看山人的小窝棚，大家就让我在里面休息，其他同志都在外面露宿。我倒在那简陋的木板床上，迷迷糊糊感觉到有一个警卫员或通讯员模样的同志轻轻地进了屋，借着他手电筒昏暗的光线，我看到他悄悄在我床头放上了两只剥好的柚子。在当时部队物资那样紧缺的情况下，可想而知这样的两只柚子是多么珍贵！这让我深深体会到周围战友们给予我的温暖与关爱，平时行军时我做"鼓动棚"鼓动别人，现在大家反过来竭尽所能地用自己的方式鼓励着我！看着这两只青绿的柚子，我心中涌出一股力量，我扶着床板缓缓地撑着身子，小心翼翼地拿过那两只柚子，慢慢地吃了起来。口中的柚子肉酸酸涩涩，我的心里却甜滋滋的。我一边吃一边想着，我要好好休息，备足体力，明天跟着部队继续前进！绝不掉队！

九连山这段路程非常难走，而且连着十几天都是早起晚宿。山路十分险峻，人又异常疲惫，每当在行军中听到像闷雷一样"轰隆轰隆"的声音，大家就都知道又有人或马跌落山谷了，但队伍前进的步伐却不会有所停留，只能将悲痛埋在心底，继续前行。

10 月 10 日左右，终于到达可以横跨至广东省境内的地点，但展现在我们眼前的却是一面直上直下、坡度很小的陡壁。负责带路的同志是从两广纵队派来的，他的家乡就在连平，所以他熟悉这里的山势，走这条险路困难虽大，却是唯一的捷径——从这里翻越过去，可以在 3 至 4 天内到达广州。面对这片无路可走的峭壁，工兵们人手一个铁锹，一锹一镐地开出了一条"急造军道"。工兵们刨出一段后，司号员就吹号令开始前进，走完了这一段，司号员再吹号停止前进，然后工兵就继续再挖再刨，部队再继续攀登，就这样，部队在这条"人造山道"上缓缓前进着。在攀登中我亲眼看见走在前面的一匹马失足摔下山去，它在空中翻了两个跟斗最后狠狠地砸进了山底的水潭里，等它浮上水面后，它不顾自己身上的伤仍拼命地往山脚游去，想要再回到队伍里……

图为 44 军 132 师的战士们正在翻越九连山，向广州进发

在攀爬九连山峭壁的这段经历中，我自己是怎样一阶一阶往上攀的，究竟攀了多少蹬？在当时那种神经高度紧张之下，我竟完全没有一丝记忆，脑海中一片空白，只记得当时一眼都不敢往下面看，只横着一条心想着，要跟上前边的人！向上！向上！现在想来九连山其实不算高，仅仅只有 1500 米高度，但那座山却在我的心中矗立了几十年！

广州喜迎解放

翻过九连山，我们的双脚终于踏在广东省的土地上。汗流浃背疲惫不堪的我，此时从心底迸发出一股喜悦之情！再回头看身后的部队，仿佛都是从云雾中走出来的！虽然已进入了广东境内，但部队南下任务仍未完成，我们的步伐仍未停止。部队在经过翁远、信丰后，直奔从化。为了提前赶到广州投入战斗，部队行军的速度非常快，记得甚至有过全天连续行军长达 120 里、140 里的时候，那真是连吃饭脚都不停。无论是哪个连队的炊事员，都一起把饭做好盛在竹篓里摆在公路的两旁，所有经过的战士走过时就用瓷杯子往竹篓里一舀，然后一边走一边吃，吃完把杯子往背包旁一挂，继续赶路，甚至有的时候是一边小跑一边吃上两口，部队就像脚下乘着风一般向着广州奔去！

10月12日21时，132师的先头部队395团向广州东北的从化良口镇追击敌军至从化云台山南麓宣坑村时，敌军两个营抢占了云台山主峰，一部分占据公路前面的小山头，用机关枪封锁公路，并从侧翼向我军二连阵地攻击，当夜战斗十分激烈。黎明时，我军三营从东南方开火，敌军不敌向流溪河边逃窜，我军一营二连乘胜追击，经过7个多小时的激战之后，1600多名敌人被击毙或俘虏，但该团一营的50名战士却长眠在了荒山之中。那些牺牲的烈士当中年纪最小的才18岁，年纪大几岁的也都是家中上有父母下有妻儿的人，他们背负着沉重的武器装备，克服了一路上的千辛万苦，徒步行军至离家乡万里之遥的岭南，却在这距离最终胜利仅一步之遥的地方倒下了。这时距离广州解放仅仅只剩2天！历史会永远铭记这些为解放广州而献出宝贵生命的人，铭记他们创下的千秋功勋！

师直属部队已经连续行军了整整一夜，拂晓前战士们都已疲乏至极，大家听到休息号令便一下子都瘫倒在路边昏睡了过去。仅仅在十几分钟之后，司号员再次吹响了前进号令，长期累积的疲惫让战士们像昏迷的人一样无论怎样努力挣扎也站不起来！就在这时44军副军长李化民同志从公路当中走了过来，李化民同志曾是132师的老师长，他牵着马一边大步走一边高声反复地对着公路两旁的战士们喊道："同志们！起来！继续前进了！将革命进行到底！"瘫软的战士们听了他的喊话后一个个猛地醒了过来，摇摇晃晃地站起身来，重新振奋精神继续前进。

当时按中央军委指示，广东战役由第4、第15两个兵团执行，两兵团作战统一归第4兵团司令员兼政委陈赓指挥。10月14日，43军128师382团分两路沿广花公路直奔广州，19时30分进至东北郊沙河，21时占领总统府行政院、省政府、警察局等机关，接着又在黄沙火车站歼灭未及逃跑的国民党军1000余人。与此同时第44军132师394团、395团、396团，亦从东郊进入广州市区，至此广州市宣告解放。

由于解放广州的全体参战部队拼命地高速赶往广州投入战斗，共同阻止了敌人对广州的更大破坏，保住了发电厂和许多重要建筑，在一个记录广州解放前夕情况的刊物上这样记述："1949 年 10 月 14 日前国民党军大部分逃离广州前大举进行了破坏、屠杀，下午 1 时 20 分开始破坏白云、天河机场，下午 5 时 50 分以大量黄色炸药炸毁横跨珠江的海珠桥，致使满载乘客的公共汽车与过桥行人横尸狼藉，附近河面船艇炸沉无数，桥边店铺震塌数十间，死亡近千人，死者残肢断体挂在树上，浮在水面，惨不忍睹。市郊的石井、石牌、黄沙各物资仓库相继爆炸，爆炸声彻夜不绝，死伤市民不计其数。当国民党军企图炸毁发电厂和众多建筑物的危急时刻，中国人民解放军的队伍打进了广州，使这座美丽的南方城市避免了更惨重的破坏。"

1949 年 10 月 14 日，132 师全体指战员经历半年时间徒步行军、作战，完成了南下任务。14 日当晚后半夜，我们部队露宿在广州市的沙河街头，我和我的战友们终于安心地熟睡了几个小时。当晚许多市民都听到从越秀山顶传出的军号声，那雄壮昂扬的胜利号角久久飘扬在广州上空，向全市军民宣布"战斗结束"！

第二天上午我们穿着满是黄泥的军装进入市区，围观的人民亲切地称我们是"大军"。132 师成为第一届警备广州的部队。

广州解放了！在那些人民欢庆解放的日子里，我看到人民群众沉浸在欢乐的海洋里：白天，青年学生们成群聚集在中山纪念堂广场上唱歌、跳舞；夜晚，市民自发组织的"私伙局"三三两两地在路灯下为群众弹唱着粤曲。

也是在那段日子里，广州执信女子中学邀请我们宣传队的同志们去学校与同学们联欢。我们给同学们唱革命歌曲，教她们扭秧歌，大家欢声笑语、激情飞扬。记得有一位同学主动来问我："您会唱国际歌吗？"我毫不犹豫地说："会！"并立刻在学校的广场上为同学们唱起《国际歌》来："起来，饥寒交迫的奴隶，起来，全世界的受苦人，满腔的热血已经沸腾，要为真理而斗争，旧世界打它落花流水，奴隶们起来，起来！莫要说我们一无所有，我们要做新社会的主人，这是最后的斗争！团结起来到明天！因特那辛奈尔就一定要实现！"这些女同学们当中，有的后来以我们这些从战争环境中走过来的解放军女战士为榜样，投身军旅，献身国防建设，成为新中国第一批女飞行员！

1950年我代表132师宣传队和全师的女兵参加了44军英雄模范代表大会，是当时参加大会年纪最小的代表。会后还接受了苏联《真理报》记者的采访。

广州解放后，44军召开英雄模范大会，参加大会的5名女代表合影。左一为陶淑文。

参加44军英模表彰大会后，接受苏联《真理报》记者采访后留影。

战后多年，一位曾在师司令部任行军参谋的同志告诉我，南下我们共走了1万多华里！我们132师全体指战员12000余人用双脚丈量了祖国河北、山东、河南、安徽、湖北、湖南、江西、广东的山川大地！在这1万多里的南下路程中留下许多战士年轻宝贵的生命；在这1万多里的南下路程中浸透着战士们的鲜血和汗水，在这1万多里的南下路程中饱含着战士们对革命的信念、对胜利的信心！

我一生都记忆着跟随部队南下走过的万里征程，记忆着战友们南下时的故事，更怀念着我革命的摇篮、我的故乡——步兵 132 师。

132 师在完成警备广州、粤北、粤中剿匪任务后又进驻到海南岛。担负着保卫海南的任务。背靠五指山，面向南海，扎根在海角天涯近 70 年。这支部队是祖国宝岛的哨兵，数十年如一日守卫着祖国南海，守护着祖国社会主义和平建设。

我，是这段不平凡日子的见证者和亲历者，我为自己是这支英雄部队的一员感到骄傲！

整理：张嘉嘉

编辑：石　琳

无悔的人生

景林

口述者简介：景林（曾用名：欧阳景林，1923-2018），安徽人，1938年10月参军，1940年10月加入中国共产党。参军后历任宣传员、文化教员、抗大四分校学员、新四军3师10旅机要员（译电员）、代理股长、新四军军部机要员、机要组长、渤海军区机要科机要股长、渤海军区独立师机要股长、两广纵队司令部机要科科长。1949年年底广州解放后任华南分局机要科长，1951年7月任华南军区机要处副处长，1953年任广州军区机要干部训练大队大队长，1955年至1967年12月任广州军区机要局副局长、局长。1967年年底，任湖南省常德军分区司令员，常德地区革命委员会主任；1969年底任湖南省军区副政委兼长沙警备区政委，长沙市委书记、市革命委员会主任；1974年任广州军区炮兵副政委；1977年任解放军广州军事体育学院顾问，1983年离休。离休后任广东省政协委员。

我原名叫欧阳景林，1923年4月出生在江苏萧县杜山头村（萧县现归安徽省管辖）。

1938年夏天，抗日烽火遍及中国大地，当时我在江苏省萧县实验小学读五年级。在老师们带领下，经常和同学们到田间地头向农民宣传，号召大家团结起来，共同抗日。不久，县城沦陷，学校无法继续办下去，我只有回到家乡萧县杜山头村。村里的老乡抗日热情很高，自发组织了两支武装队伍，我们参加的游击队经常与另一支叫"贾兴兰游击队"配合行动，对敌伪的零星人员进行打击。

我和堂哥欧阳瑞林不甘心这样小打小闹，认为年轻人应该为抗日做大的贡献，就一起到萧县西部参加了共产党领导的萧县宣传队。当时宣传队领导为了方便，登记姓名时，将堂哥登记为"欧阳"，将我登记为"景林"。从此，这就成为我们两人一生的姓名。

1938年年底，参军刚满三个月的我跟随所在的萧县宣传队到驻在丰县的八路军苏鲁豫挺进支队宣传队参观学习。那时，我右脚原来的溃疡加重，行动困难，就只好到支队卫生队住院治疗。十余天后病情好转，归队回到宣传队，即接领导通知，调我到挺进支队警卫连当文化教员，教战士们识字、唱歌。

一天，连里召开大会，却没有通知我这个文化教员参加。我气鼓鼓地去问刚刚开完会回来的通信员，他解释道："指导员说你参加革命才四个多月，还没有经过战斗考验，也没有入党，今天开的是党员大会，所以就没有通知你参加。"原来是这样！我感到跟老同志之间有差距，心里非常难受，跑到村边一条没人的土沟里大哭了一场。回到连里后，听说马上就要打仗了，我郑重向指导员表示要求参战，并提出入党申请，请党组织在战斗中考验我，还拿出了我的全部财产——八毛钱，交给指导员，表示我的决心，如果我牺牲了，这就是我交的党费。

就在那天夜里部队行动了，尾随一队向南运动的鬼子，准备寻找机会发起攻击。下半夜，部队在一个名叫王台子村的村东打麦场休息，连长带着两个人进村查看，准备宿营。没想到跟敌人遭遇了，王台子已经被敌人占领。敌人的火力非常猛，我们迅速向南再转向东撤退。经过全力奔跑，一直到了萧县永沟，上了磨盘山，才摆脱了敌人的追击。

山沟里的敌人看到追击无望，用小炮对着山上胡乱打了几炮就走了。按照上级指示，我们又跟在回撤的敌人后面执行牵制敌人的任务。这一走就是两天一夜，直到敌人返回陇海线边的驻地，我们也回到了萧县北部，准备向东过津浦路。

经过几天的奔波劳累，我尚未痊愈的右脚毛病又复发了，肿胀疼痛，根本无法继续跟随部队行动。连里领导到村里号了两个民工，让他们用一张凉床抬着送我回家养病。第一天赶到我姨妈家王集子村过夜，第二天到了我姥姥家。到了姥姥家，才听说我当兵走后，汉奸告密，家里的房子被日本鬼子烧掉了。我只好留在姥姥家养病，父亲听说后也赶到姥姥家里陪我，为我请医生治脚。在家人的精心照顾下，两个月后脚病基本恢复。我提出回部队，家里人都很支持。归队那天，父亲送了我很远很远。

顺着来路往回走，两天后我回到了原驻地，可是挺进支队警卫连已经转移了。我辗转找到县宣传队，见到曾经的领导——宣传队指导员封齐，向他汇报了我的情况。封指导员肯定了我主动归队的行为，表扬我革命意志坚定。当他听说我正在努力争取入党时，十分高兴，主动提出愿意当我的入党介绍人。就这样，我在县宣传队加入了中国共产党，成为一名光荣的共产党员。

这次归队，我被重新分配到学兵连。两个月后，新四军六支队办的抗日军政大学四分校在各部队招生，我们整个学兵连都进入抗大四分校二大队六中队学习，我担任六班班长。半年后我们毕业了，我被学校选为学员代表在毕业典礼上发言，表达革命的决心和对老师的感谢，得到教员和同学们的热烈掌声。没想到，这次在大会上的发言，竟成了我人生转折的一个重要契机。新四军六支队的彭雪枫司令员也参加了毕业典礼，听了我的发言，认为从各方面衡量，我的条件都比较优秀，符合机要人员选拔的要求，就点名选中了我，毕业后直接参加由王剑青任训练队队长的机要干部学习班学习，从此开始了近三十年的机要工作生涯。

三个月后学习班毕业，我被分回了新四军十旅，也就是原来的八路军苏鲁豫挺进支队，在机要股工作。1944年我和老红军、像大哥哥一样关心照顾我的赵忠凯同志一起被选调到华中局党校学习。半年后毕业时，我俩被前来挑选优秀学员的新四军军部机要科选中，调到军部机要科一股（密码股）工作。

新四军军部机要科的"中央台"，有 3 名工作人员，我是负责人，组员有一男同志和一名女同志。女同志叫赵筠青，为了工作方便，我将她的姓名改为两个字"王冶"。王冶后来成为我的妻子。日本投降后，那段时间，连续几星期收中央电报，有一次三天三夜没有休息，那位男同志去找陈毅军长说，"太累了，给支烟抽。"陈毅回答："小孩子，抽什么烟，吃糖。"随即给了一堆华东战役缴获的糖。

广东抗日游击队"东江纵队"北撤后改名"两广纵队"，我和王冶同志一同被"前指"调到两广纵队重新组建机要科。因为两广纵队的电台在北撤登美国军舰时被海水浸湿，不能使用了。

到了两广纵队，王冶年轻，很快学会了《东江纵队之歌》，常唱"今天我们是民族解放的战士，明天啊，是新中国的主人。"两广纵队的同志都说客家话和广州白话，当地的山东大娘拉住王冶说："闺女，你怎么到鬼子的队伍里去了？"王冶回答："他们是广东人，也是我们打鬼子的队伍。"

1946 年冬，景林（中）在渤海军区任机要科长时与战友合影

调到两广纵队之后，我和王冶结为革命伴侣。两广纵队编制在第四野战军。渡江战役之前，战事紧张激烈，机要科通宵达旦地工作，连续一个多星期得不到休息，王冶因为疲劳过度，在一次理发的时候突然昏迷，被送到后方医院救治。百万雄师过大江的宏伟场景，她都没能看到，因为她是在昏迷不醒的情况下被担架抬上船过江的，到了杭州，她醒来的时候已经是一个星期以后了。归队以后我问她："枕头底下的20块钱你看到了吗？那是送你去后方医院的时候我放的。"王冶回答："没有看到啊。"

王冶南下时是怀着孕一路走到广州。孕期反应吃不下饭，饿着肚子走一天。晚上宿营时，到村子里面去挨家找黄豆芽，如果运气好能够找到，就摘下帽子装豆芽。买回来后加点盐煮熟来吃，或拿部队的一碗饭，换老乡的一碗红薯叶。她从来没有坐过收容队的牛车，非常羡慕有坐牛车的女同志当了部队卫生队的看护和医生。

南下进了广东，河汊鱼塘特别多，老百姓很穷，部队能买到的粮食除了红薯就是鸭蛋，鸭蛋煮熟了一人发几个，没有油盐，吃起来是腥的，不习惯也得吃。这就想起刚调到两广纵队的时候，参加忆苦活动，有广东同志回忆过去说："家里很穷，没有粮食吃，每天只能吃点河里捞的小鱼小虾，吃点鸭蛋。"王冶当时听了以后很奇怪，心想有鱼有虾有鸭蛋吃还叫穷吗？南下吃没有油盐的煮鸭蛋，让她体会到了那些忆苦同志的感受。

南下路途遥远，一路上走走打打，战斗不断。国民党的散兵游勇和地主还乡团以及土匪很多，总是在袭击我们的队伍。白天行军，晚上架起电台收发报，王冶是译电员，回忆那一段艰苦经历的时候，她说："每天晚上译电看到报上来的各支队牺牲同志的姓名、职务和总数字，其中经常出现熟悉的姓名，心里难受啊！这一路上牺牲了多少同志啊！"

有一天晚上行军到韶关南边的一片苇塘边，小路两边都是一人高的芦苇，这时一个女同志突然哈哈大笑，笑得很怪异，让人感到毛骨悚然，直到过了苇塘，才停止"笑声"，队伍继续往前走，这个时候她才发着抖说："苇塘路两边都是土匪……"原来她的哭声很像笑声，大哭的时候别人听起来像大笑，她发现了土匪，害怕得大哭，这像大笑的哭声可能镇住了土匪，没有开枪，无意中救了大家。

新中国成立后，王冶曾在省交通厅运输局、汽车制配厂等单位工作，20世纪60年代被委派到广东省交通学校当校长。

王冶11岁入伍，和我一样，一直在共产党的教育下成长。我们一生志同道合，听党的话，跟党走，党叫干啥就干啥，从无怨言。我们总说，跟上共产党，这辈子值啦！

整理：景晓穗　景晓南

编辑：石　琳

战斗在淮北

——从军回忆录

王冶

口述者简介：王冶（曾用名赵筠青，1928-2017），安徽濉溪人。1939年参军，先分配到联中小学部任分队长，后转入中学部；1940年到抗大四分校学习；1941年部队转移到皖东北之后，先后在人民剧团、孩子工作团工作；1942年4月到淮北中学工作，同年8月加入中国共产党；1944年到宿东县妇救会，1944年调去整风；从1945年4月调到淮南新四军军部机要干部训练队起至1954年底做了10年机要工作。1954年年底在广州转业，先后在广东省委交通部、省交通厅、广东省汽车修配一厂、广东省交通学校、湖南省常德地区和长沙市邮政局、广州市电信局工作。1984年1月离休。

家乡沦陷

1938年4月间，麦子还没出穗，日本人打到濉溪县了。乡亲们天天在议论日本人到了什么地方，咒骂他们无恶不作，杀人放火，糟蹋女人。

一天，早就听说但从未见过面的大伯父忽然回来了，一进院门，径直就进了爷爷、奶奶的屋里。一时间，爷爷、奶奶的屋子里挤满了本村和来自周围村子的乡亲，他们热烈地谈论着什么，我听不大懂，好像是在说大伯父这些年在外边的事儿。我挤在人缝中看大伯父，他又高又瘦。大伯父回来不久，日本人又占领了许多地方，我们甚至也听到了炮声。人心越来越乱，村子里的学堂也停课了，附近几个村子的乡亲，有拉车牵牛的、有扶老携幼的，都一股脑地跑到我们家投奔大伯父来了，说是要跟着他去"跑鬼子反"（当地土话，指躲避日本人）。到了晚上，前赵营村半条村子都堵满了要跟大伯父跑反的人。大伯父反复地向他们解释，人多目标大，容易让日本的飞机发现，炸弹投下来伤亡更大，大家分散走，远离公路目标小，就安全多了。听了大伯父一席话，不少乡亲都回家了，可有的就是不肯走。

枪炮声越来越近，村里的人纷纷把猪、牛、羊等家禽都杀了，不给日军留下吃的。入夜，我们一大家子由大伯父和几个兄弟领着分先后出了村子。

第二天天亮，我们来到一个村庄，村里的桑树结满了成熟的桑葚子。我和弟妹们爬上桑树摘桑葚子吃时，看到北面尘土飞扬，只见一红一白两队骑兵飞奔而来。我们以为是日军，赶快跑去告诉大人，大家"轰"地一下都跑到田里，趴在已经抽穗的麦子地里一动也不敢动，耳朵听着马蹄声越来越近。马队擦着我们趴的麦地两边往南跑去。我父亲悄悄抬头一看，便大声地说："不是鬼子，他们的帽徽是青天白日，这是中央军！"大家这才松了一口气。下午，又看见过了两队坦克，也是中央军的。

"跑反"期间，我亲眼看见日军的飞机用机关枪扫射逃难的人群，被打死的百姓尸横遍野，惨不忍睹。我的家乡沦陷了。

仇恨日本帝国主义的种子埋在了我的心中。这一年，我刚满10岁。

参军

一大家人在外边跑了一个多月，粮食吃完了，看到地里的麦子也黄了，就回家收麦子。麦收后，大伯、二伯及村子西头的赵元俊哥，他们把村里的小学生集中起来，轮流给学生们上课。

学校没院子，教室离地主"三虚"家的大门不远，"三虚"的一儿一女也在教室听课。"三虚"自己有时在教室门口听听，有时几个朋友一块儿在门口站站。

两位伯父和西头的元俊哥，轮流给我们讲故事，教我们认字。当有外人在时，就讲一些聊斋之类的故事，认认字。没外人时，就讲社会发展史和人类社会最终要实现共产主义社会的道理。介绍列宁领导的苏联十月社会主义革命，推翻了沙皇统治，成立了社会主义的苏维埃社会主义联邦国家。苏联没有阶级、没有剥削，人人有饭吃，有工作，有书读。社会主义社会各尽所能，按劳取酬。将来到了共产主义，就是各尽所能，各取所需。中国共产党、毛主席、朱总司令领导八路军、新四军在敌后抗战，抗战胜利了，中国就建设社会主义。苏联的今天，就是我们的明天。听课的都是本村的学生，只有一个课室，也不分年级。

家乡沦陷之后，日军在县城和大大小小的镇子上都建了据点，到处烧杀奸淫掳掠。每天都有不幸的消息传来：某村姑嫂俩被鬼子糟蹋后双双跳井自尽了；谁家的姑娘被鬼子抓住拼命反抗，在遭轮奸后被剖腹杀死等等。老百姓对日本侵略者又恨又怕，有的人家赶紧把订了婚尚未成年的女儿送到婆家。

国民党中央军逃跑时丢下许多枪支。麦收后，我们党及时地领导农民用这些捡来的枪支组织了抗日武装。大伯父这时已去新四军第6支队当了参谋长（团参谋长），二伯父组织村里的年轻人，在青纱帐里打了鬼子的运粮部队，乡亲们谈论起来非常高兴。

我的姨兄，毛孩哥赵理勤（他生下来一身毛，大姨用手可以抓住毛把人提起来，所以乳名毛孩。1940 年秋天在一次战斗中牺牲。）当兵去了，有一次执行任务穿着军装回到家时，说在部队的随营学校（抗大四分校前身）有很多女生。从此之后，我就很想当兵，天天缠着母亲，抱着她的脖子边摇边说："我要当兵么。"我还准备了换洗衣服，包在小包袱里，用绳子捆起来，外面插上一双鞋，准备游击队再来时跟他们走。

有天一大早，日本兵坐着三辆大卡车到了村子里，我们听说后赶快跑到邻居家躲藏。他们每家每户都搜查了一遍，大约一个多小时后日本兵走了，这时我听见有哭声传来，邻居说，日本人抓走了我大哥，那是我母亲在哭。我赶快跑回家，到处都找不到母亲，邻居们告诉我，大哥被抓到临涣集，父母亲去临涣集了。第二天，父母亲回来了。大哥却没有回来。原来，是本村绰号叫"大牙"的农民当了汉奸，把二伯父及参加打日本的年轻人都报告给伪军。日伪军抓走了二伯、大哥等八个人，开口要三千大洋赎人。父亲把地契押在临涣集商铺，借钱把人赎回来，但还是不够，村子里的乡亲，家家户户都伸手援助，被抓的几家人更是心急火燎卖羊、卖粮、卖地积极凑钱。村子里，只有地主三虚、二麻子、赵宗志他们三家一声没吭。

三天后，凑够了钱送到临涣集伪军手里，人被放出来了，全村人这才松了一口气。大哥回到家，母亲又伤心得大哭一场。

当天晚上正好是八月十五，父亲找来一位邻居，他们小声商量着事情。母亲叫我睡觉，我怎能睡得着呢？我躺在床上瞪着眼听他们说话。

他们在商量当夜就送大哥到新四军的随营学校，就是毛孩哥说过的那个学校。商量着走哪条路安全。过了一会儿，父亲与邻居送大哥出门了，母亲没去，她不知从什么地方摸出来几根香烧着，跪在那里磕头，口中念念有词。

大哥和其他青年走后，大伯母仍然每天战战兢兢，她怕日本人再来，发生更大的祸事。于是，与我父亲商量要把我大伯家的大姐赵霁春送到小时候订娃娃亲的婆家去，然后全家迁到新四军根据地的西乡去。大伯母认真地准备了所谓嫁妆，还缝了新被子，套好了车，拉车的马头上系了个红布条。大姐誓死不从，与大伯母抗争，大伯母要拉大姐上车时，她双手抱着床脚不松手，就这样僵持了两三天。

消息传到大伯父处，大伯父让把大姐送到部队。大伯母仍说大姐是人家的人了，以后人家要人怎么办？

大伯父说："他要人，叫他找我要！"

我一听这个消息，连忙和母亲说"我也去！"母亲很爽快地同意了。她说："你大姐去，你就能去，跟着你大姐我就放心。"其实，这年大姐只有十七岁。我问父亲："我要去当兵，你愿意吧？"父亲说："你去问问你爷爷。"爷爷说："听你大（父亲）的。"这样，全家都做好了出远门的准备。

一天深夜，大伯父家的大伯母、大姐、弟弟、妹妹、二伯父、伯母、弟弟，我们家全家，四叔、四婶及小妹妹们，还有爷爷、奶奶，浩浩荡荡的一大家人悄悄地离开村子，起程去西乡，第二天就到了西乡。这个地方有河、有水和不少柳树。在柳树林里，我们看到了站岗的新四军战士。当天上午，在八团团部，见到了穿军衣的大伯父。第二天，我跟大姐带着被包、几件换洗的衣服前往永城县县长徐风笑家。县长夫人邵伯母说："你们出来，吃这个饭习惯吗？"我们都说习惯！县长吃的是县政府食堂打来的黑面馒头，县长能吃，我们怎么不能吃。第三天，徐县长写了介绍信，让我和大姐到联合中学报到。

这是 1939 年，我才 11 岁。

联中的女生连，有许多女同志，江苏肖县（后改为安徽肖县）和安徽蒙城来的同志文化程度较高，多数读过初中，还有读过高中的。大姐到校后，和同学们相处非常融洽，时常可以听到大姐愉快的笑声。大姐被选上生活委员了，积极地为大家办事。当时，我头上的小辫子还没有剪掉，在家是母亲给梳头。早上，见大姐手里没事了，赶快拿着梳子递给大姐，再坐在大姐面前，让大姐给我梳头。同志们一看，都笑了："快剪了吧！"

1940 年年初，学校把年纪小的男女同学集中，成立了"小学部"。小学部的队长是中学部的学生张魁，指导员也是女的，叫杨杰。指导员可能见我个子高，以为我年纪大，指定我当女生分队的分队长。其实，女同志中，大多数都比我大两三岁，十四五岁的有好几个，她们听课时常羞答答地不敢抬头，我是傻大个，总是直瞪瞪地盯住老师。小学部的课程，主要是政治课、社会发展史、中国近代史，从鸦片战争开始讲到日本帝国主义侵略中国前的准备，及日本侵略者以华治华的反动策略等。

在抗大四分校

联中的学员毕业分配了工作。大姐分配到锄奸（保卫）训练班短期学习。我当时正患疟疾、生疥疮，就与十几个病号，还有年纪较大的李玉莲同志，被转送到抗大四分校直属连（女生连），我被分配到二排，李玉莲是我的班长。我们发了枪、子弹、粮袋，晚上轮流站岗。

1940 年 11 月 7 日，我正在开会时被告知说有人找我。出会场一看，是父亲来了，正和在一大队（军事队）学习的舅舅说话。父亲告诉我，自从我们参军后，全家已搬到涡阳县外婆处了，大家都住在舅舅家。当时大伯在战斗中负伤，彭司令员指示他回家养伤，也是住在舅舅家。毛孩哥抗中毕业后，分配到涡阳县大队工作，一天晚上回家，土顽（当时国民党武装匪徒）从墙头上袭击，在还击时壮烈牺牲，其余人手无寸铁，土顽掳走了大伯和爷爷。土顽打断了爷爷的腿，严刑拷打使得大伯伤上加伤。最后将他们捆住手脚，眼睛贴上膏药扔到庄稼地里，幸好被群众发现救回。听到这些，我心里更增添了对敌人的仇恨。

秋天，顽固派与鬼子、伪军勾结起来夹击我们，豫皖苏的形势非常紧张，边区已有许多单位转移到淮上的龙岗、河流一带地方。一天，听说我们当晚也要转移，我想，这一走，离大姐远了，应该让大姐知道我要离开这里了。于是，就找班长、排长请假。她们批准后，我赶快向大姐的驻地，三十几里路以外的一个小村子跑去。不走大路、不走弯路，直往东南。地里庄稼刚收，地还不干，我高一脚、低一脚地赶到这个小村子。巧得很，一进门，训练班正是课间休息，我一眼就看到了大姐。大姐已经换了便衣，头上包着黑头巾。我说明了来意扭头就走，大姐连连喊："吃了饭再走。"表叔张明月也忙喊别走，要请我吃炒鸡蛋，我回答说来不及了，又急忙赶回驻地。回到宿营地销了假，天已黑了。吃过晚饭后部队就出发了。

班长李玉莲

我的班长李玉莲同志，是河南人，她三十几岁，"解放脚"（原来裹过脚没完成就不裹了），原来在河南的一个交通站工作，因为身份暴露了才到了抗大。她对我非常关心。我睡觉不老实，翻身会把被子蹬掉，她怕我冻着，总是睡在我身边，用手压着我的被子，其实是搂着我睡（同志们都戏称她是我的妈妈）。当时我们行军很紧张，觉睡得少，天气又冷。进了村，农民家房子小住不开，只有住到地主家。地主看到新四军来了，把地上洒满了一汪一汪的水，不让我们睡。我们把高粱杆抱来铺在地上，怕日军随时会追上来，不解背包，抱着枪睡。我睡在墙角里。正睡得迷迷糊糊时，感觉一身冰凉，隐约还听到班长在我耳边小声急促地喊："快醒醒，来到了！来到了！快睁眼！"我困难地睁开眼，看到日军的汽车灯像两只贼眼雪亮，正在向我们这边开来。我急忙从班长手里接过背包和枪，跟着班长在路沟里（也叫抗日沟）跑着追队伍去了。后来班长告诉我，队伍集合好了准备出发才发现少了我，她是冒着危险回去硬把我拽到村头上的，我觉得凉，那是野风吹的。班长救了我一命。

1940 年年底一段时间，我们行军打仗，经常没时间煮饭。好几次都是粮食刚下锅，水烧开了枪也响了，敌人追来了，下了锅的粮食拿不上来，同志们的粮袋也空了。已经好几天没吃上东西了。一天早上住进一个村子后，只能向村子里的群众征集粮食充饥了。老百姓各自从家里拿面粉倒进我们一个磨面用的大簸箩里，当地老百姓生活都很艰难，但还是将家里仅有的高粱面、红薯面、豌豆面等贡献出来。炊事员见老乡给了杂粮面粉，很快做成窝头上笼蒸。全连同志几天没吃饭，见到蒸笼热气腾腾，都围了上来。蒸好的窝头倒在大簸箩里。啊！好烫，好香！窝头很快吃光了，又蒸熟了一笼。因为肚子太空了，我总觉得不饱，又去拿了个窝头。班长喊道:"赵筠青你不能再吃了,我给你数着,你已经吃了八个了。"我听班长这么说,只好把这个窝头放回箩里。

1945年4月,我在地委轮训队参加整风之后,调往新四军军部机训队学习,路经皖东北区党委轮训队时去看当时在轮训队参加整风的大姐,在这见到了原来在抗大一起的张姐。她说:"你'妈妈'也在这整风,我带你去看看她吧。"我们到了李玉莲同志那个队,可她已经学习完回单位了。几十年过去了,我经常想念李玉莲同志。

通过封锁线

1940年年底,我们抗大四分校冒着漫天的风雪,经过几天的强行军,从豫皖苏边区的永城、涡阳一带,转移到淮河北岸。1941年初的一个星期六,晚上全校点名,教育长传达了国民党亲日派何应钦、上官云相在皖南发动了皖南事变,使我新四军军部九千余人壮烈牺牲或被俘的文件。我们的心情沉重极了,可恶的国民党反动派,他们自己不抗日,还专打共产党领导的抗日队伍。当天夜里,我们冒着鹅毛大雪开拔行军,天黑得面对面看不到人,雪深到膝盖。为了避免看不见前面的同志而掉队,大家都抓住前面同志的毛巾。在经过敌人据点时,传令下来不准掉队、不准发出声音、不准吸烟。走了几个小时,远离敌人据点时天也快亮了,队伍在一个树林停下来。原来我们已到淮河边了,天亮后就要坐小船渡河。过河前在河套里等船时,河风吹得冷极了,我几乎冻僵。过河后一看,大家的背包带都冻在棉衣上了。贾连长有经验,不准我们烤火,叫先用雪擦手擦脸,然后再用烤熟的红薯擦脸、擦耳朵。就这样,六七天后我的鼻子还是掉了一层壳。

抗大四分校在淮河以南的龙岗、河流镇一带活动时,同豫皖苏边区的许多单位,被日伪军和顽军包围在一个"一枪能打穿的根据地"里边。这里到处挤满了部队和地方机关。有一天,两个班被安排住在一个只放了一张大床的小房间里,只好床上一个班,床下一个班。当时形势紧张,抗大四分校化整为零，以班为单位行动，实行男女学员混合编班。我们这个班的班长是个男同志，可能是没时间刮脸，胡子长长的。这次分房子，我们班睡床上，一律头朝里，横着躺，班长让年纪大的男同志和女同志分别睡在床的两头，年纪小的睡在中间。这样，男同志中年纪最小的吴效农和女同志中年纪最小的我就得挨着睡了。全班七个人一张床，很挤，我老是担心吴效农的鼻涕会不会沾到我的头发上。

一天早上，村子里的部队少了很多，我们都纳闷他们是什么时候走的？当时我们坐在房门口，班长拿了一块布对我说："赵筠青，帮我裁衣服。"我回答说不会，你找王先招吧。他奇怪地瞪大眼睛，女同志哪有不会做衣服的？这时，一个背着粪筐的老乡，急促地走到我们跟前小声说："快跑，快跑！来到了，来到了，到庄头上了！"我们听到马蹄声，抬头一看，村子西头有马回子的骑兵（国民党西北军的部队）进村了。我们从村子东头往东北猛跑，跳入了一条河水只到齐腰深的小河。乐观的副班长边跑边拿斜挂的背包当花鼓打，唱起了凤阳花鼓。一会儿，马声渐渐远了，原来是西北的悍马，不愿过河，这时副班长才发现背包和缸子被马回子的子弹打穿了，幸亏离得远没伤到人。我们从河里爬上岸，隐蔽在战壕里军事队的学员叫我们快进村。到了村里，班长从他自己的背包上取下一双鞋，给我和吴效农，我们各跑掉一只鞋，正好一左一右。

这时的根据地，已经不安全了，国民党顽军和日伪军围堵打我们，封建地主反动会道门大刀会也冒出来了，我们到哪里也不得安宁。一天，我们被堵在河套里，指导员对大家说："把机密文件毁掉。"同志们都从挂包里取出书信、文件撕碎埋到河沙里，我也照样做了。贾连长命令快步走！跑步！轻装前进！我们大家都把背包从肩上扯下扔了，一路强行军。前面有激烈的枪声，有战斗！后来才知道，那次战斗是抗大一大队，即军事大队的同志们，为掩护全校同志安全转移，在宿县孙圩镇阻击敌人，其中有几十个同志壮烈牺牲。

1941年2月、3月间，国民党掀起第二次反共高潮，新四军要同时应对日伪顽，形势很严峻，部队几乎天天转移。我们大都是白天隐蔽，晚上行军。有一次，四分校要通过封锁线，转移到宿县去，要求一夜走130里，不准掉队。但还是有人掉队了，是位姓周的女同志，脸色煞白，被两个高个子男同志架着胳膊拖着走，两脚几乎不沾地。有人小声说她来例假了。还有的女同志累得喘不过气，就用两只手拽住马尾巴坚持前进。

夜里很黑，前边传话："过铁路了，跟上队。"走到一条深深的路沟边上，连长命令："跳！"我随着命令跳下去了。沟又深又宽，沟里有几个男同志把跳下沟的人一个个向上托，上边有人拉。大家没有见过铁路，过铁路时又不许停留，就弯下身子摸一下，所以有人说铁路是块大木头，有人说是石头子，还有人说是长长的铁……

过铁路后又是急行军直到第二天白天，我们在天井湖宿营。

这时，有人怕苦，闹情绪，平时似乎是英雄，口口声声称自己最革命，可现在直掉眼泪。连长、排长征求大家的意见，愿意回家吗？现在离家还不远，愿意回家的，一人发5块钢洋做路费。那个掉泪的肖县人表示要回去，她很快就换好了一套便衣。另外两姐妹是宿县县城的，也表示要回家。排长问到我时，我早想好了，贾连长说过革命是长期的，革命道路是曲折的。贾连长参加革命快十年了，从家乡长征到陕北、又到豫皖苏，我才当兵两年多。革命道路曲折，我从豫皖苏过了铁路到皖东北，这曲折也才拐了一个弯，要革命到底道路还长着呢，要到共产主义，就不能回家。我坚定地回答排长："我不回家！"

隐蔽在敌占区地下党员家里

因为艰苦的环境使我们长时间无法洗澡、换衣服，身上都长了疥疮。过了封锁线后，不少同志身上的疥疮都成了疥毒，四肢关节、脖子及臀部都长了鸭蛋大的疮，全身红肿、发烧。直属连生病生疮的同志由二排长带领，留在当地。当地领导把生病的同志都安排到政治可靠的党员家，晚上则到麦地里过夜。我与一位 23 岁的浙江同志为伴（她是上海纱厂女工，暴露后到根据地的），被安排到宿县城东公路北边小王庄的东头。我们的周围没有近邻，紧靠公路，西南不到二三里路就是二铺镇，镇上有敌人的据点，晚上伪军们放留声机唱京剧的声音能听到。我们的房东大哥是党员，家有老母亲、妻子、一个比我大两岁的大女儿和一个小儿子。院子用一堵墙一分为二，东院是厨房，西院北房他一家人住，我们住在放农具的南屋。刚到的那一天，我全身疥疮红肿、发烧，只能脸朝下趴着睡。这一夜，大娘在房前房后捉了一大盆癞蛤蟆，要用土方法为我治病。她用刀砍掉癞蛤蟆的头，剥下皮，用剪子剪掉四只脚，然后把蛤蟆皮有血的一面贴在我的疥疮上。一身贴满了癞蛤蟆皮，我觉得凉凉的，很舒服。很快，蛤蟆皮干了，大娘又马上给我换上新的蛤蟆皮。大娘一夜没停手，除了换蛤蟆皮，又给我打扇子，一夜用了一盆蛤蟆。这一夜，我迷迷糊糊，还睡了一会儿觉。第二天，疮消肿了，我也退烧了，又过了两天我就可以起身帮大娘摘菜、扫地了。大娘烙饼，我烧火翻饼，她很高兴，反反复复地对她孙女说："你看人家比你小两岁就会翻馍了，你就知道玩，也学着点！"我见到那位浙江同志在写家信，她信上说已离开涡阳县，以后到新的地方再给家里写信。我想，我也寄封家信吧，免得父母挂念。谁知，信刚写好，一位因害眼病被大家戏称为"好眼"的交通员大爷捎来家的口讯，说是叫我回家念书。他看到我正写信，还以为我也想家呢，就硬要带我回家。我本来写信是要父母不要为我担心，谁知现在反而惹了麻烦。我来是要革命的，不能动摇更不能离队，我也要到皖东北去打"鬼子"！我就找个理由对"好眼"爷爷说："回家要经过县城，县城里有"鬼子"，我的大茶缸就带不了啦（当时大茶缸是心爱的伙伴，早上漱口用它、每日吃饭喝水也用它），我不能丢掉大茶缸，我不能回家。""好眼"爷爷说："咱到家再买一个。"我见说不过他，只好去邻村报告了排长。排长从邻村赶来，同我一起好言好语地送走了"好眼"爷爷。

　　一天中午，我正在帮大娘翻馍，房东大哥神色慌张地跑来，急急地说：

"你俩快进南屋，'鬼子'的汽车停在公路上，有个'鬼子'下车正朝咱家走来。"我们立即进了南屋。刚进去一会儿，大娘就来说："出来吧，'鬼子'走了，他是来要水的。"虽然有惊无险，但是大哥还是怕出事，当天晚上就向上级报告。经过研究，把我们转移到北边离公路大约五里的一个大嫂家。大嫂家离村子较远，是"伪军"家属，大哥这个"伪军"是"白皮红心"，是党组织派到据点里当炊事员的。我们天黑后来到大嫂家，她很热情。小院子有个门楼，院内有三间西屋，她和一个五六岁的女儿住北头，我们俩人住南头，院子里有间小厨房。送我们的大哥刚走，又有人叫门，大嫂站在门口与来人说了几句话后回来告诉我们，是她家孩子的爹送信，说明天上午"鬼子汉奸"要演习，会从门口路过，在麦地里跑、打枪，叫我们不要出门，注意隐蔽就行了。

第二天早饭后，大嫂烧开了水，搬了个长条桌，横放在院子的门口，桌子摆满盛开水的饭碗。不久，枪声大作，我们从窗缝里看，许多伪军从门口跑过。走在后边的伪军来了，大嫂热情招呼他们喝水。伪军们也喊着嫂子，说着话，喝了水就赶他们的队伍去了。下午，外边很静。我们在院门口，可以看到地里都齐了穗的麦子。

在麦子快熟的时候，我们的疮都差不多好利索了，排长集中了我们七八个同志，随大部队到了皖东北。到那后我被分配到人民剧团。可是，我不是演戏的料，只能参加跳集体舞、合唱，如海陆空战斗舞、苏联的丰收舞等。

快乐的孩子工作团

1941 年 7 月、8 月间，皖东北根据地为了深入发动边区群众，把我们从各单位抽调出来成立了孩子工作团。行政公署教育处的江凌处长说："你们都经过反顽斗争的考验，要好好学习文化，积极工作。"孩子工作团每人发了一套灰色的细布工装，十分漂亮。我们的团长是个女同志，叫刘萍，

23 岁。指导员是男同志，叫田耘。工作团的住地洪泽湖是个县，我们在洪泽湖上随县大队活动，工作任务是在临淮头码头练歌、排节目，到湖上去组织儿童团，教孩子们认字、唱歌、站岗放哨。同时，也参加渔民的劳动，摘菱角和大鸡头（茨实）、采莲蓬，秋天水浅时用鱼叉叉鱼。我们还在指导员、团长的帮助和指导下学习文化、学时事。我们大多数同志年纪不大、文化低，指导员要求我们写日记。在半年多的时间里，我们为洪泽湖县大队和乡亲们演出的节目有宣传抗日的《小放牛》《民兵打鬼子》，还有移风易俗搞好婆媳关系的《良女劝母》等，我在这些节目里演的都是"鬼子"、恶婆婆这些配角。我们学唱了不少新歌，也和水上的渔民、孩子们建立了深厚的感情，有时还到根据地的学校、单位去演出。这期间，我参加了抗日青年先锋队组织（共青团的前身）。

我加入了中国共产党

1941 年 6 月 22 日，德国背信弃义，发动了侵苏战争。在皖东北，日军扫荡也频繁了，他们的汽艇常常从高邮湖那边的老子山到洪泽湖上巡逻，洪泽湖大队随时准备战斗，我所在的孩子工作团也上岸了，住在临淮头。1942 年的元旦、春节都是在反扫荡的气氛中度过的。晚上头枕背包，和衣而睡，腿肚子冻得抽筋，痛得半夜集合都走不了路。节后 3 月、4 月份，边区进行"精兵简政"，孩子工作团被撤销。年纪大的同志分配了工作，年纪太小的、家在边区的，就被送回家。指导员找我谈话说，你是经过反顽斗争考验的，是工作骨干。工作团撤销，你年纪小，就去淮北中学读书吧。我带着组织关系和行政介绍信，于 1942 年 5 月，经行政公署教育处转了关系后到淮北中学报到。淮北中学教政治课的周觫先生（以后知道他是总支委员）很高兴，像亲人一样待我。他告诉我，学校没有青先队，以后有事多和党员靳同志联系。到校后，我因文化低，被编入初级师范班。学生都是当地的，他们背着粮食，或拿着粮票、菜金来读书。后来周先生的妹妹周莹从三师宣传部来了，我俩是部队来的，是供给制。本地学生一般不太参加学校的社会活动，所以文娱活动、生产劳动都选我们供给制的学生作委员，我一身就兼了生产、生活、文娱三个委员。当时学校的生产主要是种菜、生豆芽、纺线、脱泥坯、盖房子等，由于还兼生活和文娱委员，我的事就比较多，有时正在上课，饭堂的管理员叫我说送柴禾的来了，我就必须立即离开课堂，去记柴禾帐。夏天雨大，沙土地里的萝卜白菜本来长得很好，雨一大，水浸了沙地，沙地连菜一起流动起来了，就要赶快找人堵沙。轮到排节目，角色分配不下去，就只能是我们供给制的几个人把它担起来，我们简直成了万能的了。这期间，根据地正在进行减租减息，有个恶霸地主杀死了农救会主任，也就是他家的长工。我们就以这件事为题材，自编自演了三幕话剧《罪与罚》，本来应该是大剧团演的，但我们在体育教师的支持下，也演成了。周先生见到我们就笑眯眯地问起排戏情况及班里的情况，又交代我们对从河南来的一位姓皇甫的同志要多照顾、多关心。

1942 年 8 月 31 日，周同志突然找我问道："愿意参加共产党吗？"我很吃惊，就问周先生："我行吗？我够条件吗？"周先生笑了，然后拿出表给我填。第二天他告诉我说："你刚十四岁，只能是青年党员，满了十八岁才是正式党员。"我被分配在初级师范班班主任金畅如先生的领导下过组织生活。从此，掀开了我人生旅途最光辉的一页。

第一次单独完成任务

1942 年 11 月 10 日，敌人的冬季扫荡开始了，本地学生都回家了。外地的学生中，有一批是从河南来的，包括皇甫等人。皇甫的爱人在主力部队。她爱人的弟弟、她自己的侄子、老乡等 20 多人初到根据地，身上都长满了疥疮。当时的生活条件已经有了改善，可以从卫生所领疥疮药，可以擦擦澡。本来是可以不长疥疮的，但因为生活习惯问题，他们个个都长了疥疮。

一天晚上，周先生找到我，让我带领这二十几人转移到湖东去，因为形势紧迫当晚就要走，我立刻着手准备。粮票领来了，既可以换吃的，又可以过湖时当作工钱给渔民。还领了半袋面粉，是在湖上吃的。过湖时，如果顺风，当天能到湖东的淮宝，碰上不顺风，在湖上过几天也是可能的，所以要扛上这二十几斤面粉。最后，又到卫生所领了一大包治疥疮的药，集合了这批河南学生后就出发了。当时心里还真有点担心：皇甫爱人的弟弟等人论文化比我高，论年龄比我大，他们看得起我吗？能听我的吗？只有皇甫的侄子和我同岁，十四岁。他们都背着自己的背包、挂包，而我比他们多了一袋面粉。天下着雨，路上泥水又深又滑，大家高一脚、低一脚，谁都没有蓑衣等雨具，都是淋着雨摸黑走。刚出村子，一位名叫秦德贞的女学员走在我前面，她是逃婚到根据地的，二十五岁了，缠过脚，走起路来踉踉跄跄、头重脚轻，总是要跌倒的样子。我拉了她一把，她就顺势把胳膊放到我右肩上了。我左肩是面袋子，右肩被她当了拐棍。我想开口叫她把手拿开，可一想她也难走啊，这一队人，个个学员都是患疥疮，又开腿一瘸一拐地走着，谁也帮不了她，只有我帮她了，我下决心忍住了。但真的很累呀，就像过封锁线一样，走了这一步，下一步就迈不开步啦！可是必须走下去。因为我是党员，一定要完成任务。这一夜，走了三十多里路，终于到了湖边上。天亮了，雨也停了，我们个个湿透了衣服。这时也不知敌人在哪个方向，只能赶快找船过湖吧，也顾不上吃早饭和烤衣服了。还是 1941 年在洪泽湖半年多的经历帮助了我，很顺利就找到了一条刚好能坐下我们二十几人的船。船老大是个大叔，我问他："你能送我们过湖到淮宝吗？给你 30 斤粮票。"当时的渔民很瞧得起这 30 斤粮票，他让我们上了船，提出了一个条件，船头上只能有一个人，其余的都到船舱里去。他是怕人多目标大，遇到敌人不好办。学员们上船后就都到船舱里睡觉去了，只有我一人坐在船头，瞭望注视周围敌情，注意有没有鬼子汽艇的声音。到了吃饭时间，我割了些水面上干了的苇子当柴禾，打了些湖水放到锅里，烧起火来给大家煮早餐。记得小时候在家里见过母亲是怎样做面疙瘩汤的，照着那样子把淋了雨的湿面粉放到盆里搅一下，水开后把面糊一条一条刮进锅就叫拨面鱼，一锅面疙瘩汤做成了，虽然没油没盐但也很香。装了几碗递给皇甫传给船舱里，过一会儿几个空碗又传回来了，再递几碗过去。一锅不够吃，又煮了一锅。湖上很静，没有敌情，风也顺，午后船就到了淮宝。上岸后，值得高兴的是正遇上淮宝的县、区长在码头边的大房子开会，布置反扫荡任务。我进去找到县长，递上介绍信。可能因为敌情严峻，这位县长态度很不好，他边看边大声说："敌人也要扫荡淮宝，这里也要准备反扫荡，我们不能接收你们，你们快回去吧！"听了这话，我顿时觉得我们没人要了，好像是没有了娘的孩子一样。可转念一想，又不是我一个人，我要对这群学员负责。于是，我也大声说："我们现在回不去了，船已经走了，回去也找不到我们的单位了，湖西的情况比这里更紧张。"我话说完了，倔强地站在那等他回话。这时整个会场都安静下来，大家都把目光投向我这个浑身湿透的女孩子。过了好大一会儿，县长终于开口说：你们往东南走，20 多里路。告诉了一个村名（我现在已经不记得具体什么村了），去找农救会主任。听到县长这话，我心里的石头才落了地。出来后我对学员说：我们吃了面疙瘩汤，雨也停了，现在要在天黑前赶到那个村。于是我们又上路了，一路上边走边问，天没黑就到了目的地。村里的农救会主任很热情，我觉得好像到了家一样。在没分配学员住到农民家之前，我还得给他们烧水洗澡，要不然这些人是不会主动洗澡的，也不会上药，疥疮也就好不了。农救会主任给找了一间空屋，让男学员都进去。我打来水，提进去，又把柴禾架好，点上火，交代他们擦澡后互相擦疥疮药。

这天的晚饭是集中吃的，农救会主任指挥几个农民在屋外架上大锅，有人打水，有人烧火。一会儿大米、红薯下锅了，猪肉、挂面下锅了，青菜也下锅了，全部的食物来了个一锅烩。这一锅饭真香，我感到从来也没有吃过这么香的饭。

农救会主任把学员分配住到各户农民家去了，天也黑了。最后，他把我带到了他家。他家三口人，妻子、两岁的儿子。他们住的房子是一间房，大半间是他们三口人住的，中间隔开，小间是厨房。我的小床晚上放在厨房正中的空地上，白天撤掉。他们的房里油灯点了一根灯芯草，光线很暗，大嫂热情地招呼我坐到他们床上。农救会主任告诉我，他们以前都在地主家当长工，减租减息后，离开了地主家，结了婚。他指着他的儿子对我说："我们想让伢子认你当干妈！"我吓得一句话也说不出来，一脸一身发热，出了一身汗，把已经暖干了的衣服又湿透了。幸亏灯光暗，他们没见到我的尴尬。

第二天早上一觉醒来，觉得暖暖的，很解乏。突然想到"干妈"的事，少女的害羞又让我怕起来了。收好床铺吃早饭，大嫂给我煮了鸡蛋挂面，还有一盘小馒头。我吃起来特别香。

早饭后，我去看看学员。有三个男学员，住在一家富农院外的场屋里，床上只有自己的被子，没有苇草，十一月的天气，夜里是很冷的。听说他们的早饭就是几个小凉红薯，连热水也没有。三个学员情绪不好，都躺在床上。我请农救会主任安排他们到别处住，我与皇甫住在这个富农家。不知什么原因，富农也没有再敢给我和皇甫吃凉红薯。富农冷冷的脸，没有一句话说，也从不叫我们进他家院子。

敌人扫荡没到这个村子，我们听不到任何消息，生活很平静。我通过皇甫督促她那些老乡、侄子、亲戚们洗澡、擦疥药。不久，他们的疥疮竟然全部好了。

一天，听到不远处有枪声，下午送来了一批伤员。我把归我们照顾的伤员分配给学员，他们都表现得热情、认真、负责，没有一个怕脏、怕血的。没有药，只能烧开了水放点盐来擦洗伤口。可想而知，伤口该是多疼啊！我负责的一位伤员，伤了嘴巴。两边的腮帮子被打穿，口内的大牙打掉了好几个，满口红红的烂肉，看了后，我心里很难受。嘴巴这么疼，怎么吃饭啊？伤兵的饭只有稀饭、咸菜。我把咸菜切得细细的，把稀饭晾凉，准备用小勺子喂他。没想到这个伤员非常顽强，一碗晾凉的稀饭，他几口就吞下去了。

第三天，枪声远了，听不到了，伤兵也转移到后方医院了，村子恢复了平静。突然，村子外又响起了枪声，听群众说是在枪毙汉奸，有个学员提出去看看。我们来到村北边不远处，看到七八个死人以各样的姿势躺在坟地里。一个学员说："活活的人，说杀就杀了，年轻轻的太可惜了。"其他的人都不说话，好像被这几个死人惊呆了。我想，怎么这么大的人还心疼汉奸呢？我大声地告诫说："他们给鬼子报信，杀我们的人，你不杀他，他就杀你。"

33天反扫荡结束了，我很感谢村农救会主任及乡亲们。告别了乡亲，回到淮北中学，向周觫先生报到，做了汇报。一个年仅14岁的小党员第一次单独完成了任务。

在反扫荡期间，皇甫同志起到了积极的作用，她协助、支持我在学员中的工作，我们能顺利返校，与她的帮助是分不开的。那时她爱人是九旅的锄奸干事，到皖东北后还未见过面，她怕爱人嫌她落后，要求进步，有入党愿望。总支委员周觫同志要我培养她作为发展对象，了解她的思想情况，进行党的知识教育。我与皇甫一个班，一个宿舍，一块儿生活、学习，随时谈心。把当时我所懂得的关于人类最完美的社会即共产主义社会等政治课的内容逐一讲给她听。抗战胜利了，不能回家，还要建设社会主义，为共产主义事业奋斗，她表示愿为共产主义奋斗终生。1943年的春天，周觫同志介绍她加入了党组织。同年4月份，皇甫爱人所在部队进军豫皖苏，皇甫希望越过封锁线，到她爱人的部队去，学校党组织很支持。5月、6月份，派我送她到了宿东县——部队西进的必经之地，她很快就随部队西进了，我留在了宿东游击区工作。

50多年后的1997年，皇甫同志陪同爱人（原四川省军区曹参谋长）来广州疗养，我才知道当年长疥疮的学员里，曹参谋长的弟弟已从军分区司令员的岗位上离休了，有一位亲戚从太原市委组织部长的岗位上退下来了，皇甫的侄子小皇甫先干了几年邮政，以后又当兵做了机要工作，今年也 73 岁了，离休在福州部队某干休所。

县妇救会的工作

在宿东县，我被分配到二区任妇救会主任，但县妇救会主任魏华同志没让我马上去报到，先借我在县妇救会工作。县政府连我只有七个人，县长兼县委书记赵一鸣同志（是老红军，后来听说与大伯父赵建武是老战友），农救会主任戴士雅同志，妇救会主任魏华，还有管理员、通信员、炊事员各一名。我平时协助魏主任工作，她布置我写通知、工作安排、写信等等。县政府这几个人，基本上是白天休息，晚上到一或两个村子召集农救会、民兵会议，布置妇救会生产自救，分棉花给最困难的妇女纺，布置做军鞋等。魏主任工作时背上背着一岁多的小女儿巧云。我们夜间在离敌人据点不远的村子之间行动，小女孩很乖，从不哭叫，没给大家添一点麻烦。冬天的一个夜里我们进驻大王庄。大王庄有个地主院子很大，地主家里人都跑到城里去了，只留一个大儿媳和一条可恶的狗看家。进村后，民兵在村子周围布了岗，不准村里的人外出，以保障安全。农救会员集中到这个大院里，听戴主任讲形势，从苏德战场讲到中国的抗日战争，最后讲到减租减息的斗争。这个会开完，一批人走了，地主家的狗吠声不止；民兵们来开会了，狗又汪汪喊叫。这不是给敌人送信吗？大家七嘴八舌骂，"狗汉奸！"赵县长听后当即命令通信员："把它杀了！"几个农民积极分子主动帮手，"狗汉奸"很快变成一锅香香的狗肉汤了，有人往锅里撒了一把盐，有人往锅里扔了几只红辣椒，民兵开完会，大家都喝了一两碗狗肉汤。第二天早上，我见到地主大儿媳，她那张脸真是难看死了，她是在心疼那个"狗汉奸"。

从此之后，打狗成了各村农救会、民兵的一项任务，游击区的"狗汉奸"基本肃清了。

县里个把月就开一次区、乡干部会，干部会一般是在离敌人据点远些的村子开，都是晚上开会。会议通知都是我写，会议记录也是我记。有一次，来开会的二区区委杨书记见了我就问："开会的通知是谁写的？我怎么看不懂呢？"他明知是我写的，还要这么问干什么？我不好意思地回答："是我写的。"他态度和蔼地说："写字要慢点写，一笔一画，让人家看懂，我是连看带猜才觉得是今天开会的。"他边说边从自己的挂包里掏出一支自来水笔、一个本子给我，叫我注意学文化。后来我利用一切空闲时间，用这支笔、这个本子抄报纸抄书、练字，再写通知时，也不会潦草贪快了。

因为离日寇的据点较远，我们白天也在村子里活动。一天刚吃过早饭，有妇女凄惨的哭声和一个农民凶狠的叫骂声传来，许多人围在池塘周围，我也跑过去，看见一个妇女在池塘里边哭边讲些什么。这时已是冬天，塘水虽未结冰也很冷了。一个大嫂告诉我，她是那个男人买的河南女人（老婆）。我明白了，报纸上早报道了，河南几年来受"蒋旱水蝗"（"蒋"是指蒋介石的军队抓丁征粮，"旱"是说旱灾，"水"是黄河发大水，"蝗"指蝗虫），民不聊生，灾区人民有卖儿卖女卖妻子的现象。河南妇女被家人卖后，日日思念亲人儿女，啼哭不止，当然也就干不了活。那个三四十岁的农民不许她哭，他认为买个媳妇是喜事，为了不许她哭拼命打她，逼得她想跳塘自尽。我看到这个女的在塘里冻得脸发青，浑身打颤，站也站不稳了，十分悲惨。有个农会的年纪大些的农民赶快下水把她扶了上来，那个所谓丈夫还说"只要哭就打"。我听到他这话气愤极了，走到他面前说："不许打人！"他竟然说："人是我花钱买的，你管不着！"我说："我要管，我还要管到底！"我找到村子里的农救会主任、妇救会主任，让他们分头去劝说河南妇女不要再寻短见，还教育这家农民要体谅她思念儿女亲人的心情，不许再打她。我们在这个村子里又住了几天，没有再听到她的哭声。

1943年冬，我们除了日常工作外还要做调查，找苦大仇深的农民，找他们谈心，发展党组织。一天晚上组织妇救会员们开完会，收集了军鞋、发了棉花之后，有的大姐、大嫂热情地跟我扯起了家常，她们问我家在哪里？多大岁数了？我怕说15岁人家看不起，就说23岁了，我这样说是因为其他几个区的妇救会主任都是 23 岁。没想到这么一说，她们就接着问，你的男人在哪里？你怎么不要个孩子？你看魏主任的孩子多喜欢人！哎呀，我最怕人家对我说这些话了，肯定是我脸红了，我旁边坐着的一个姑娘扯扯我的衣服，小声说："别理她们。"这天晚上，我和这个姑娘挤着睡在她的小床上。她的床上，竟然没有被子褥子，我问她："这么冷的天，你怎么睡这光床啊？"她只靠裹着那件旧棉袄过冬，她母亲还睡在麦秸里。姑娘告诉我，爷爷在地主家当长工，累死在地主家，地主给了个薄棺材，因此欠了地主的债。父亲又到地主家当长工干活，就是还不上地主的债。自己和母亲现在就只能靠妇救会给的棉花，纺线赚手工钱，买点高粱面勉强饿不死。我听了她的话，心里十分不安，不知怎样帮助她。第二天，我们又要转移了，我把我的小棉被送给她（我自己还有一床薄被），将她家的情况向魏主任作了汇报。魏主任表示，这家人能发展，但要再找她母亲了解一下，看是发展母亲还是发展女儿。第二次又住这个村子时，我见到姑娘的母亲叫了几声大娘，她都似乎没有反应。姑娘告诉我说母亲是气的，都快被地主气疯了。我对姑娘进行了党的知识教育，使她懂得为什么受穷，为什么老是还不完地主的棺材钱，只要开展减租减息，由农救会帮助算清这笔账，你们家不但不欠地主的，地主家还欠你们的。又向她讲了共产主义的远大理想。我作为介绍人，发展这个姑娘参加了中国共产党。这一次，没有人说我是青年党员，不能介绍人入党，我也忘了周觫同志告诉我的："十八岁才是正式党员。"

宿东县委的伙食由管理员负责，伙食很差。炊事员做高粱面时，因为没有黏性不能捏，只能用两手交替拍高粱面团，从左手拍到右手，再从右手拍到左手，把面团拍薄一些就放到鏊子上烤。另外把一点白面烧成糊糊放上盐、辣椒粉，这就是菜，名曰"辣糊子"，每餐一个人半勺，连高粱面糊糊的粥也没有。开会时有开水喝，平时大家就喝凉水。县长、农、妇救会主任都吃一样的，我也没感到有什么苦。不管冬夏，我们洗头、洗衣、洗被，都是用草木灰水。把麦秸放到几条高粱杆上，再把草木灰放麦秸上，中间凹点放上水，用盆接住慢慢地流下去的水，这种水有碱性。这个过程叫淋灰水。

有一天，魏主任找管理员谈话，谈完之后，管理员低着头背着背包就走了。我以为他执行什么任务去了。这时，魏主任找我谈话，说管理员调动工作了，你以后把他这份工作管起来。我说不知道要到哪里领粮票和伙食费，魏主任说叫通信员去领了交给你。从此以后，我跟通信员、炊事员接触得勤了。因为是游击区，群众对干部不分男女都叫"先生"。原来通信员叫我"先生"，因为接触多熟悉了，尽管他比我大4岁，也常叫我为赵姐。由我接任管理员管伙食后，我们基本上与高粱面告别了，常常吃面条，甚至吃饺子。当然肉饺子还是吃不起，宿东农民的房前房后都有黄花菜，韭菜也好买，再买几个鸡蛋炒炒做馅，素馅饺子就出来了。同志们对伙食都很满意，连年纪较大、以前从来不说一句话的炊事员，也常征求大家意见："晚上喝汤吗？"他所指的"汤"就是汤面。

1943年5月到1944年年底，我在宿东县妇救会工作了一年半后，调到皖南新四军军部工作。1945年4月，组织又调我到新四军军部机要训练队学习，在机要干部训练队时，女同志中间盛行改名字，我也在此时将名字由赵筠青改为王冶，一直沿用至今。

我的大姐赵霁春

大姐赵霁春是我的堂姐，生于1922年8月10日。

大姐的父亲赵建武是我父亲的大哥，1930年上井冈山当了红军，一直没敢与家里通信，怕家里再遭国民党抄家。大伯父无音信，大伯母带着三个孩子，日子自然不好过，常常以泪洗面。大姐曾在小学读书，她背书非常快，聪明好学，学习成绩好，但因为是女孩，小学毕业就不让她再读书。家中不爱读书、淘气的男孩小学毕业后却被送到镇子上读中学去了。

大姐1939年10月参军到联中，1940年在联中参加中国共产党。联中毕业后，先调边区党校学习，后调豫皖苏边区锄奸训练班学习。1941 年转移到皖东北后，分配到泗阳县湖边的一个区任锄奸干事，后任区特派员。我刚从宿东到皖东北，被分配到人民剧团，大姐到区党委开会，专门到剧团看我。当时我正患疟疾病，剧团的炊事员说拿一块死人骨头放在口袋里，疟疾鬼就附到死人骨头上去了。于是，我同几个患疟疾的病友跑到枪毙汉奸的地方，找了较干净的小骨头用纸包上装在衣服口袋里。大姐听我说后，又惊又气地把我从口袋里拿出的死人骨头扔得远远的，马上带我去看病取药，治好了疟疾。

大姐在党校学习期间，因为当时敌伪顽的夹攻，敌情紧张，物资供应跟不上，党校学员大冬天还没穿上棉衣，组织号召大家动员家庭捐款解决棉衣。大姐立即写信回家，家里变卖了一切能卖的东西，卖到 9 块银圆，由我父亲穿过封锁线送到党校。

1942 年，33 天的反扫荡之后，我从湖东返回湖西，组织安排我在淮北中学学习，这里刚好是大姐工作的区。有一天，大姐见到我脚上的鞋子十分破旧，又缀满了补丁，立即用纸给我画了鞋样。我知道我的脚长得快，故意把脚趾头叉开，好让鞋样子画大些。大姐工作很忙，当然是找人帮我做鞋子了。与大姐一别就是半年，到了 1943 年 8 月，大姐托人把两双漂亮的布鞋带给了我，我非常高兴，可是这时我的脚又长了许多。有个同志说："鞋小你穿不下了，送给我吧！我穿正好。"我说："给你，我穿什么？"我用剪刀把鞋面从前面一直剪到鞋尖，中间贴补上捡来的鞋面。这两双鞋，我从 1943 年秋天一直穿至 1944 年到宿东县。

在淮北中学学习期间，只要是淮中放寒暑假，我都去找大姐。到了大姐身边，我就觉得到家了，平时不管是累，还是受了什么委屈，有点什么不愉快的事，见到大姐就全忘掉了。1943 年春节又去跟大姐一道过节，正遇上大姐刚刚结婚。过了几天，总觉得有点别扭，就不辞而别，因此给大姐增添了许多麻烦。

1945 年 4 月，组织调我到新四军军部机要训练队学习，在新四军四师师部转组织关系时，又不失时机地去看大姐。这时的大姐已经当了妈妈，她的第一个女孩已经 8 个月了。因她在轮训队学习，没时间照顾孩子，孩子交给驻地老乡抚养。我见到了孩子，大大的眼睛，结结实实的。和大姐久别重逢，又见到了孩子，我觉得特别高兴。大姐叫我住几天再走，她把床铺让给我，自己借了一块木板睡觉。第二天早上大姐起床后，发现木板上有一只蝎子被自己压死了，竟然没有蜇到人，宿舍里的女同志都很惊奇。

大姐从抗日战争到解放战争，一直战斗在对敌斗争的前沿。1946 年我军北转山东时，边走边打，大姐在前线包扎所当指导员，她的女儿只有两岁多。大姐一心扑在工作上，有一次为了照顾伤病员行军，部队已离开村子后才突然想到了孩子，连忙回到驻地抱上熟睡的孩子赶上部队。为了照顾伤病员，行军时大姐让两岁多的孩子自己走。孩子头上带着芦苇编的草帽，苇篾在阳光下发亮，敌机对着亮点扫射，幸亏有惊无险。

大姐有支小手枪，从抗日战争到解放战争，既用作自卫，也用作向敌人进攻的武器。1946 年在鲁南，我军与向解放区进攻的国民党部队常发生战事。一天，大姐带前线包扎所的工作人员、伤病员转移到一个村子里，有群众来报告，国民党一个排的人在村头的树林里。大姐带几个干部和轻伤员赶到树林边上，果然见到 30 多个国民党的兵在休息。大姐手里握着手枪，轻伤员手里拿着棍子，大姐大吼一声："缴枪不杀，解放军优待俘虏！"这 30 多个国民党的兵都乖乖地交枪投降了。

新中国成立后，大姐在北京，分配到中南海为中央机关搞后勤工作，任行政处副处长兼中南海幼儿园园长。"文革"期间，大姐一家受到冲击，她被下放到山西颌阳农场劳动，身边带着读小学的小儿子。她不到一米六的身高，农田里的活样样能干，还学会使唤牛耕地。"文革"后，调国家高能物理研究所任党委书记。离休后也不得消停。小时想读书，只读了小学，现在读老年大学，学书法，圆了幼年时要读书的梦。

大姐赵霁春一贯以来关心别人胜于关心自己，特别是对我。从 1939 年至 2001 年半个多世纪以来，不论是战争环境还是和平环境，不论是工作时还是离休后，我们一直都保持着密切联系。战争年代，我生病时她关心我，带我看病；在我遇到困难时鼓励我；生活物资极度缺乏时，给我衣服鞋子。当她还是一个姑娘的时候，已经像母亲关心孩子一样关心我的生活。部队女同志少，我人小个子大，有时被人误当作成年人看待，大姐保护我，使我在少年时期的工作学习受到诸多教益。

整理：景晓南

编辑：石　琳

我的回忆

叶川

口述者简介：叶川（1923.12—2015.1），湖北省随县人，1940 年 4 月参加新四军，1941 年 10 月毕业于中国人民抗日军政大学，1942 年 4 月加入中国共产党，1954 年 7 月毕业于南京军事学院；1979 年参加对越自卫反击战，时任陆军 42 军副参谋长。战后调任湖南省军区顾问，1980 年离休。曾荣获独立自由勋章、解放勋章。

苦难童年

我叫叶川，1923 年 12 月 31 日出生在湖北随县朱家村一个贫苦农家。幼年时，父亲身强力壮，母亲也没有缠足，他们都很能干活，所以家里的生活也过得去。

可是不久厄运降临，我外婆家的几个亲人都染上了一种可怕的传染病，因为母亲去看望他们，也被传染上了。回家后未出三天就病故了。那年我才八岁，我哥哥也只有十二岁，还有个八个月大的弟弟。父亲一个人无法支撑这个家，只能忍痛丢下我们几个未成年的孩子去给地主家当长工。为了有口饭吃，我哥哥到舅舅家去放牛。这样，家里只剩下我和八个月的弟弟。我年纪小，也不懂得怎么照顾弟弟，只能将弟弟送到二伯家，因为太小没了母亲，没多久弟弟就夭折了。

当时我和父亲佃租的房子是张家祠堂的公屋，地主恶霸张居安就找借口把我们赶出了家门强占了公屋，使得我们无家可归。

父亲只能在做长工的地主家搭住，我则四处流浪。想去帮人家放牛，人家嫌我小不要。我只好到处找一些老人家帮忙干些力所能及的小零活混口饭吃。有时帮人推磨做豆腐，就给我吃点豆渣，连饭也不愿意给我吃。干了一段时间没饭吃受不了，我就走远些找了一个地方去放牛，每天除了放牛，晚上回来时，还得打一捆柴。有一天我患病出水痘，发高烧不能动弹，东家怕我死在他家，在外找了一个牛棚，放了一些稻草，让我睡在那里。一个好心的大娘看见，就给我端来一碗水，让我喝，她说："可怜的娃儿，要是你妈还在，该多心疼啊。"

大概是我命不该绝，又活过来了。病好后，我又找到另一户人家帮放牛，但是干到年终时又被辞退。那时，我又冷又饿，饥寒交迫，只好回去找我的父亲。他做长工的那个大地主家，养了只非常凶恶的狗，我不敢进去，就在地主家门前的一个大树洞里藏着。第二天是年初一，出行的人们发现了我，那时我已经冻僵。好心人把我救活了，父亲没找到，我无依无靠，只能四处漂泊流浪。

参军入党

1939 年，武汉失守了。这时，我已 16 岁，就去报名参加抗日游击队。在游击队待了一个多星期，后来队长说我太小了，扛不动枪，就不要我了（该游击队后改编为新四军挺进纵队四支队）。

不久，鄂北挺进支队来了，这支部队当时还没有改编为新四军，支队长是马汉安。这时，我又去报名参军，但他们还是说我年纪小了，扛不动枪，结果又没当成。

到 1940 年 4 月 13 日，我第三次报名参军，终于被部队接收了，从此就参加了革命。我当时参加的部队是新四军五师鄂北 4 支队 3 大队，大队长（后改为连建制）叫韩文胜，指导员是何华廷。那时我入伍的动机很单纯，就是不愿受地主的压迫，到革命队伍里找出路。在入党之前，我的思想简单，但是工作很积极，1940 年我就加入了先念青年队（先念就是李先念），我还担任连队先念青年队长和营里先念青年中队的副中队长。先念青年队是抗日战争时期新四军五师的一个党外的临时组织，主要是为了教育部队党外青年，启发青年的积极性。当时李先念是新四军第五师师长，青年队是以他的名义组织的。

在 1942 年 3 月，党组织找我谈话，刘国华同志（他当时是连队党支部委员，后来是我的入党介绍人）第一次找我谈话，他问我愿不愿意参加共产党，当时我闹不清，我说我们队伍就是共产党嘛。他说不是，你还没有参加共产党，只是参加了共产党领导下的军队。我问他，共产党怎么样，他说那当然好啦。他说将来革命成功了，到了共产主义时，全世界，全中国，不分军民，不分官兵，不分穷富，人人有饭吃，有衣穿，有田种，有房子住，生活都是平等的。我说那多好啊。他又问我愿不愿意参加共产党，并说要保守秘密，我说当然愿意参加啊！我来当兵的目的，就是能有饭吃，有衣穿。后来党支部书记和连部的文书（共产党员），也分别找我谈了几次话，对我进行教育培养。

刘国华还告诉我说，参加共产党的目的，是要在中国实现共产主义。他说，在中国实现共产主义，不是短时间的，要几代人的努力。要参加共产党就要准备多年吃苦。一生为共产主义而奋斗，他要我把这句话记住不要忘了。他最后说当了共产党员，打仗要勇敢，不向敌人低头，对敌人要顽强，至死不投降。平时工作要起模范作用。他说你要不怕这些困难，就可以加入共产党。我说不怕。刘国华和文书熊大旺同志，给我填了入党志愿书。到了 1942 年 4 月 15 日，在湖北应城县北李家批准我正式加入中国共产党。

战斗岁月

我们部队当时在大洪山区打游击，我参军的第一天就投入了战斗，因为部队缺乏枪支弹药，没给我发枪，只发了一颗木制的假手榴弹，就跟着队伍参加了战斗。那次是去攻打一个保安团，在那场战斗中我积极勇敢地手举木制的假手榴弹，对着3个保安团员大叫："不许动，动了我就炸死你。"那3个保安团员被突如其来的怒吼声吓坏了，乖乖地放下了枪，我用1颗假手榴弹缴获了3支枪，抓了3个俘虏。3个俘虏嘀咕说："怎么让一个毛孩子给糊弄了。"

1941年在一次战斗中我的腿负了伤，因冬天没有棉被盖，腿也冷，冻得发肿不能走路。连长叫我到团里的卫生队去休养，连长同我谈过好几次话，劝我去休养，但我始终坚持轻伤不下火线没有去休养。

1942年我所在部队改编为15旅45团。在反击国民党的第三次反共高潮时，我们部队在攻打随县九口偃后山罗汉寺战斗中，我又一次负重伤，因流血过多，到旅部医院住了四个多月，归队时该连改为该团第1营3连。

抗战后期，我在新四军五师15旅45团3连任3排长，部队驻扎在湖北洪湖一带抗击日寇，那时候条件很艰苦，我们缺少物资弹药和给养，就想办法从敌人那里缴获。1943年6月，我奉命率部据守在湖北洪湖的小峰口。一天中午，刚吃过午饭，哨兵跑过来报告说发现十多艘大帆船。"走，我们去看看！"我带一个班过去察看情况。到湖边一看，好家伙，好大的一个运输队，11艘30吨的大船，满载着物资。直觉告诉我这不太寻常，于是决定探个究竟。当时湖里有数百只渔船在打鱼。我们向渔民借了3艘小渔船，悄悄绕到运输队的后面。在船尾，掌舵的老大娘告诉我们，船上拉的是"老东"（当地人管日本部队叫老东）和军用物资，从老大娘那里我们还得知每条船上只有一个日本士兵。我当即决定出奇取胜，全班两人一组上船准备战斗，哪知道那些日本兵竟然都在船舱里呼呼睡大觉，根本没交火就被我们俘虏了。有趣的是，当时，一个掌舵的大娘一直指着船上放马桶的船舱，神情古怪，想对我们说什么。我们过去打开一看，原来有一个带队的日本军官躲在里面，他当然也成了我们的俘虏。后来，我们团协理员带 2 连刚好路过此地，用船运走了一些弹药和罐头。待增援鬼子赶来时，我们已经把所有物资和俘虏押送到了旅部。

在一次作战中，敌人的子弹打进我嘴里，大牙打掉三个，血流不止，两个多月嘴里还在流脓，不能进食。

我们当时，除了要克服缺医少药的困难，还要忍受给养供应不上的困难，战士们经常吃不上饭，饥饿难耐。有一次我们部队占领了一个山头，就派一个老炊事员下去弄吃的。好不容易在山下找了点粮食，熬了点粥，用两个桶挑上山。当时天下大雨，那个同志脚一滑摔了下去，桶和稀饭全滚下山了。那个炊事员急得用扁担打他自己的头。我们赶快去制止，并尽力安慰他。因为长时间的营养不良，我患上了夜盲眼，一到晚上，行军打仗看不见路，就用裤腰带拴在前面同志的腰上，但是还是要摔跤，摔了只能赶快爬起来继续行军。在紧张激烈的战斗中，头发长得很长都没时间理，有时刚剃了一小块，突然情况有变，马上出发，竟弄得好几次才能把整个头剃完。

要说最苦的，还要算解放战争初期的中原突围。自 1946 年 6 月下旬中原突围到 1947 年 3 月下旬北渡黄河到山西晋城，近 10 个月中，天天行军作战，环境非常艰苦，战斗频繁，部队减员厉害，我们 43 团从出发时的两千多人，到晋城时只剩几百人了，整个部队损失惨重。在这 10 个月的艰苦环境里，我们多次被敌人截断包围。但我们都能很坚决地粉碎敌人的围歼胜利突围出来。有一次在陕西榨水县温文庙，我们走后尾，部队刚出发四面就被敌人包围，其他几个连被敌人打乱了，我们连在后尾伤亡更大，眼看有被敌消灭的危险，我当机立断，主动组织连队向敌人反冲锋，终于冲出了包围圈，受到首长的口头表扬。

从参军到新中国成立之前的岁月里，我经历了无数次战斗，和日本兵面对面拼刺刀。中原突围我作为开路先锋，冲杀在最前面，为部队打开通道。解放战争中参加了渡江战役，前后受过 8 次伤。

　　战争年代虽然很苦，很累，很危险，但我感到很快乐很充实。战争的磨炼，坚定了我的革命人生观，我要革命到底，鞠躬尽瘁，死而后已。

　　　　　　　　　　　　　　　　　　　　　　整理：叶越飞

　　　　　　　　　　　　　　　　　　　　　　编辑：石　琳